역대급 뱀직구로 슈퍼에이스!

율운 현대판타지 장편소설

역대급 뱀직구로 슈퍼에이스! 3

초판 1쇄 발행 2024년 10월 28일

지은이 ׀ 율운
발행인 ׀ 최원영
편집장 ׀ 이호준
편집디자인 ׀ 박민솔
영업 ׀ 김민원 조은걸

펴낸곳 ׀ ㈜ 디앤씨미디어
등록 ׀ 2002년 4월 25일 제20-260호
주소 ׀ 서울시 구로구 디지털로32길 30 코오롱디지털타워빌란트 1301-1308호
전화 ׀ 02-333-2513(대표)
팩시밀리 ׀ 02-333-2514
E-mail ׀ papy_dnc@dncmedia.co.kr
블로그 ׀ blog.naver.com/gnpdl7

ISBN 979-11-364-5654-0 04810
ISBN 979-11-364-5593-2 (SET)

※ 저자와 협의하여 인지는 붙이지 않습니다.
※ 이 책은 ㈜ 디앤씨미디어(파피루스)가 저작권자와의 계약에 따라 발행한 것으로 본사와 저자의 허락 없이는 어떠한 형태나 수단으로도 내용을 이용할 수 없습니다.

역대급 뱀직구로
슈퍼에이스!

율운 스포츠판타지 장편소설 · 3

1장 ·············· 7

2장 ·············· 81

3장 ·············· 145

4장 ·············· 215

5장 ·············· 287

1장

타이탄스의 3번 타자.

정희문이 타석에 들어섰다.

[스프링캠프 당시 경미한 부상으로 최근 1군에 합류했음에도 불구, 굉장히 무서운 타격감을 선보이고 있는 정희문. 타석에 들어섭니다. 현재까지 6경기에서 3홈런을 때려냈습니다.]

[어제 경기도 홈런은 없었습니다만, 결승타를 쳐 냈죠? 아주 좋은 타구였어요.]

어제 경기 2타점 1득점.

김의준의 모든 실점에 관여한 정희문.

'정희문. 상구도 가장 신경을 써야 하는 타자랬지. 1군 합류 후 때려낸 3홈런은 모두 높은 공을 받아친 결과……'

[그렇습니다. 김의준의 포심 패스트볼을 받아쳐 2타점

적시타를 만들어 냈습니다. 타이탄스 타선이 쉽지 않은 시즌 초반을 보내고 있습니다만, 정희문의 합류 후로 1, 2, 3번 타순의 생산력만큼은 눈에 띄게 향상된 모습입니다.]

[지금 홈플레이트를 지키는 팔콘스의 포수, 박상구 선수도 시즌 초반 타격 성적이 나쁜 편은 아닙니다만……. 타이탄스의 포수로 출장한 정희문의 기세는 정말 매섭습니다.]

[데뷔 초부터 동 나이대 최고의 재능으로 꼽히던 정희문. 25시즌을 기점으로 공수양면에서 만개하기 시작했다는 평가. 과연 오늘 경기 리그 최고의 선발 구강혁을 상대로 어떤 모습을 보여 줄지.]

[초구부터가 궁금하네요. 다시 봐도 본인은 모르는 것 같습니다만, 구강혁이 3연속 삼구삼진의 기록을 세울 수 있을까요. 일단 앞선 6구는 모두 존 안으로 집어넣었습니다. 엄청난 자신감이에요.]

박상구가 사인을 보냈다.

'그래. 지금까지 처음 상대하는 타자에게는 하이 패스트볼과 체인지업의 페어링으로 쏠쏠한 재미를 봤지만, 이만큼 타격감이 좋은 상대에게는 위험할 수 있지. 2사에 자신감까지 붙었으니 큰 스윙을 할 가능성도 높고.'

구강혁이 고개를 끄덕였다.

초구.

슈욱!

부우웅!
퍼어엉!
"스윙, 스트라이크!"
헛스윙.
139km/h의 슬라이더.
[스윙! 바깥쪽 떨어지는 공. 오늘 경기 첫 슬라이더로 유리한 카운트 싸움을 시작하는 구강혁.]

[정희문은 하나 제대로 노리고 휘둘렀어요. 한 손을 놓기는 했는데 아예 공이 빠졌거든요. 어쨌든 스트라이크가 되기야 했습니다만, 보세요. 지금 투수 본인은 모르죠? 스윙이 아니었으면 무조건 볼이거든요.]

[하하, 그렇네요. 위원님 말씀대로라면 박상구 포수도 기록에는 별 관심이 없는 것 같습니다. 그럼에도 초구 싸움에서 우위를 점한 팔콘스 배터리입니다. 덕분에 7구까지도 무결점 이닝의 가능성은 사라지지 않았습니다.]

[제 관점에서는요. 가치를 따진다면 구강혁이 지난 스타즈전에서 달성한 완봉이 훨씬 훌륭한 기록이라고는 생각합니다만, 그래도 기록은 기록이거든요. 리그의 역사가 계속되는 한 남는다는 거예요.]

[맞습니다. 고개를 끄덕이는 구강혁. 2구.]
슈욱!
퍼어어엉!
"스트으라이크!"
루킹 스트라이크.

151km/h의 몸쪽 포심 패스트볼.
[루킹 스트라이크! 무결점 이닝까지 앞으로 1구!]
해설진의 말대로…….
무결점 이닝, 3연속 삼구삼진.
구강혁은 이 기록에는 관심이 없었다.
실제로 달성이 코앞임을 모르기도 했고.
'……1회부터 느낌이 좋군.'
하지만 그런 상황이 어떻든.
지금 정희문이 상대하는 것은…….
'현재 클린업에 고정적으로 포수를 넣는 팀은 리그를 통틀어도 가디언스와 타이탄스가 유이해. 상구도 가끔 5번으로 나가지만 아직 주전은 아니니까. 어쨌든 내일도 정희문이 선발로 나올 가능성이 높다.'
리그에서 가장 공격적인 배터리.
'무너뜨린다면 내일 선발인 도미닉에게도 도움이 된다.'
3구.
슈욱!
부우웅!
147km/h의 투심 패스트볼.
우타자 몸쪽 낮은 코스.
"스윙!"
퍼어어엉!
"……배터 아우우우웃!"
[헛스윙!]

[됐어요!]

[아, 팔콘스 팬 여러분! 또 한 번의 삼구삼진입니다! 1이닝 9구, 3연속 삼구삼진! 구강혁이 타이탄스의 가장 뜨거운 타자 정희문을 상대로 무결점 이닝을 완성해 냅니다!]

팔콘스 배터리가…….

새로운 기록을 합작해 냈다.

KBO 1호, 1회 무결점 이닝.

[투수에게 가장 까다로운 이닝을 흔히 1회로 꼽습니다만, 적어도 오늘의 구강혁에게는 통하지 않는 이야기! 리그 역사상 처음으로 1회를 무결점 이닝으로 틀어막은 구강혁! 동시에 무결점 이닝은 리그 9호 기록입니다!]

[이야, 아직도 몰라요!]

더그아웃으로 향한 구강혁이…….

축하의 등짝 세례를 맞이했다.

"아! 왜, 왜! 왜요!"

"너 됐어, 인마!"

"뭐가요!"

"3연속 삼구삼진!"

"아, 어. 엥?"

그리고 뒤늦게 깨달았다.

"회장님 오셨다고 이렇게까지 하냐!"

"미쳤다, 미쳤어!"

"금일봉 받고 소고기 드가자!"

본인이 세운 기록을.

"어, 오우. 상구. 너는 알았냐?"
"다, 당연하지!"
"……."

* * *

타이탄스의 오늘 선발은 박세훈.

안경 에이스의 계보를 이으며…….

사실상의 프랜차이즈 대우를 받는 토종 에이스.

그를 향한 팬들의 사랑은 이루 말할 수가 없다.

'트레이드로 유니폼을 갈아입은 점은 나랑도 비슷하네. 엄청 규모가 큰 트레이드였지만……. 결국 메인은 장성균 선배와 박세훈 선배였지. 둘 모두 오랫동안 팀의 주전으로 활약했다는 점에서는 서로 할말이 있는 트레이드였던 셈이야.'

최고 154km/h에 달하는 포심.

리그 최고 레벨의 슬라이더.

커브와 포크볼 등 다양한 레퍼토리까지.

'내가 브레이브스에서 부상을 당하기 전에는 뜬금포를 많이 맞는다는 인상도 있었지만, 연차가 쌓일수록 그런 단점도 개선해 나간 좋은 투수다. 특히 올 시즌에는 경기 운영까지 좋아졌어. 윌리엄스의 영향일 수도 있겠지.'

지난 시리즈에 팔콘스를 압도한 윌리엄스.

그와 비교할 만한 좋은 투수.

'쉬운 경기는 아닐 거다. 투수전 양상이 될 거야.'

구강혁의 예상은 제대로 들어맞았다.

무실점의 행진이 이어졌다.

특히 3회까지는 1루를 밟은 타자가 없었다.

치열한 투수전이었다.

구강혁이 3회까지 5개의 탈삼진을 뽑아내는, 그야말로 압도적인 피칭을 선보였다면.

박세훈은 탈삼진이 1개에 불과했음에도 연이은 범타를 양산, 유연하게 팔콘스 타선을 상대했다.

첫 안타는 타이탄스가 뽑아냈다.

4회초.

[……3구, 타격! 2루수 키를 가볍게 넘겨 외야에 떨어집니다. 김동한의 오늘 경기 첫 안타! 구강혁의 퍼펙트 행진은 여기까지! 1사 후 출루에 성공하는 타이탄스!]

김동한이 그 주인공이었다.

[……4구 스윙! 또 한 번의 삼진, 잔루 1루! 오늘 경기 6개째 탈삼진! 1사 1루 상황을 단 6개의 공으로 벗어나는 팔콘스 배터리입니다!]

득점으로 이어지지는 못했지만.

구강혁의 퍼펙트를 깬 안타였다.

이어진 4회말.

[……당겨친 타구! 한유민의 타구는 우익수 뒤로! 뒤로! 더 뻗어가지는 않네요. 워닝트랙에서 잡히고 맙니다.]

[살짝 먹혔네요. 박세훈 투수, 조금 놀랐겠어요.]

1사 상황, 한유민의 큼지막한 플라이 이후.

[……라인드라이브성 타구! 유격수 잡지 못하고, 완전히 좌중간을 갈라냅니다! 타구 담장까지! 노재완은 1루 돌아 2루로!]

노재완이 2루타를 때려내며 퍼펙트를 깨고.

박상구가 볼넷으로 출루하며 2사 1, 2루.

경기 첫 득점권 상황이었지만…….

[……3구 타격! 채연승의 타구, 높게 떠오릅니다. 주자올 스타트 끊었지만 2루수가 동료들을 물립니다. 잡아냅니다. 쓰리아웃! 잔루 1, 2루.]

역시나 후속타는 불발.

양팀이 모두 득점에 실패한 가운데.

[……6회말 팔콘스의 공격을 앞두고 있는 네오 팔콘스 파크입니다. 위원님. 오늘 경기 구강혁 투수의 아웃 패턴이 꽤 흥미로운데요. 타이탄스의 현재 가장 뜨거운 타순이죠? 1, 2, 3번. 황기준, 김동한, 정희문의 세 타자.]

[네, 그렇죠?]

[이 세 타자를 상대로는 1회의 무결점 이닝 기록에 이어, 직전 이닝의 황기준, 김동한의 3번째 타석까지. 그러니까 총 8번의 승부에서 4회 김동한의 안타를 제외하고는 모든 아웃카운트를 삼진으로 잡아냈습니다.]

[구강혁은 6회까지 안타 하나, 볼넷 하나만을 허용하며 총 10개의 삼진을 기록했는데……. 그렇네요. 대부분이 이 세 타자를 상대한 결과였습니다. 흐음, 뭐라고 할

까요. 상황보다는 상대 타자의 최근 타격감을 감안해 완급을 조절한 게 아니었을까 싶네요.]

김용문이 구강혁에게 말했다.

"고생했다. 1회에는 특히."

"감사합니다. 여기까지입니까?"

"오냐."

등판은 거기까지였다.

구강혁의 등판 기록은 6회까지 1피안타 10K.

'다음 등판은 아마 가디언스와의 시리즈 첫 경기. 타이탄스 타선에는 미안하지만, 오늘처럼 내 뜻대로 운영할 수 있는 경기는 아닐 테지. 감독님께서도 그 점을 감안해서 빨리 내리신 것 같다. 선발승 요건을 못 채우고 내려온 건 처음인가?'

6회말.

팔콘스의 타순은 9번 정윤성부터.

[……루킹 삼진! 정윤성이 물러납니다. 박세훈의 오늘 경기 4번째 탈삼진.]

[팔콘스, 특히 구강혁 선수는 아쉽겠어요. 이닝 소화가 적은 투수는 아니지만, 팔콘스 필승조가 지금 3이닝을 막아 내기에는 충분하게 관리된 상황이거든요. 김용문 감독의 스타일을 감안하면 등판이 6회까지일 가능성이 있습니다.]

[정윤성이 출루에 성공했다면 1번으로 이어지는 좋은 타순이었죠. 황현민이 타석에 들어섭니다.]

1사 후…….

[……볼넷! 황현민의 출루! 4회와 5회에 이어 또 한 번 주자를 내보내는 팔콘스 타선.]

황현민이 1루를 채우고.

[……3구 타격, 높게! 홈플레이트 뒤편으로. 마스크를 벗은 정희문이 쫓아갑니다……. 잡아냅니다!]

한유민이 파울플라이로 물러났지만…….

슈웅!

따아아악!

[초구부터 타격! 아, 중견수 뒤로! 중견수 뒤로!]

좌타석에 들어선 3번 페레즈.

그의 배트가 불을 뿜었다.

[잡을 수 없어요! 담장을 넘어갑니다! 페레즈의 투런포!]

0:2.

팔콘스가 리드를 잡았다.

그리고.

박창현, 원민준, 주민상으로 이어지는 필승조가…….

[……3구, 유격수 방면으로! 황현민이 잡아내고 1루로! 부드럽고 빠른 송구! 쓰리아웃, 경기 끝! 대전 팔콘스가 부산 타이탄스에 1점차 승리를 거둡니다!]

9회, 정희문이 홈런을 때려냈음에도 불구.

그 이상의 실점을 허용하지 않으며…….

팔콘스의 승리를 지켜냈다.

[양팀 1승 1패, 시리즈 동률!]

[팔콘스의 수확이 남다릅니다. 만원 관중에 구단주까지 방문한 홈에서 1회 구강혁 신수가 기록을 달성했고, 무실점과 선발승 연속 기록도 이어갔어요. 페레즈 선수도 부진을 씻어 내는 결승포를 쏘아 냈고, 또 남은 이닝을 필승조가 완벽하게 지켜냈죠?]

[올 시즌 투수진의 힘을 보여 주고 있는 대전 팔콘스, 다소 아쉬웠던 타선도 구강혁에게 힘을 실어 줬습니다. 아직 드래곤즈의 경기가 끝나지 않았습니다만, 지금의 점수대로 마무리된다면 다시 팔콘스가 승차를 좁히게 됩니다.]

경기가 끝나고.

주민상이 땀을 뻘뻘 흘리며 다가왔다.

"식겁했네. 그걸 넘길 줄은 몰랐다."

"에이, 저는 그래도 막아 주실 줄 알았어요."

"말이라도 고맙다. 불빠따 맞을 뻔."

"헉."

대부분의 팬들이 네오 팔콘스 파크를 빠져나가고.

몇몇 팬들이 선수단의 퇴근을 기다리는 가운데.

김우현 회장이 그라운드에 모습을 드러냈다.

'……의외로 잘 어울리시네, 유니폼.'

함께 방문한 한일그룹 사장단의 수만 해도 적잖았다.

채연승이 얼른 선수들을 이끌었다.

"안녕하십니까, 구단주님."

도열한 선수단이 함께 허리를 숙였다.
"그래, 고생들 많았어. 거……."
김용문과 코치진도 천천히 다가오는 가운데…….
젊은 남자가 빠르게 움직였다.
'비서 같은 사람인가?'
김우현이 봉투를 받아든 그대로 채연승에게 내밀었다.
"나눠주고 그러면 안 됐댔지?"
채연승이 대답했다.
"네, 구단주님."
승리 메리트는 리그 규정에 따라 금지됐다.
구단주의 격려금은 주로 회식비로 사용된다.
"알아서들 맛있는 거 먹어. 든든하게 넣었어."
"감사합니다! 그렇게 하겠습니다!"
"오늘 말고 내일."
"아? 아, 그렇게 하겠습니다."
"우리 주장이 인상이 참 좋아."
"감사합니다!"
격려금을 건넨 김우현이…….
'이제 악수 타임인가.'
선수단에게 다가왔다.
첫 상대는 페레즈였다.
"굿 홈런."
"간사함미다, 사잔님."
김우현이 씨익 웃었다.

"내가 사장은 아닌데, 간사하기는 해."
베테랑들 사이에서 순식간에 웃음이 터져 나왔다.
"하하하하하!"
"회하하하하!"
"으하하!"
사장단도 몇 마디를 보탰다.
"하하, 별 말씀을 다 하십니다."
"으하하, 페레즈가 한국인 다 됐습니다!"
"으음……. 그래."
다음은 세이브를 기록한 주민상.
"막았으면 됐지. 안 그래?"
"그래도 다음에는 안 맞고 막겠습니다!"
"좋아. 계속 잘 부탁해."
"감사합니다!"
마지막으로…….
김우현이 구강혁의 앞까지 와서 섰다.
'유니폼까지 입으셔서 그런가, 평범하게 야구 좋아하는 아저씨 같으신데. 우리 아부지도 나이 드시면 느낌은 비슷할 거 같기도 하고.'
그리고 손을 내밀었다.
'……독대를 할 수 있는 상황이라면 염치불구하고 양홍철 문제를 부탁드려보고 싶었는데, 이렇게 선수단이 다 모인 그라운드에서는 그럴 수도 없겠어.'
구강혁이 그 손을 맞잡았다.

의외로 단단한 손이었다.

"손 한번 큼직하구만. 오늘 특히 초반부터 아주 인상적이었어. 내가 자네 보러 여기까지 내려왔는데 시간이 아깝지가 않더라고. 영준이한테 많이 배웠다지?"

"맞습니다, 회장님."

"투자한 보람이 있구만. 류!"

바로 옆에 선 류영준이 웃으며 대답했다.

"자기가 알아서 잘 하더라고요."

"그런가?"

구강혁이 말했다.

"아닙니다. 아직 멀었습니다."

김우현이 호탕하게 웃었다.

"하하!"

그러고는 손을 풀고 김용문 감독에게 말했다.

"김 감독님."

"예, 구단주님."

"내가 이 친구 좀 빌려가도 되겠습니까? 저녁 한 끼 하고 싶은데. 오래 걸리지는 않을 거예요."

구강혁이 눈을 동그랗게 떴다.

다른 선수들도 마찬가지였고.

사장단과 비서진은 평온한 표정이었다.

'아, 원래 계획된 건가? 나야 바라 마지않던 시간이기는 한데. 문제는······.'

김용문이 웃으면서 대답했다.

"본인한테 물어보시죠."

"그렇구만. 자네, 시간이 괜찮나?"

구강혁이 고개를 끄덕이고는 대답했다.

"그게."

"그게?"

"제가 선약이 있습니다."

"……선약?"

이번에는 사장단도 눈을 동그랗게 떴고…….

비서진은 눈썹을 꿈틀거리기 시작했다.

'할 일은 해야 할 거 아냐? 선발이었는데.'

말을 잃었던 김우현이 다시 호탕하게 웃었다.

"하하하하! 그래, 젊은 친구답구만. 그래, 흐음……. 혹시 애인이라도 보러 가나?"

"아닙니다. 애인은 없지만, 애인보다 중요한 문제가 있어서요. 트레이닝 파트에 먼저 들러야 합니다. 선발로 등판했는데 아직 제대로 케어를 못 받았습니다. 보통 경기가 끝나고 마사지를 받습니다."

"……그렇구만. 그래, 중요한 문제지. 내가 생각이 짧았어. 어디 보자. 그 마사지가 오래 걸리나? 끝나고 나면 괜찮은 게야?"

"네, 다른 일정은 없습니다."

박은후 트레이닝 코치가 얼른 소리쳤다.

"회, 회장님! 오래는 안 걸립니다. 당일에는 비교적 간단한 과정입니다! 순식간에 끝내고 보내겠습니다!"

"아니, 아닙니다. 늙은이가 좀 기다리면 어때? 평소 하던 대로, 아니지. 오늘은 기록까지 세웠으니 아주 알차게 주물러서 보내시지요. 김 실장!"

아까의 젊은 남자가 대답했다.

"네, 회장님."

"기다렸다가 데리고 오지."

"알겠습니다."

* * *

승리의 물결이 지나간 네오 팔콘스 파크.

트레이닝 파트에 구강혁과 김은후가 남았다.

평화와 침묵 속에 마사지가 진행되던 중.

먼저 입을 연 건 김은후 코치였다.

"강혁아."

"네, 코치님."

"너는 또라이야."

"어, 엥? 갑자기요? 왜 그러십니까, 악!"

"시원하지?"

"네, 어우. 역시."

"나도 시원하기는 했다……."

김은후 코치가 고개를 절레절레 저었다.

"작년에는 코치진들이 불려갔었어."

"오, 그러셨어요?"

"1군 코치들 다. 연패 중이었는데 겨우 이겼지."
"아하. 맛있는 거 드셨겠네요."
"절반은 코로 먹은 거 같지만. …….자, 끝!"
"고생하셨습니다, 코치님."
그렇게 마사지가 끝나고.
"잠깐, 잠깐만."
김은후가 셔츠와 바지를 내밀었다.
"얼추 맞을 거야. 이거라도 입고 가."
"아, 감사합니다. 세탁해서 돌려드릴게요."
트레이닝 코치답게 완력도 덩치도 좋은 김은후.
구강혁이 옷을 받아들고 복도로 나왔다.
기다리던 김 실장이 물었다.
"끝나셨습니까?"
"아뇨. 온열찜질을 좀."
"……."
그렇게 찜질까지 마치고, 김은후의 옷으로 갈아입은 뒤.
구강혁이 김 실장의 차에 올라탔다.
김 실장이 다시 물었다.
"사인……. 팬 서비스는 안 해 주셔도 괜찮으십니까."
"선발로 던진 선수는 많이들 봐주세요. 이것도 팬들 사이에서는 일종의 불문율이라서요. 그래도 엄청 오랜만에 홈 경기라 아쉽기는 한데, 내일 많이 해 드려야죠."
"그렇군요. 하나 배웠습니다."
20분가량을 달려 백화점 지하에 도착했다.

'대전에서 가장 큰 백화점이지. 한일그룹 계열사. 나야 와본 적은 없지만 시간이 꽤 늦었으니 영업도 끝났을 텐데. 역시 회장님이시라는 건가?'

그대로 엘리베이터를 타고 최상층으로.

VIP 라운지에서 문을 하나 더 열고 들어서자…….

"왔구만."

아주 넓지도, 화려하지도 않지만.

은근한 기품이 느껴지는 공간이 펼쳐졌다.

테이블에 앉은 이는 한 사람.

김우현 회장이었다.

'계열사 사장단인가 하는 분들까지는 같이 안 오신 모양이네. 비서처럼 보이는 남자들이 셋……. 아, 김 실장님까지 포함하면 넷.'

뒤편으로 비서들이 자리를 지키고 있었다.

김 실장은 바로 김우현의 뒤편에 섰다.

"허허, 옷까지 갈아입었어?"

"아, 네."

"신경을 쓰게 했구만. 그래, 여기도 좀 과하지? 나도 근처 밥집이나 가면 될 거 같은데, 이 친구들이 말리더라고. 이 시간이면 연 곳도 얼마 없다나? 아무튼 앉지."

김우현이 뒤편을 돌아보며 웃었다.

구강혁이 말했다.

"맞습니다. 앉기 전에 다시 인사드리겠습니다."

"으음."

"처음 뵙겠습니다, 회장님. 구강혁입니다. 올해 팔콘스에 합류하게 됐습니다. 기다려주셔서 감사합니다."
"허허, 그래. 좀 기다리기는 했어. 그래도 선발은, 뭐야. 루틴을 지키는 게 중요하잖나? 알고 있었는데 말이야."
"이해해 주셔서 다시 감사드립니다."
"감사할 것도 많구만. 한식으로 괜찮겠나?"
"물론입니다. 뭐든 잘 먹습니다."
구강혁이 김우현의 맞은편에 앉았다.
테이블에는 갖가지 음식이 차려져 있었다.
'술도 드시는 모양이네. 저것도 위스키 같은데. 글렌……. 에이, 뭐라고 읽는 건지 모르겠다. 40? 위스키 도수가 원래 그 정도 되지 않나. 뭘 저렇게 크게 써놨어?'
술도 한 병 올라왔고.
김우현이 넌지시 말했다.
"편하게 들지. 술도 한 잔 하겠나? 아주 좋은 술까지는 아니네만, 한 잔, 아니지. 목만 축이는 정도라면……."
"죄송합니다. 제가 술을 아예 하지 않습니다."
비서들이 일제히 눈썹을 꿈틀거렸다.
"그래도 한 잔 따라드리겠습니다."
구강혁이 호기롭게 나섰다.
김우현이 웃으며 잔을 내밀었다.
"그래, 첫 잔만 부탁함세."
구강혁이 자리에서 일어나 다가가서는.
'잔이 특이하네. 영준이 형네서 마실 때는 길다랗고 작

은 잔이었던 거 같은데. 아무튼……. 어른들께 술을 드릴 때는 잔을 가득 채우면 안 됐댔어, 아부지가.'

술병을 들고…….

콸콸콸 따르기 시작했다.

노징 글라스라고 불리는 전용잔.

가득 채우면 약 200ml의 용량.

김 실장이 다급하게 고개를 가로저었음에도…….

'……위스키는 좀 다른가?'

잔은 약 7할이 채워졌다.

"으하하, 거 배포 한번 크구만!"

"어, 감사합니다."

"오늘 무슨 기록도 세웠다지?"

"맞습니다. 박상구 포수가 잘 받아 준 덕분입니다."

"축하하는 의미로 한 잔 하겠네."

비서들이 안절부절못하기는 했지만…….

김우현이 시원하게 잔을 비웠다.

"다시 따라드릴까요?"

"아니. 그건 괜찮다네……."

두 사람이 식사를 시작했다.

음식은 아직 따뜻하고 맛이 좋았다.

김우현이 곧 다시 입을 열었다.

"아까의 인사 말인데. 기억력까지 좋지는 않구만. 처음 뵙겠다는 말은 틀렸다네. 자네와 나는 구면이야."

구강혁이 눈을 동그랗게 떴다.

"그렇습니까?"

"보자, 10년 전이었던가?"

"저는 고등학생이었을 때 같습니다."

"그래. 어느 대회에서 죽어라 던진 적이 있었지? 그 대회를 우리 한일에서 후원했지. 원래 결승에만 갈 예정이었는데, 조카딸을 데리고 8강전에도 한 번 갔어. 열정 넘치는 야구를 한번 보여 주고 싶었거든. 팔콘스의 죽 쑤는 야구 말고."

"드래프트 직전의······."

흐릿한 기억이 천천히 되살아났다.

3학년 마지막 대회 8강전.

야구를 그만둘 줄만 알았던 그때.

강호 덕문고와의 대결에서······.

구강혁은 4회에 등판.

런다운에 걸린 주자의 심정으로, 동료들에게 다음 경기라는 기회를 준다는 일념으로.

9회까지를 88구로 막아 냈다.

"어떤 경기를 볼까 고민했는데 결과적으로 좋은 선택이었지. 내게도 꽤 인상에 남았으니까. 야구 같은 게 뭐가 재밌냐던 조카딸도 어느 순간부터는 자네를 응원하더군. 그 아이의 눈에도 외롭고 치열한 싸움이었던 게지."

구강혁에게는 야구를 계속할 계기가 되었던 인생투.

"영 자주 보지는 못하지만, 그래도 덕분에 조카딸은 훌륭한 팔콘스 팬으로 성장했지. 젊은 친구들이 예전보다는 야구에 관심이 많아졌다지만 그 아이만큼 열정적인 팬은 드물 거야."

그 피칭이 관중석의 누군가에게는…….

야구에 흥미를 가질 계기가 되었다.

"……애매하지만 기억이 나는 것 같습니다. 경기가 끝나고 잘 모르는 어른들께 인사를 드렸어요."

"오늘 그랬듯 악수를 한 번 했지."

"기억하지 못해 죄송합니다."

"허허! 아니야. 오래 전 일이잖나, 정신도 없었을 테고. 뭐, 나중에야 그 근성 좋던 놈이 결국에는 프로에 들어왔다는 소식을 들었지. 우리 선수가 아니라 섭섭하기야 했지만, 결국에는 대전으로 와서 이렇게 밥도 같이 먹고 있잖은가."

구강혁이 고개를 숙이며 말했다.

"제가 기억하지 못하던, 또 모르던……. 아주 중요한 사실을 알려 주셨습니다. 감사합니다, 회장님. 조카 분께도 그날 응원해 주셔서 정말 감사했다는 말씀을 전하고 싶습니다."

김우현이 씨익 웃었다.

"그래, 꼭 전해 주겠네."

"감사의 의미로 한 잔 더 올리겠습니다."

"음, 그건 괜찮대도……."

식사는 한 시간가량 이어졌다.

이후의 대화는 단순했다.

주로 김우현이 이것저것을 물었다.

고향은 어디냐, 사는 곳은 어디냐, 부모님은 무슨 일을 하시냐, 팀에 마음에 안 드는 놈은 없느냐, 비밀로 할 테니 솔직하게 말해 봐…….

'……부탁을 드린다면 지금뿐이다.'

그러다가 구강혁이 말을 꺼냈다.

"회장님."

"음?"

"염치불구하고 부탁드릴 게 하나 있습니다."

김우현이 의외라는 듯이 눈을 크게 떴다.

"내게?"

"네."

"중요한 일인가?"

"제게는 그렇습니다."

그러고는 가볍게 손을 들었다.

김 실장을 제외한 비서들이 빠르게 자리를 비웠다.

"내게 뭘 부탁하는 이도 오랜만이로군. 역시 이놈 이거, 배포가 큰 놈이야. 안 그런가, 김 실장?"

"맞습니다, 회장님."

"말해 보게."

"리그에 문제가 좀 있습니다."

"리그에? KBO?"

"그렇습니다."

김 실장이 김우현에게 다가가서 귓속말을 했다.

"……흐음. 그런 일이 있었구만. 허허! 서울 브레이브스면 태흥이 인수하지 않았나? …….그게 벌써 10년이 넘었어? 그렇구만. 지금 구단주가 누군데. …….둘째? 그 개차반 같은 자식이 야구단을 맡았다고?"

구강혁이 긴장하며 그 모습을 지켜보았다.

김우현이 구강혁에게 다시 눈을 맞추었다.

"확실히 자네가 할 수 있는 일은 아니겠구만."

"네, 회장님."

"내가 부탁대로 이 건에 손을 댄다고 치지. 그럼 자네는 내게 뭘 해 주겠나? 알겠지만 내가 할 수 없는 일이란 게 그렇게 많지는 않아. 그 중에 자네가 할 수 있는 일은……."

"우승 말씀이십니까."

"후후, 그렇지."

잠시 생각에 잠겼던 구강혁이 말했다.

"죄송합니다. 우승한다는 약속은 못 드리겠습니다."

김우현이 눈썹을 찌푸렸다.

"그래?"

"야구는 팀 스포츠니까요. 저 혼자서 그런 약속을 드리는 건 어불성설입니다. 어려서부터 부모님께 책임지지 못할 약속은 하지도 말라는 가르침을 받았습니다, 회장님. 하지만."

"하지만?"

"뼈를 깎는 각오로, 온 힘을 다해 던지겠다는 약속은

드릴 수 있습니다. 제가 리그 최고의 투수로서 팔콘스의 마운드를 지키겠습니다."

"흐음."

"문제는 원래 그럴 생각이었어서요. 사실 제가……. 회장님께 보답할 길은 없는 것 같습니다."

김우현이 한참 표정을 굳히다가…….

피식 웃음을 흘렸다.

"……하여간. 야구하는 놈들이 다 이래. 사업에는 재능이 없다고. 괜히 죄다 일을 벌이다가 말아먹는 게 아니라니까. 거래를 하면 가끔은 뻥카도 쳐야 하는데 말이야. 안 그래?"

김 실장도 처음으로 미소를 보였다.

"맞는 말씀이십니다, 회장님."

"그래도……. 아주 나쁜 대답은 아니었어. 김 실장, 자세히 알아보고 보고해."

"알겠습니다."

* * *

일요일, 타이탄스와의 시리즈 마지막 경기.

도미닉이 8이닝 무실점의 완벽투를 펼쳤다.

결과는 0:5, 팔콘스의 완벽한 승리.

네오 팔콘스 파크에서의 첫 위닝시리즈였다.

시즌 전적은 17승 14패, 4위.

드래곤즈와의 승차는 여전히 1경기 반.

순위를 뒤집지 못한 점은 아쉬웠지만.

가드를 선 구강혁도 승리를 만끽했다.

경기가 끝나고는 오랫동안 팬들과 시간을 보냈고……

이틀 연속으로 아주 늦게 집에 돌아갔다.

자기 전에 박상구에게서 메시지가 왔다.

[박상구: 자냐? 딱 집어서 조진 보람이 있네]

한 칼럼의 링크가 함께였다.

[진정한 연승스타터, 팔콘스 차세대 에이스 구강혁]

[연패를 끊어 내는 것은 에이스의 숙명이다. 대전 팔콘스에서는 류영준이 그랬다. 소위 '류패패패패'가 계속되던 시절, 많은 대전 팬들이 류영준의 등판만을 기다렸다. 어려운 상황에서도 연패를 끊어 내는 '연패스토퍼'의 기질이 에이스의 자격으로 꼽히는 이유다.

…….그런데 올 시즌 괄목할 만한 성장으로 무시무시한 '뱀직구'를 던져 대는 이 선수. 구강혁에게서는 연패스토퍼보다는 '연승스타터'의 기질이 돋보인다. 평균자책점 0의 행진도 놀랍지만 그게 전부가 아니다.

현재까지 구강혁은 6경기를 던졌고 전승을 거두었다. 오늘 타이탄스와의 경기까지 포함하면 그 다음날 경기도 마찬가지로 6경기. 팔콘스는 이날까지 이 6경기에서 4승 2패의 성적을 기록했다.

그래서 4승 2패가 놀라운 성적인가? 작년의 팔콘스를 생각하면 그렇기야 하지만, 더 자세히 들여다볼 필요가 있다. 지금까지 구강혁은 목요일 등판이 없고, 일요일 등판은 2회. 앞서 말한 2패는 모두 이 일요일 등판 뒤, 화요일에 나왔다.

구강혁의 등판 후로 팔콘스의 상대 팀이 달라졌다는 이야기다. 그렇다면 반대로 구강혁을 상대했던 팀들은 어땠을까. 일요일에 구강혁을 상대한 팀은 샤크스와 브레이브스. 휴식일이 지난 뒤였음에도 샤크스는 연패를, 그나마 단 한 팀. 최근에 브레이브스가 재규어스에 승리를 거뒀다.

……. 익명을 요구한 지방 A팀의 베테랑 외야수는 "리그 정상급 선발, 특히 볼끝이 까다로운 사이드암 투수나 강속구를 던지는 좌완을 상대한 후의 후유증이 없다고 볼 수는 없다"며, "구강혁은 그런 점에서 최악의 상대"라고 평가했다.

당장 오늘 타이탄스와의 3차전도 그랬다. 구강혁을 상대로 1안타 8삼진에 그쳤던 타이탄스의 황기준, 김동한, 정희문은 도미닉을 상대로는 아예 출루를 기록하지 못했다.

……. 선발진의 좌우놀이가 허상이 아닌 것과 마찬가지다. 구강혁의 피칭은 상대 타선에 일종의 트라우마를 남긴다. 대전 팔콘스로서는 구강혁의 목요일 등판과 일요일 등판을 최소화할 필요가 있지 않을까.]

칼럼을 다 읽은 구강혁이 웃으면서 답장했다.

[구강혁: 다 좋은 포수 덕분이지]

[구강혁: 한 방 제대로 쳐줄 때도 됐는데]

[박상구: ㅎㅎ;]

기분 좋은 밤을 보내고 이튿날.

광주 원정을 앞둔 휴식일.

구강혁이 평소보다 늦게 눈을 떴다.

'……어우, 벌써 10시를 넘었네.'

부재중 전화가 3건.

하나는 저장되지 않은 번호였고…….

둘은 김윤철의 전화였다.

"음."

구강혁이 먼저 김윤철에게 전화를 걸었다.

―네, 일어나셨습니까?

"네, 평소보다 좀 오래 잤네요."

KBO의 선수들은 일과가 늦는 편이다.

대부분의 경기가 꽤 늦은 시간에 끝이 나기 때문.

―죄송합니다. 그래도 급히 말씀드릴 게 있어서요.

"네. 말씀하세요. 잠은 다 깼습니다."

―그게……. 하, 이거 참. 어제 보낸 메시지는 보셨죠?

"자기 전에요. 브레이브스 건이 좀 잠잠해진 감이 있지만, 정유성 선배 인터뷰 일정을 잡아놨으니 다시 수면 위로 끌어올리는 건 어렵지 않다. 그런 내용이었죠?"

―네. 실제로도 그렇게 할 생각이었습니다만.

"그런데요?"

―오늘 아침에……. 양 부단장이 저를 찾아왔습니다.

구강혁이 눈을 크게 떴다.

"엥, 네? 대표님을요?"

―출근했더니 건물 1층에서 기다리고 있더라고요.

"혹시 무슨 일이라도 있으셨습니까?"

―아닙니다. 그러니까, 해코지를 당한 건 전혀 아닙니다. 그게 아니라……. 구강혁 선수한테 꼭 좀 사과를 해야겠답니다. 제가 뭘 했다는 것도 아예 모르는 눈치고, 그냥 구 선수의 에이전트라서 찾아온 것 같았습니다.

"네? 다행이기는 한데, 이제 와서 무슨."

―저도 그래서 돌려보내기는 했는데, 사람이. 참, 이게 뭐라고 할까. 그렇게까지 폭삭 늙어 버릴 수가 있나 싶을 정도로 안색이 창백하더라고요.

"상황이 너무 안 좋아서요?"

―그것까지는 모르겠습니다. 본인 말로는 부산에 다녀와서 다시 만나러 온다는데, 흐름상 조영준 씨에게 가는 게 아닐까 싶어서요. 본인에게 연락도 했고, 혹시나 싶어 남자 직원 둘도 부산으로 내려보냈습니다.

"아! 감사합니다. 잘 하셨습니다."

―사람 일이 혹시 모르는 거니까요. 그런데……. 그런 류의 문제가 애초에 아니었던 것 같습니다. 방금 김준호 씨를 통해 들은 건데요.

"김준호 대행, 네."

―브레이브스 내부 상황이 급변하고 있는 듯합니다. 양홍철이나 안재석 단장 선이 아니라, 아예 구단주가 책임

을 진다는 그림으로 갈 수도 있을 것 같아요. 곧 보도자료를 통해 입장을 발표한다고 합니다. 그리고 상황에 따라서는……. 아예 구단 자체를 매각할 수도 있겠습니다.

"네?"

―구강혁 선수가 말씀하셨던……. 팀의 정상화. 그게 가능할 수도 있다는 이야기입니다. 추이를 더 지켜봐야 겠지만 어떻게 갑자기 이런 상황으로 흘러가는지가 의문입니다.

"아!"

―그룹 차원에서나 정치권에서 압력이라도 있었던 건지……. 지금까지의 행보와 대조해 보면 더 이해가 안 되는데요. 도대체 무슨 일이 있었길래…….

"……으음."

구강혁이 침음했다.

'아무리 그래도 이렇게 빨리?'

함께 식사를 한 것이 고작 이틀 전.

온전한 하루는 겨우 어제뿐인데도.

'……진짜 불빠따를 드신 건 아니겠지?'

김우현 회장에게는…….

그만하면 충분한 시간이었다.

* * *

―……각 구단의 구단주는 대부분 모기업의 회장이나

대표이사죠. 대기업 계열사가 으레 그렇듯 지배구조는 한두 마디로 정리하기가 어렵지만, 팔콘스를 예로 들어도 한일그룹의 김우현 회장이 구단주죠.

"그렇죠."

―물론 본인의 명의로 지분을 보유한 김우현 회장도 꽤 이례적인 경우이기는 합니다만, 앞서 말씀드린 사례에 확실히 엇나간 구단이 울브스입니다. 울브스는 삼일전자가 아닌 제영기획 산하에 있으니까요.

한유민의 현금성 트레이드도…….

따지고 들면 울브스의 자금사정에 따른 결과.

그 원인이 제영기획 편입과 투자금 축소였다.

―브레이브스는 좀 애매한 경우인데, 인수 당시부터 태흥그룹 본사가 아닌 태흥미디어가 주체였기 때문입니다. 결과 자체는 울브스와 크게 다르지 않지만, 대표가 다릅니다. 태흥미디어 대표는 오너 일가, 회장의 둘째 아들이거든요.

브레이브스의 구단주는 50대 초반의 나이.

리그에서 가장 젊다.

―많이 알려지지는 않았지만 소싯적부터 유흥으로 이름을 날린 인사입니다. 양 부단장과는 젊은 시절 유학지에서 만난 것 같고요. 그 양반이 브레이브스 입사 전까지 미디어업계에서 일했음을 감안하면…….

"의기투합을 했겠네요."

―네. 아무튼 오너 일가의 책임을 어떻게든 피하려는

게 태흥이 이 며칠 동안 그려온 그림인데, 상황이 갑자기 이런 식으로 흘러간다는 건 말씀드렸듯 모종의 압력이 있었다. 그렇게 해석할 수밖에는 없습니다.

모종의 압력.

'……김윤철 대표님을 믿지 못하는 건 아니지만, 이건 김우현 회장님과의 신뢰의 문제다. 아무리 좋게 봐도 당돌하고 뜬금없는 부탁이었는데 흔쾌히 들어주신 거잖아. 김 실장님을 제외한 비서들까지 물려가면서.'

정체는 알지만, 말할 수는 없다.

"……브레이브스가 매각된다면 선수들이나 직원들에게 피해가 있지는 않을까요?"

─미지수입니다만, 가장 최근의 드래곤즈 인수 건을 감안하면 큰 문제까지는 없지 않을까 싶습니다. 애초에 매각을 진행한다고 해도 시즌이 끝난 뒤의 일일 테고요.

"으음, 네."

─다른 전례까지 감안해도, 선수단은 당연히 유지. 프런트 인원과의 계약도 대부분 승계할 가능성이 높습니다. 김준호 부팀장만 해도 대행이라지만 책임자였던 이상 꼬리자르기에 휘말릴 가능성이 있었고, 그 점을 빌미로 협력해 왔는데…….

"꽤 도움도 됐죠. 이후 지원을 약속하셨군요."

─네. 그런데 또 책임이 구단주 선까지 올라간다면 유야무야 넘어갈 수도 있을 겁니다. 저 개인으로서 평가하기로는……. 양 부단장에게 휘둘린 게 잘한 일이라고는

생각하지 않습니다만, 회사생활이 그렇습니다. 가해에 가담한 피해자, 그런 케이스라고 봅니다.

"네. 그 분은 처음부터 그런 느낌이었어요."

―그랬군요. 어쨌든 인수가 바로 이뤄지는 것도 아니고, 구단주가 태영미디어에서 물러나도 이후 전문경영인 체제로 갈지, 다른 친족이 맡을지. 다 모르는 일입니다. 그러니 추이를 지켜봐야겠지만…….

"잘만 풀린다면 제게, 아니죠. 브레이브스에도 좋은 결과로 이어질 수 있겠네요."

―정말 잘 풀린다면요.

"그러면 좋겠네요. 김 대표님, 양홍철 본인 문제는 어떻게 하는 게 좋을까요? 당장 영준이 형이야 대표님이 대처를 하셨다지만."

―글쎄요. 흐음. 정말 혹시나 싶어 부탁드렸던 양홍철과의 통화 녹취……. 저도 들어봤는데, 꽤 시원하던데요.

"어, 네, 으음."

―하하, 농담입니다. 그거야말로 구강혁 선수와 다른 피해자들. 이를테면 조영준 씨나 정유성 씨의 의사가 가장 중요한 문제가 아닐까 싶습니다. 어떤 결정을 하시든 문제가 없도록 최대한 서포트하겠습니다.

"그렇게 말씀해 주시니 고맙습니다. 그간 고생 많으셨어요. 지난번에는 신경이 쓰일 만한 말씀을 드린 것 같아 마음에 걸렸었는데……. 그래도 다행이네요."

―별 말씀을요. 모로 가도 서울로만 가면 되는 거죠.

구강혁 선수야말로 당분간은 크게 신경을 쓸 일이 없을 테니, 늘 하던 대로 잘 던지시고. 상황은 파악하는 대로 연락드리겠습니다.

"네. 양홍철 문제는 저도 고민해 볼게요."

* * *

다음날.

일찍 출근해 러닝과 상체 웨이트의 루틴을 지키고.

구강혁이 선수단과 함께 광주로 향했다.

"잘 부탁드립니다, 선배님."

그리고 룸메이트가 바뀌었다.

김지환이었다.

서산으로 내려가고 열흘이 애저녁에 지났지만.

여전히 콜업의 기미가 없는 외인 로건.

'팀의 분위기가 좋아 이슈가 덜 되는 느낌이 있지만, 이만큼 조정이 길었는데도 결과가 좋지 않다면 교체 수순을 밟을 수밖에 없겠지. 좋은 선수를 데려올 만한 시기는 아니지만……. 외인 슬롯을 이대로 못 써먹는 건 손해니까.

반면 교체되듯 올라온 김지환은 1군에서 버티고 있다.

'지환이는 등판 자체가 많지는 않아. 사실상 패전조에 가깝지. 워낙 공 자체가 좋다 보니 부담이 없는 상황에서는 아주 나쁜 성적까지는 아닌데.'

구강혁이 말했다.

"나야말로 잘 부탁한다."

"많이 배우겠습니다. 제가 선배님께 이것저것 많이 배우고 싶어서 숙소 배정을 요청했습니다. 아, 원민준 선배님께는 미리 말씀드렸습니다!"

"어, 들었어. 그런데 숙소에서 뭘……."

"그라운드에서도 열심히 따라다니겠습니다!"

"그, 그래라."

지금까지의 원정 숙소 파트너는 원민준.

팔콘스 합류 후 바뀐 적이 없었다.

'브레이브스 시절에도 그랬지. 1군에 자리를 잡을 무렵에는 민준이 형이랑 워낙 친해졌으니까. 나도 연차치고는 후배와 방을 쓴 경험이 많지 않네.'

브레이브스에서도 비슷했고.

신인 티를 벗던 시기…….

부상과 재활, 군입대로 시간을 보내고, 결국은 트레이드로 팀이 바뀐 영향이 컸다.

물론 김지환과도 같이 보낸 시간은 있다.

짧게나마 몇 번 이야기를 나누기도 했고.

'지환이가 이미지에 비해 싹싹하기는 해.'

데뷔 시즌부터 크고작은 문제를 터뜨리며, 팬들 사이에서는 특히 사고뭉치 이미지가 박힌 김지환.

"시원한 물 한 병 가져다드립니까?"

"어? 아니. 내가 가져다 마실게."

"테이블에 올려두겠습니다!"

그런 이미지에 비하면…….

"선배님, 이거 쓰십시오. 귀마개입니다. 일회용 중에는 가장 비싸고 좋은 걸로 가져왔습니다."

"코 골아?"

"엄청 피곤할 때 가끔 곱니다."

"난 괜찮아. 원체 잘 자, 어렸을 때부터. 아, 원래 룸메이트였던 민준이 형도 코 골거든. 그 형은 사흘 내내 공 하나 안 던지고도 신명나게 드르렁대는 양반이야."

"혹시 모르니 머리맡에 두겠습니다!"

"나보다 민준이 형 새 룸메이트한테……."

"현섭이한테는 미리 한 뭉치 줬습니다!"

나름대로 사근사근한 후배였다.

팬서비스도 좋은 선수였다.

지난 일요일 홈 경기에도 팬들이 다 떠날 때까지 남은 선수가 몇 없었는데, 김지환이 그 가운데 한 명이었으니까.

실제로 김지환은 구강혁을 따라다녔다.

이튿날 재규어스 필드에서부터 그랬다.

스트레칭 파트너는 물론…….

롱토스도 주고받았다.

슈욱!

퍼어어엉!

서로 피칭을 지켜보기도 했고.

"역시 대단하십니다. 진짜 뱀 같아요."

"뭘 또……. 네 공도 보자."

슈욱!

퍼어어어엉!

[156]

"어우."

확실히 둘은 닮은 점이 많았다.

187cm인 김지환이 구강혁보다 3cm가량 크지만.

체형 자체는 비슷한 편.

'1, 2년 전까지만 해도 호리호리하다는 느낌이 강했는데, 잔근육이 많이 붙었지. 그렇다고 과하게 몸이 두꺼워진 것 같지도 않고. 자기 나름대로 노력을 해 왔던 거야, 지환이도.'

같은 우완 쓰리쿼터 투수라는 점이 특히 닮았다.

물론 다른 점도 많았다.

구강혁의 팔 각도가 거의 일정한 것에 반해.

김지환은 다양한 각도로 공을 뿌렸다.

투구폼을 전체적으로 놓고 봐도, 간결한 구강혁의 투구폼에 비해 김지환의 투구폼은 무척 와일드했다.

'……공의 위력은 정말 리그 탑 클래스가 맞는데, 본인의 목표대로 마무리, 최소한 필승조로 자리잡을 수 있다면 다시 생각해봐도 정말 팀에 큰 도움이 될 텐데. 나로서는 뭘 조언해 주기가 너무 어렵다. 특히 브레이브스 시절의 나랑 비교하면 아예 대척점에 있어.'

가진 건 제구력뿐이었던 구강혁.

반면 리그 최고 수준의 강속구에 다양한 변화구 레퍼토리, 여러 팔 각도에서 나오는 지저분한 무브먼트까지.

거의 모든 것을 갖췄으나…….

'포텐셜만큼은 신인상을 받은 영후보다도 높다는 게 메이저리그 스카우트들의 평가였다지. 데뷔 4년차인 현재까지도 고점 하나만큼은 리그 최상위권으로 꼽히지만.'

제구력이 문제였던 김지환.

'공을 집어넣지 못하면 의미가 없지. 코치진이……. 모든 선수를 잘 키워 낼 수는 없어. 영후나 선민이, 동엽이가 부침은 있을지언정 경쟁력 있는 선발감으로 성장했다는 점을 감안하면 코치님들을 탓할 수도 없고.'

팬들에게도, 코치진에도 아픈 손가락.

'하지만 지금까지의 코칭으로는 한계가 있는 것도 사실이다. 심리적인 문제인 건지, 아직도 접전이나 위기 상황에 내보낼 수 있는 투수로 성장하지 못했으니까. 완전히 다른 시선에서 봐줄 조언자가 있다면 좋을 텐데.'

그게 김지환이라는 투수다.

'내가 구태성 선배님 덕분에 빠르게 체인지업을 장착할 수 있었고, 류영준 선배님의 조언을 더해 완급조절까지 배울 수 있었던 것처럼.'

김지환이 기대 가득한 눈빛으로 바라봤지만.

"고생했다. 공은 참 좋은데. 으음."

해 줄 수 있는 말이 마땅치 않았다.

'공이 아래로 간다 싶으면 위로 던져라, 위로 간다 싶으면 아래로 던져라. 왼쪽으로 간다 싶으면……. 그런 말이 무슨 의미가 있겠어.'

제구력이란 그런 것이기에.

어쨌든…….

경기는 시작되었다.

리그 2위를 지키고 있는 강팀.

광주 재규어스와의 2번째 시리즈.

홈에서의 첫 시리즈에서는 문영후, 로건, 도미닉이 차례로 선발을 맡았고, 스윕패를 당했던 팔콘스.

이번 로테이션은 황선민과 류영준의 순서.

'3경기째는 영후나 의준이, 둘 중 하나가 나갈 거 같다. 류영준 선배님은 최근 무자책 행진은 깨졌지만 당일 컨디션 문제가 있었어. 재규어스가 아무리 강팀이어도 또 스윕을 당하지는 않을 거다.'

기대와 걱정이 공존하는 가운데.

'나도 던지고 싶은 마음은 굴뚝같은데. 로테이션이 이러니 어쩔 수 없지. 어차피 다음 시리즈는 재규어스 이상의 강팀인 가디언스와의 경기야. 어차피 우승이 목표라면 둘 모두 꺾어야 할 팀들이고.'

황선민은 4이닝 5실점으로 아쉬운 피칭을 기록.

2:9로, 시즌 상대전적 4연패를 당한 팔콘스.

이튿날에는 류영진이 등판했고…….

"캬, 역시 선배님!"

"연패는 끊었네, 어우."
"고생 많으셨습니다!"
7이닝 무실점으로 완벽한 부활을 알렸다.
4:0, 팔콘스의 완승이었다.
시리즈 1승 1패.
연패를 끊고, 스윕의 가능성도 지워 낸 상황.
김용문은 3경기 선발로 지난 시리즈에서 패배를 기록한 문영후가 아닌 김의준을 선택했다.
그리고 다시 그날 밤.
[010-XXXX-XXXX]
또 한 번 모르는 번호로 전화가 왔다.
'며칠 전 그 번호 아닌가. 메시지를 따로 남긴 것도 아니길래, 잘못 건 전화인가 싶어서 안 받았는데…….'
구강혁이 통화 버튼을 눌렀다.
"여보세요."
—네. 강혁이 번호 맞죠?
"어, 네. 그런데 누구신지?"
—나 대준이야, 윤대준.
"엥?"
윤대준이었다.
"대준이? 너 번호 바꿨어?"
—어, 너 군대 갔을 때. 일요일 밤에도 전화했는데 안 받더라. 너 되게 일찍 자던 거 생각나서 메시지는 안 보냈어.

"아, 일찍 자기는 하는데. 너인 줄 몰랐어."

―하하. 보내둘 걸 그랬네. 아무튼 경원이 야구 그만두고는 우리만 남았는데. 그동안 바쁘다는 핑계로 연락도 못 하고 지냈네.

"그러게……."

드래프트 당시.

청진고가 배출한 지명자는 셋.

윤대준, 서경원, 구강혁이었다.

지명 순위는 각각 최상위, 5라운드, 최하위.

'경원이는 드래곤즈 선수였지. 3년차인가 2년차인가……. 아무튼 꽤 이른 시기에 야구를 그만두고 바로 군대에 갔고. 아예 공부를 해서 대학에 들어갔다는 소식이 마지막이었어.'

윤대준이 다시 말했다.

―요즘 잘 하더라. 나도 기분이 좋더라.

구강혁이 피식 웃으며 대답했다.

"진작에 최고가 된 너에 비하겠냐."

작년 가디언스의 한국시리즈 우승.

그 주역이었던 윤대준은…….

작년 투수 골든글러브의 주인이기도 했다.

올해도 그 활약은 멈출 줄을 몰랐다.

구강혁과 나란히 6경기 6선발, 6승.

평균자책점 제로.

이닝은 43이닝을 던진 구강혁에 비해 38이닝으로 적지만, 거의 매 경기 6이닝을 채운 훌륭한 선발이라는 사실만큼은 변함이 없었다.

―하하, 칭찬 고마워. 운이 좋았지. 아, 늦었는데 다른 건 아니고. 주말에 대전에서 경기잖아. 저녁 한번 먹자.

"그래……. 뭐, 일요일에 볼까?"

―어, 그게 제일 낫겠다. 그럼 얼른 보자!

"어, 들어가라."

통화는 그렇게 끝났다.

'반갑기는 한데, 좀 뜬금없네.'

브레이브스 동료들에게 이야기했듯 구강혁은 고등학교 때 동료들과 아주 가깝게 지낸 편은 아니었다.

같은 투수였지만 윤대준과도 별 접점이 없었다.

오히려…….

'프로에 들어와서는 종종 연락도 주고받았지만, 피차 기계적인 느낌이 강했고. 방금 통화도 좀……. 그런 느낌인데?'

묘하게 불편하다는 느낌까지 받아왔고.

연락이 끊긴 뒤로는 처음 받은 전화.

'……아무튼 이 윤대준의 활약. 신경이 안 쓰였다면 거짓말이지. 작년 골든글러브를 받은 투수랑 비교된다는 게 기쁘기도 했고. 하지만 그건 이 녀석 입장에서도 비슷했을 거야. 작년에는 혼자 1점대 ERA를 기록했으니, 적수가 없었잖아.'

실제로 이제 많은 팬과 기자들이, 청진고 시절 동료였

던 두 선수를 라이벌리로 엮고 있었다.

금요일부터 시작되는 가디언스와의 홈 경기.

구강혁은 첫 경기.

'······가디언스 로테이션 상으로 윤대준은 토요일 경기에 등판한다. 맞대결은 아니야.'

윤대준은 두 번째 경기에 선발로 나선다.

'팔콘스, 아니지. 야구팬들이 다 아쉬워하겠네. 선발 간의 라이벌리 자체도 드물지만, 라이벌 간의 맞대결이 성사되는 경우는 거의 없으니까.'

특정 선발 간의 맞대결.

그건 말처럼 쉬운 이벤트가 아니다.

둘이 모두 한 팀의 에이스, 즉 1선발이라고 해도······.

시즌을 보내다 보면 로테이션에는 변수가 생긴다.

'변수를 다 뚫고 로테이션이 맞아떨어져도 하늘이 허락해야 하지. 당장 좌완 에이스로 라이벌리를 형성해 온 류영준 선배와 드래곤즈 김광열 선배도 지금까지 맞대결이 없으니까.'

KBO의 좌완 트로이카로 꼽히던 셋.

그 가운데 특히 라이벌리가 강했던 류영준과 김광열.

'언젠가, 한 15년 전인가? 한번 로테이션이 맞았고, 맞대결도 확정적이었는데 비가 내렸다는 이야기를 들은 적이 있어.'

둘 역시 메이저리그는 물론.

시범경기를 빼면 KBO에서도 맞대결이 없다.

'무실점 행진 자체는 결국 언젠가 끝이 날 테고, 큰 의미가 있다고는 생각하지 않지만. 기왕이면 기록을 이어가던 중에 만나는 게 좋았을 텐데. 아쉽네.'

다시 다음날.

김의준이 6이닝 1실점으로 호투했으나.

팔콘스가 아슬아슬하게 앞서가던 9회.

주민상이 끝내기 적시타를 허용하며…….

블론세이브와 함께 패배.

시리즈는 1승 2패로 아쉬운 끝을 맺었다.

18승 16패를 기록.

드래곤즈와의 승차가 더 벌어진 상황.

아쉬움을 안고…….

대전으로 돌아가던 버스.

"야, 야!"

원민준이 구강혁을 두들겼다.

"아, 왜?"

"이거 봐! 내일……."

스마트폰을 내밀면서.

['ERA 제로 선발' 윤대준, 구강혁 맞대결 성사!]

[……이승혁 감독은 본지와의 전화 인터뷰에서, "윤대준은 지난 경기 80구 미만의 피칭으로 투구 수 관리가 잘 됐고, 4일 동안 충분한 휴식을 취했다"며, "무엇보다 본인이 구강혁과 맞대결을 하겠다는 의사가 충만했다"고 밝혔다.

……윤대준의 올 시즌 4일 휴식 후 등판은 2번째. 지난번에는 스타즈를 상대로 7이닝 8탈삼진의 짧은 휴식이 무색한 호투를 선보였다. 팔콘스가 로테이션대로 구강혁을 선발로 예고하며, 현재 리그 최고의 선발로 꼽히는 둘의 맞대결이 성사됐다.

……한편 구강혁이 완봉 1회를 포함해 현재까지 43이닝의 무실점을 기록한 가운데, 2012년 광주 재규어스 서재혁이 기록한 선발 연속 이닝 무실점 기록을 깰 수 있을지도 주목된다. 1회를 막아 낸다면 타이, 2회를 막아 낸다면 신기록 갱신.

윤대준도 현재까지 38이닝 연속 무실점. 만약 구강혁이 이른 시점에 실점하고, 윤대준이 무실점으로 7이닝을 막아 낸다면 기록 갱신의 주인공은 바뀔 수 있다. 볼거리가 너무도 많은 네오 팔콘스 파크에서의 양 팀의 시즌 3차전. 팬들의 관심이 뜨겁게 쏠리는 이유다.]

'느낌이 묘하더니. 역시 그냥 전화했던 건 아니네.'

구강혁이 입꼬리를 올렸다.

'맞붙는 건 환영이다만. 기왕 그럴 거면 밥이 어쩌고 떠보지 말고……. 시원하게 하지 그랬냐, 선전포고를.'

* * *

야구는 숫자와 통계의 스포츠.

다른 선수와의 비교는 프로의 숙명과도 같다.

그 비교의 극한이 바로 라이벌리.

포지션의 수위를 다투는 선수가 둘이라면?

기자들은 없는 관계도 쥐어짜내기 바쁘다.

성적의 비교만으로는 흥미 요소가 부족하니까.

라이벌리를 수면 위로 떠오르게 하는 건 성적.

그러나 그것을 완성하는 건 서사다.

KBO의 역사를 살펴도 그렇다.

야구팬이라면 누구나 인정할 최고의 라이벌리.

야만의 시대를 낭만으로 풍미한 두 레전드.

선두열과 최동훈.

이들의 이야기를 완성한 건…….

두 투수가 각자 15이닝 완투를 기록하고도 끝내 승자를 가리지 못한, 1987년 사직에서의 명승부가 아닌가.

['ERA 제로 선발' 윤대준, 구강혁 맞대결 성사!]

그런 면에서…….

구강혁과 윤대준.

둘의 맞대결은 처음부터 그림이 좋았다.

청진고등학교의 동기동창이라는 인연.

둘만이 이어 가는 시즌 평균자책점 0의 행진.

한 명은 군대에서 전역일만을 기다릴 때, 다른 한 명은 커리어 하이 시즌으로 골든글러브를 획득.

한국시리즈에서도 2승을 기록하는 MVP급 활약으로 팀의 우승을 이끌었다는 극단적인 차이까지.

[윤대준의 결단, KBO도 함박웃음]

[모두가 기다리던 매치업, 생각보다 더 빨랐다]
[대전 예매 일찌감치 매진… 현장판매분만 남았다]
윤대준의 등판일 조정으로 만들어진…….
실력과 서사를 겸비한 둘의 시즌 첫 맞대결.
팬들의 관심은 그야말로 폭발했다.

→ 팔) 지표는 구강혁이 압살 아님?

→→ 팩트) 다

→→ 가) ?

→→ 팔) 이닝 탈삼진 WHIP WAR 다 압살인데ㅋㅋ

당연히 팔콘스 팬들은 구강혁의 편을…….

→ 가) 느그 선발 군대 짬밥 먹을 때 대준이는 리그 짬밥 오지게 먹고 골든글러브까지 받았다니까ㅋㅋ 경험이 달라요 경험이

→→ 팔) 어제만 사는 놈 또 있네ㅋㅋ 그래서 윤대준 통산 완투 0회?ㅋㅋㅋㅋ 그 수준으로 메이저는 무슨

→→ 가) 왜 이러시나 완봉이 마냥 좋은 기록이 아니에요ㅋㅋ 님들 불펜이 엉망이라 구강혁이 이닝 먹방하는 건데 미안하지도 않음? 마무리 주민상?ㅋㅋㅋㅋㅋㅋ

→→ 가) ㄹㅇㅋㅋ 우리는 6이닝만 던져도 뒤에서 잘 막아 주는데? 어깨 갈아먹지 말고 걍 우리한테 보내라ㅋㅋ

가디언스 팬들은 윤대준의 편을 들었고.
기사와 댓글들을 훑어보던 구강혁이 웃었다.
'가디언스가 선발 예고하고 두어 시간 지난 거 아냐?

1장 〈55〉

이만큼 뜨거운 반응은 처음 보네.'

버스는 얼마 지나지 않아 대전에 도착했다.

선수들이 흩어지기 시작한 퇴근길.

원민준이 물었다.

"어우, 너 얼굴이 왜 그렇게 익었어?"

"응?"

"볼따구가 아주, 뭐냐, 산개됐는데?"

"상기됐다고?"

"그래, 그거."

아까부터 가슴이 세차게 뛰고 있었다.

뱀 문신이 생긴 후.

처음으로 구속과 무브먼트를 확인하던 그때처럼.

"왜, 윤대준이랑 붙는다니까 긴장했냐? 브레이브스 때도 안 그러던 놈이?"

"글쎄, 긴장보다는."

"엉?"

"설레는 거 같네."

"뭐?"

"으흐흐."

"미친 변태 새끼……."

그리고 다음날.

오히려 긴장한 건 다른 동료들이었다.

특히 박상구가 그랬다.

함께 일찍 나와 상대 타선을 분석했는데…….

썩 좋은 컨디션은 아닌 듯했다.
구강혁이 물었다.
"왜 그래?"
박상구가 고개를 가로저었다.
"잠을 좀 설쳤어. 차라리……."
"대훈 선배? 안 돼, 인마. 대훈 선배라서 안 되는 게 아니라 네가 받아줘야 내가 마음이 편해. 알잖아? 차라리 점심 먹고, 아니지. 좀 자고 일어나서 먹든가. 구장에 수면실도 있으니까. 쓰는 사람도 거의 없는 거 같고."
"……진짜 그래야겠다."
"뭘 또 그렇게 잠까지 설쳤어?"
"야이씨, 말처럼 단순한 문제가 아니라니까. 오늘 경기가 나한테는 인생 최고의 빅 매치라고."
"알았어, 알았어. 오늘은 쳐달라고 안 해. 분석도 이만하면 잘한 거 같으니까 너무 무겁게 생각하지 마. 그냥 하던 대로 앉아서 받아만 달라고."
"알았다, 알았어."
박상구를 수면실에 집어넣고…….
그라운드로 향하던 길.
한희주와 마주쳤다.
"아, 구강혁 선수!"
"부팀장님."
"마침 알려드릴 게 있었는데. 오늘 경기 SBC 중계거든요. 구태성 위원님께서 오신대요. 아마 좀 빨리 오실 거 같아요."

"아! 감사합니다."

반가운 소식이었다.

구태성의 시즌 첫 대전 방문.

이따금 안부를 묻기야 했지만, 오키나와 이후로는 처음으로 얼굴을 마주하게 된 상황.

'지면 안 될 이유가 하나 더 늘었네.'

한희주의 말대로…….

구태성은 아주 이른 시각에 출근했다.

해설위원다운 양복 차림으로.

"선배님! 오셨습니까!"

구강혁이 얼른 달려가서 허리를 숙였다.

"이야, 오랜만이다."

"죄송합니다. 시간을 내서 찾아뵈었어야 하는데요. 잘 지내셨죠? 가끔 다른 팀 경기 보면서 선배님 목소리 듣고 했습니다."

"보긴 뭘 봐? 잘 던지고 있으면 됐지. 아무튼, 그래. 윤대준이는 왜 너를 골라 나온다냐? 사이가 안 좋았어? 고등학교 동창이라며."

"음, 좋지도 나쁘지도 않았습니다."

구태성이 씨익 웃었다.

"그럼 나빴던 거지."

구강혁도 쓴웃음을 지었다.

"그랬던 거 같기도 하네요."

구태성이 그라운드에서 공을 하나 집어들었다.
"나는 말이야."
"네, 선배님."
"무실점, 연승, 그런 거. 얼른 깨졌으면 좋겠다."
"그러십니까?"
"맞고 지면서 배우는 것도 있으니까. 물론 전 팀에서 많이도 그랬겠지만……. 선발로, 처음 마운드를 밟아서. 자기 경기에서 얻어맞고 맛보는 패배에는 또 다른 맛이 있거든. 너를 키워줄 만한 별미가 될 거야."

그러고는 네트를 향해 던졌다.

슈욱!

팜볼성 체인지업.

여전히 각도가 예리했다.

"그런데 그게 오늘은 아니면 좋겠다. 사이가 좋았든, 나빴든. 남들이 라이벌이라고 추어올리면 그렇게 라이벌이 되는 거다. 라이벌한테는 이겨야지."

"……."

"나한테 배웠으니 너는 내 제자야."

"맞습니다."

"오늘 지면 스승한테 죽는다."

"헉……. 알겠습니다, 선배님. 이기는 건 동료들이 해줄 테니, 저는 안 지는 데 집중하겠습니다."

"하하, 그래. 점수는 타선이 내는 거지."

두 사람이 대화를 나누는 사이.

김지환이 쭈뼛거리며 다가왔다.

"선배님, 안녕하십니까."

구태성이 웃으면서 인사를 받아 주었다.

"그래, 지환이. 정신 좀 차렸다며?"

"그, 그렇습니다."

구강혁도 웃었다.

"아주 싹싹합니다, 지환이. 흐흐, 역시 사람은 겪어봐야 알겠더라고요. 요즘은 원정에서 저랑 같은 방에서 지냅니다."

"진짜 철이 좀 든 모양이네?"

"아, 아직입니다! 더 들겠습니다."

"어, 그래. 뭐, 나한테 할 말이 있나?"

"그, 언제든! 뭐든! 배우겠습니다!"

"이미 좋은 코치가 있는데, 굳이 나한테?"

조금 떨어진 곳에서 듣던 김재상이 끼어들었다.

"선배님 오시면 저는 바로 퇴직입니다."

"얼씨구, 그럼 뭐 먹고 살게?"

"미국에 야구 배우러 가야죠."

"좋은 생각인데, 나는 인마, 됐어. 이제 와서 무슨? 아무튼……. 하나 가르쳐주자면, 결국 너는 컨트롤이 문제 아냐?"

김지환이 얼른 대답했다.

"마, 맞습니다!"

"컨트롤 문제는 근육통 같은 거야."

"네?"

구태성이 어깨를 으쓱여 보였다.

"약이 없다고, 약이."

"……감사합니다. 하나 배웠습니다."

"그래, 고생하고."

"네, 선배님……."

김지환이 어깨를 추욱 늘어뜨리고 멀어졌다.

구강혁이 뒷머리를 긁적였다.

"선배님. 정말 별 방법이 없을까요?"

"저놈?"

"네. 제구만 어떻게 잡으면……."

"그 어떻게가 만만찮은 거 알잖아. 아니, 모르나? 아무튼 봐, 내가 호주 가서 코치니 감독이니 했던 거 알지?"

"물론입니다, 선배님."

"끝이 영 개운하지는 않았다만. 그 동네 놈들이 타고난 몸뚱이가 좋아. 핸드폰 화면만 보면서 배운 녀석이 95마일을 던진다고. 그런데 100마일을 던져도 존에 못 넣으면 무슨 소용이야?"

"그렇죠."

"그래서 하나부터 열까지 다시 가르치는데, 어떻게든 컨트롤을 잡아내는 놈들은 공통점이 있어. 지가 그 커다란 존에 공 하나 못 집어넣는 등신이라는 걸 인정했다는 거."

구태성이 김지환을 쳐다보며 말을 이었다.

"저놈도 똑같아. 아마 말은 안 해도 그렇게 생각하고 있을 거야. 쓰바, 공 집어넣는 게 그렇게 어렵지는 않은데. 나도 넣을 때는 잘 넣는데. 그런데 그게 넣는 거냐? 1루만 채워져도 온몸이 흐늘거리는데."

"음, 맞는 말씀이십니다."

"결국 인정해야 돼. 답이 없다는 걸."

구강혁이 고개를 끄덕였다.

"근육통 이야기도……. 농담이 아니셨군요."

"당연하지. 지면 죽는다는 것도 농담 아니다."

"헉."

* * *

일찌감치 만원을 기록한 네오 팔콘스 파크.
원정팀인 가디언스가 훈련을 진행하는 사이.
관중석의 빈자리가 하나둘 채워지기 시작했다.
"대준아! 기록은 니 거다!"
"나는 걱정 안 한다! 어엉!"
"6이닝 무실점만 해도 이긴다, 알지!"
대전에서의 원정 시리즈임에도 불구.
가디언스 팬들의 함성도 적지 않았다.
올 시즌도 우승 후보로 꼽히는 가디언스.
2강으로 꼽히는 재규어스와 비교하자면…….
팀 타율 면에서는 재규어스가 0.302로 1위.

팀 평균자책점은 가디언스가 3.41로 1위다.
에이스 윤대준이 이끄는 선발진은 물론.
불펜의 힘도 막강한, 투수의 팀 가디언스.
'그렇다고 타선이 뒤떨어지는 것도 아니지.'
문제는 타선도 만만찮다는 점.
0.293의 팀 타율도 2위에 해당할 뿐 아니라.
'한 방을 때릴 선수가 너무 많으니까.'
팀 홈런 측면에서는……
2위인 드래곤즈를 무려 7개차로 앞선 29개.
'선발진이 막고, 타선이 하나씩 터뜨리고, 불펜이 끝까지 막아서 이긴다. 말처럼 쉬운 일이 아닐 텐데도 계속해서 해내고 있어. 리그에서 가장 이상적인 팀이 가디언스다.'
6할 중반대의 초고승률은 물론.
재규어스와의 3경기라는 승차도 자연스럽다.
[26시즌 KBO, 5월의 첫 경기. 대전에서 인사드리겠습니다. 대전 팔콘스와 서울 가디언스의 시즌 두 번째 시리즈입니다. 해설 말씀으로 구태성 위원님께서 나와주셨습니다. 위원님, 팔콘스 중계가 참 오랜만이시죠?]
[하하, 그러니까요. 이러다 대전 내려오는 길도 잊겠다니까요. 자, 그래도 훌륭한 매치업입니다.]
[맞습니다. 청진고 동창인 두 투수, 구강혁과 윤대준의 첫 선발 맞대결이 예고되며 일찌감치 만원 관중을 달성한 네오 팔콘스 파크. 잠실에서의 개막 시리즈에도 맞붙

었던 두 팀입니다만, 당시에는 가디언스가 2승을 거두었습니다.]

[네. 팔콘스는 도미닉과 로건이 나섰죠? 도미닉은 6이닝 2실점의 나쁘지 않은 피칭을 선보이고도 아쉬운 패전을 안았지만, 로건은 그때부터 좋지 않았어요. 아직도 2군에 내려가 있죠.]

[이미 열흘이 지났는데도 그렇습니다. 팔콘스로서는 아쉬운 상황. 프런트에서도 교체 카드를 생각하지 않을 수 없을 듯한데요. 위원님께서는 어떻게 보십니까?]

[그렇기는 한데, 시기가 이른 감이 있어요. 로건도 가진 게 많은 투수거든요. KBO도 한국도 처음이잖아요? 공인구에, 음식에……. 적응이 어려웠을 겁니다. 잘 조정해서 올려보내고, 결정은 그 결과를 본 다음에 내려야죠.]

[아직 지켜봐야 한다는 의견이시군요. 한편 가디언스의 선발로 나설 윤대준 투수는 사실 로테이션을 지킨다면 내일 등판할 예정이었는데요. 이승혁 감독에게 직접 등판을 요청했다고 합니다.]

[동기인 구강혁이 워낙 잘 던지고 있다, 그런데 하루 덜 쉬면 내가 나설 수 있다……. 아마 본인은 진작에 오늘 경기 등판을 염두에 두고 준비했을 겁니다. 지난 경기 투구 수도 적었잖아요?]

[그랬을 수 있겠네요. 올 시즌 구속을 156킬로까지 끌어올리며 리그 최고의 정통파 우완으로 군림하고 있는

윤대준입니다.]

[22시즌부터는 아주 일취월장이죠. 아마추어 시절 투구폼으로 돌아갔는데 그 후로 구속이 급격히 올랐어요. 올 시즌을 앞두고 엄청난 구속 상승을 보인 구강혁과도 비교되는 점이죠.]

[그렇습니다. 이후로는 선발로서 꾸준한 기회를 받아온 윤대준. 23시즌에는 아시안게임 대표로 예술체육요원 자격을 확보, 병역 문제까지 해결하며 탄탄대로가 열렸습니다.]

[부상으로 출장은 없었지만, 뭐랄까. 운이 좋았죠? 그 운을 야무지게도 써먹으며, 24시즌부터는 리그 최고의 선발 반열에 올랐죠. 작년에는 골든글러브까지 받았잖아요.]

[그렇습니다. 지금까지 평균자책점 제로, 구강혁과 함께 무자책 행진을 이어온 윤대준의 오늘 경기 피칭은 어떨지. 아, 말씀드리는 순간, 구강혁 선수 마운드로 올라옵니다.]

[등장곡이 기가 막혀요.]

[하하, 맞습니다. 오늘도 관중들의 합창이 네오 팔콘스 파크를 가득 채웁니다.]

[듣기 좋네요. 자, 경력이야 윤대준이 압도적이지만, 올 시즌만큼은 구강혁도 밀리지 않습니다. 아니죠. 밀리지 않는 수준이 아니에요. 제가 팔콘스 출신이어서가 아니라, 실제로 세부적인 지표에서는 대부분 앞서고 있어요.]

[어, 으음. 네! 그렇습니다. 그, 위원님. 이번 경기를 앞두고 연속 이닝 무실점에 대한 이슈를 비롯해……. 두 선수에 대한 여러 기사가 나왔습니다만. 그 가운데 구강혁 선수의 포스팅 요건에 대한 기사도 많은 눈길을 끌지 않았습니까?]

[그랬나요? WBC에서 우승하면 해외로 나갈 수 있는 걸로 알고 있었는데. 영준이……. 류영준 선수가 그러더라고요.]

[이미 알고 계셨군요! 맞습니다. 조건은 까다롭지만, 시즌 후의 빅리그 진출 가능성이 존재하는 구강혁입니다. 윤대준 선수도 올 시즌을 마치고 FA 자격을 얻는데, 해외 진출 가능성이 높게 점쳐지고 있지 않습니까?]

[그렇죠. 포스팅 자격은 진작 갖췄을 텐데, 스스로 아직 부족하다는 평가를 하며 가디언스에 남았었죠. 꽤 좋은 선택이었다고 보지만, 이제는 나갈 때가 됐어요. 가디언스 팬들은 좀 아쉬우시겠지만요.]

[하하, 맞습니다. 관중석 군데군데 해외 스카우트들이 보이더라고요. 적은 수도 아니었습니다.]

[두 마리 토끼를 다 살필 기회니까요.]

구강혁이 연습투구를 마쳤다.

'거의 동반 쇼케이스가 됐네.'

해설진의 말처럼…….

'이제 메이저리그도 꿈이 아니다.'

꽤 많은 해외 스카우트가 방문한 경기.

'넘어야 할 산이 한둘은 아니겠지만 말이야.'
이제 메이저리그는 구강혁에게 막연한 꿈이 아닌……
'구태성 선배님 말씀대로야. 기록은 언젠가 깨질 테고, 그러면서 배우는 것도 있겠지만. 그게 오늘은 아니다.'
난관을 넘고 넘어, 반드시 닿아야 할 목표다.
곧 모든 준비가 끝나고.
'허슬 가디언스'의 상징과도 같은 베테랑 좌타자.
중견수 정휘빈이 타석에 들어섰다.
"플레이볼!"
그리고 초구.
슈욱!
따아악!
정휘빈의 당겨친 타구가 높게 떠올랐다.
구강혁이 그 궤적을 바라보다가…….
다시 박상구에게 눈을 맞추었다.
'일단 하나.'

* * *

네오 팔콘스 파크.
좌측 파울 폴까지의 거리는 99미터로 평균 수준.
그러나 우측 폴까지는 95미터에 불과한……
KBO 최초의 비대칭형 구장이다.
이 4미터의 차이를 대체하는 것이 몬스터 월.

펜웨이 파크의 좌측에 설치된 '그린 몬스터'와는 반대로, 우익수 뒤편에 높다랗게 들어선 8미터 높이의 펜스다.

 뒤편의 복층 불펜과 함께 구장의 명물로 꼽히는 이 몬스터 월은, 설치 당시의 의도대로 홈런을 억제하고는 있지만…….

 월을 맞는 장타의 양산은 어쩔 수가 없었다.

 '팔콘스에 수준 높은 우익수가 필요했던 이유지. 외야에서는 가장 큰 약점으로 꼽히는 포지션이니까. 한유민 선배의 영입은 정말 탁월한 선택이었어.'

 수준급의 우익수가 절실했던 팔콘스는, FA가 코앞이라는 단점에도 불구하고 한유민을 영입했다.

 실제로 한유민은 좋은 수비력을 보여왔다.

 홈과 원정을 막론하고.

 4월까지 전 경기에 선발로 출장하며 실책이 한 번도 없었고, 3루와 홈에 각각 1회의 보살을 기록.

 심지어 구강혁의 완봉 당시에는 다이빙 캐치로 마지막 아웃카운트를 낚아채며 '트레이드 비용 일시불 캐치'라는 평가까지 들었을 정도.

 '하지만 반대로 지금은 좌측 담장이 불안해.'

 우익수 포지션이 든든해지자…….

 좌측 펜스 앞의 불안함이 두드러졌다.

 몬스터 월을 제외한 펜스의 높이는 2.4미터.

 인정 2루타가 드물지 않게 나올 정도다.

게다가 오각형 펜스 구조로 좌우중간 모두 짧지 않아, 홈런은 치기 어려워도 장타는 많이 나오는.

 때문에 중장거리 타자들이 환영하는 구장이 바로 네오 팔콘스 파크.

 '페레즈가 좋은 타자라는 점에는 동의해. 특유의 생산력과 파이팅 덕분에 재계약을 이어 가고 있으니. 하지만 수비력은 역시 아쉽다.'

 리그 3년차를 맞이했음에도 뜬금없는 낙구지점 포착 실수를 벌이는 좌익수 페레즈는 틀림없는 불안 요소.

 '막말로 지명타자에 박아두는 게 낫다 싶은데, 그럼 연승 선배나 태홍 선배 가운데 한 명이 선발 라인업에서 빠져야 해.'

 올 시즌 실책도 벌써 3개.

 가디언스가 놓치기에는 너무 뻔한 약점이었다.

 [……한유민이 잡아내며 원 아웃! 정휘빈을 단 1구만으로 처리해 낸 구강혁. 리그 선발 연속 이닝 무실점 기록 타이까지 아웃카운트 두 개를 남겨두고 있습니다. 위원님, 방금 승부는 어떻게 보십니까?]

 [구강혁의 공격적인 성향을 노린 배팅이 아니었을까 싶네요. 정휘빈이 수 싸움을 즐기는 타자잖아요? 몸쪽 높은 포심에 다소 먹힌 타구가 나오기는 했지만 좋은 시도였다고 봅니다.]

 [그렇군요. 오늘 가디언스는 방금 타석에 들어섰던 1번 정휘빈 선수와 5번 김재훈 선수를 제외하면 모든 타자가

우타자로 구성된 라인업입니다. 주전으로 분류되는 타자들이 대부분이기는 합니다만, 구강혁의 투구폼을 감안하면 과감한 선택이 아닐까 싶은데요.]

 [그렇죠. 팔 각도가 낮은 우투수에게는 좌타자의 비중을 높이는 게 정석적인 대응책이니까요. 하지만 구강혁이 좌우를 가리는 투수는 아니거든요. 그러니까, 음. 말하자면…….]

 [네?]

 [오늘도 좌익수로 나온 페레즈 선수. 솔직히 말해 아직도 수비에 어려움을 겪고 있잖아요. 매년 조금씩 나아지고는 있다지만, 타고난 수비능력이라는 게 어쩔 수 없는 면도 있으니까요.]

 [가디언스가 투수인 구강혁 선수보다 오히려 수비에 약점을 보이는 페레즈 선수를 공략하기 위한 라인업을 가져왔다, 그런 말씀이시군요. 페레즈 선수는 지난 개막 시리즈에도 낙구지점 파악에 어려움을 겪으며 팀의 첫 실책을 기록한 바 있습니다.]

 [그러니까요. 슈퍼스타 출신인 이승혁 감독, 선수 시절부터 승부사 기질이 남달랐잖아요? 그래도 저라면 좀 다른 선택을……. 음, 아무튼 오늘 팔콘스의 승패는 구강혁 선수가 이 우직한 가디언스 우타자들을 어떻게 요리, 아니지. 상대하느냐에 달렸다고 봐야죠.]

 페레즈를 공략하겠다는 의도가 다분한…….

 당겨치는 성향이 강한 우타자 위주의 타선.

'가디언스는 1번부터 9번까지 모든 타자가 홈런을 때려 낼 수 있는 팀이다. 그렇기 때문에 지금까지 팀 홈런 1위를 기록하고 있는 거기도 하고. 리그에서 가장 큰 잠실을 홈으로 쓴다는 점까지 감안하면 확실히 놀라운 성과야.'

 그게 가디언스의 선택이었다.

 '물론 올 시즌 지금까지 원정 비중이 높기는 했어. 29개의 홈런 가운데 18개는 원정 시리즈에서 때려냈으니까. 그래도⋯⋯. 구장을 막론하고, 언제든 한 방을 칠 수 있는. 몬스터 월도 우습게 넘길 수 있는 타자는 셋.'

 그 중심에 있는 것은 역시⋯⋯.

 '미겔, 양성광, 김재훈의 클린업.'

 3, 4, 5번의 클린업 트리오.

 [⋯⋯4구, 헛스윙! 지금도 체인지업인가요?]

 [네. 3구째보다 잘 떨어졌네요. 2번 박준우 선수가 변화구 대처 능력이 나쁜 편은 아닌데, 아예 확 떨어지는 공에 스윙이 나오고 말았네요.]

 [단 5구로 2개의 아웃카운트를 잡아낸 구강혁. 지금까지 구종이 포심, 포심, 포심, 체인지업, 체인지업이었습니다. 위원님, 오늘 팔콘스 선수들이랑 이야기를 나누고 올라오시지 않았습니까?]

 [아, 네. 영주⋯⋯. 류영준, 구강혁, 김지환, 아무튼 기타 등등. 많이들 인사하고 가더라고요. 다들 착해요. 선배 대우를 할 줄 안다고나 할까?]

 [어, 오늘 경기 팔콘스 배터리의 전략에 대해서 혹시

들은 바는 없으실까요? 조언을 주셨다거나.]

[에이, 경기에 대한 이야기는 안 하죠. 아무리 선배 소리 들어도 해설하러 왔으니까요. 했어도 말하면 안 되고요. 우리 캐스터 양반이 또 알면서 그러시네.]

[하하, 그렇군요. 말씀드리는 순간 미겔 선수가 타석에 들어섭니다. 4월까지 총 32경기에 나서서 7개의 홈런을 때려낸 미겔. 지난 타이탄스와의 경기에서도 윌리엄스를 상대로 투런 홈런을 기록했습니다.]

2개의 아웃카운트를 잡아낸 후.

'오늘은 최소 7회, 투구 수에 따라서는 8회까지도 던질 가능성이 있어. 저 클린업을 최소 두 번, 아마 세 번 상대해야 한다. 내가 내려간 후까지 감안하면 세 번을 상대하고 내려오는 게 더 낫고.'

미겔이 타석에 들어섰다.

현재까지 7개의 홈런, 시즌 30개 페이스.

'어쨌든 두 타자, 그것도 가디언스의 테이블세터를 생각보다 훨씬 쉽게 잡았어. 둘 모두 공격적으로 나설 거라는 예상이 맞아떨어졌다.'

경기가 시작되기 전.

양팀의 선발 라인업이 공개됐을 때.

뒤늦게 점심을 먹고 몸을 푼 박상구가 말했다.

"가디언스, 죄다 우타자네. 네 예상대로."

"말했잖아? 개막 2연전에도 그랬다고."

"어우, 생각난다. 페레즈 드랍 더 볼."

"아까 배팅하는 거 보니까 컨디션은 좋은 거 같더만."
"아, 나도 봤어. 월까지 넘기던데?"
"그래. 우리가 알 만한 걸 감독님이 모르셨을 리도 없는데, 그래도 페레즈의 생산력에 거신 거겠지. 그렇다고 대체할 자원이 마땅한 것도 아니고……. 오히려 잘됐어, 상황이 빤하니까. 우리는 우리대로 상대 전략에 맞춰서 가면 돼."
"흐음, 오케이. 그럼 아까 말했던 것처럼 포심이랑 체인지업 위주로 가고, 가장 까다로운 타자들한테."
"그거지, 그거. 잘 자고 왔나 보네?"
"엉. 근데 점심을 늦게 먹어서 그런가……."
"더부룩한 건 뛰면 해결된다, 뛰면."
"으윽. 근데 진짜 괜찮겠지? 잘 안 던졌잖아, 요즘. 네 계획대로면 연습투구 때도 던지기가 좀 그럴 텐데."
"무조건 괜찮아. 평생 던졌는데."
여기까지는…….
팔콘스 배터리의 예상대로.
슈욱!
따악!
[……1볼 2스트라이크의 카운트. 제5구! 타격! 2루수 방면으로 흐르는 공! 정윤성이 잡아서 여유롭게 송구합니다. 이닝 종료!]
[또 체인지업이네요.]
[구강혁이 1회를 삼자범퇴로 막아 내며, 본인의 선발

연속 무실점 기록을 44이닝까지 늘립니다! 2012년 서재혁이 기록한 역사, 해당 부문 최다 기록과 타이! 14년 전의 역사와 같은 자리에 선 구강혁!]

[이제 그 역사를 새로 쓸 기회죠?]

[그렇습니다! 2회를 무실점으로 막아 낸다면 구강혁은 해당 부문에서 KBO의 새로운 기록을 쓰게 됩니다. 이제는 많이 알려진 사실입니다만, 구강혁 투수의 체인지업. 구 위원님께서 전수하셨지 않습니까?]

[무료 레슨이었죠. 그런데 이거 안 되겠어요. 일단 신기록으로 레슨비를 받아야겠습니다.]

[하하. 특유의 뱀직구로 엄청난 성적을 기록하고 있는 구강혁입니다만, 역시 저 체인지업. 팜볼성 체인지업이죠? 어쩌면 포심 패스트볼 이상의 가치를 가진 구종이 아닐까요.]

[흐음, 네. 뭐, 그렇게 볼 수도 있는데……]

[네?]

[으음, 아닙니다.]

* * *

기록에는 희생양이 필요한 법.
당장 서재혁의 기록도 그랬다.
[구강혁, 2이닝 추가하며 신기록 쓸까]
[2012년 서재혁 소환! 동창 간의 신기록 경쟁]

[서재혁 위원, "기록은 깨지기 마련… 갱신 기대"]

→ 재) 12서재혁……. 그립읍니다

─→ 재) 이거 어디랑 했던 경기임?

──→ 탄) ㅋㅋ

──→ 재) 아ㅋㅋ

──→ 탄) ㅋㅋ웃기냐?

──→ 재) 그냥 다 님들이라 웃김…….

──→ 탄) ㅡㅡ

구강혁과 윤대준이 기록에 도전하며…….

기존 기록의 희생양이었던 12시즌 타이탄스에 대한 언급도 눈에 띄게 많아졌으니까.

가디언스 선수들도 이 점을 알고 있었다.

당연하게도.

"2회까지 점수 못 내면 기록이라네."

"선두 타자만 나가면……."

"미겔이 하나 쳐 주면 되잖아?"

"What?"

희생양이 되기를 원하지도 않았고…….

경기 전에는 불안한 목소리도 나왔다.

"신경쓰지 맙시다, 그런 건."

하지만 4번 타자이자 주장인 양성광.

그의 생각은 달랐다.

"구강혁은 리그에서 가장 공격적인 선발이에요. 체인지업이랑 투심으로 재미를 보고 있지만……. 결국 가장

1장 〈75〉

투구 비중이 높은 건 포심이잖아요. 그 빌어먹을 뱀직구만 제대로 노리면 됩니다."

"윌리엄스도 결국 투심 한 방이 넘어갔으니까. 그날도 경기 전까지는 성광이 말 듣고도 긴가민가했는데, 확실히 투수진이 좋으니 한 방만 노려도 경기가 풀린다."

"네. 올 시즌에는 윌리엄스가 가디언스에 극강이라는 얘기는 쏙 들어갈 겁니다. 다음에는 더 두들겨야죠. 그리고……. 오늘은 대준이가 선발이잖아요. 드래곤즈도 재규어스도 못 깬 무실점 기록을 팔콘스가 깰 수 있겠어요?"

"하긴."

"못 깨지!"

"2회까지 우리가 점수 못 내서 구강혁이 기록 깬다고 쳐도, 타순 돌고 난 3회, 4회부터는 다를 테고. 6회, 7회에는 또 다를 건데. 막말로 대준이가 오늘이나 다음 경기, 그 다음 경기에 다시 깨면 되는 거 아닙니까?"

"맞다, 맞아!"

동료들도 그의 의견에 동조하기 시작할 때.

유격수인 박준혁이 물었다.

"그런데요, 선배님."

"어, 준혁이."

"슬라이더는 어떡합니까?"

"음?"

"그, 상대 선발. 슬라이더도 던지잖습니까."

양성광이 씨익 웃었다.

"준혁이가 준비성이 좋네."

"아, 감사합니다……."

"네가 보기에는 구강혁이 슬라이더가 어떤데?"

"각도 크고 잘 떨어집니다. 지난 타이탄스전에서 정희문한테 던지는 거 봤는데 꼼짝없이 헛스윙이더라고요. 반대 방향 무브먼트를 가진 포심이랑 시너지가 상당한 거 같습니다."

"그래, 맞아. 그런데 그 구강혁이, 슬라이더 구사율이 몇 퍼센트냐?"

"어……. 죄송합니다. 모르겠습니다."

"죄송하긴. 준혁아, 그리고 선배님들, 후배님들도. 브레이브스 시절에 구강혁이 슬라이더 하나는 야무졌죠. 그런데 올 시즌에는 구사율이 낮습니다. 전체로 따져도 5프로가 안 되는데, 최근 2경기에는 4프로 밑. 25구에 하나도 안 던졌다는 겁니다."

"최근 2경기라면……."

"브레이브스 전, 타이탄스 전이지."

"구속이 150을 마크한 후로는 구사율이 더 내려갔다는 거군요."

"정확해."

실제로도 그랬다.

체인지업과 투심을 장착하면서.

그리고 최고 구속이 150대로 올라오면서…….

구강혁의 슬라이더 구사율은 눈에 띄게 줄었다.
브레이브스 시절에는 세컨 피치에 해당했으나.
지금은 포심과 체인지업, 투심에 이은 4번째 구종.
슈욱!
부우웅!
퍼어어엉!
[……스윙 삼진! 155킬로의 하이 패스트볼! 윤대준이 페레즈를 상대로 삼구삼진을 뽑아내며 이닝 끝! 양팀 선발이 모두 삼자범퇴 이닝이에요. 역시나 명품 투수전의 기미가 느껴지는데요, 어떠십니까?]

[많이들 예상하신 대로죠. 구강혁은 다음 이닝 한 타자만 잡아도 기록을 갱신합니다만……. 2회초 선두 타자죠. 가디언스의 양성광. 안 그래도 좋은 타자였는데, 수싸움에 눈을 뜨면서 홈런 개수가 크게 늘어났거든요.]

[어쩌면 오늘 경기 가장 중요한 승부가 될 수도 있겠습니다. 저희는 잠시 후 돌아오겠습니다. 대전입니다.]

1회말.
윤대준도 구강혁에 못지 않은 피칭을 선보였다.
더그아웃으로 돌아와 장비를 챙기며…….
양성광이 생각했다.
'좌타자인 정휘빈 선배야 그렇다 처도, 우타자인 2, 3번을 상대로도 슬라이더는 단 1구도 던지지 않았다. 예상대로 포심과 체인지업의 투 피치야.'

이닝이 바뀌고, 타석에도 들어섰다.

'1회 배합을 보아하니 나름대로 우리 생각을 읽은 것 같지만……. 결국에는 구강혁이 이기려야 이길 수 없는 싸움이다. 펀치력이 좋은 우리 입장에서는 포심 하나만 노려도 되는 유리한 승부야.'

그리고 1구.

슈욱!

"……!"

몸을 향해 날아오는 공.

양성광이 눈을 크게 뜨며 엉덩이를 뺐다.

당연히 스윙은 할 리가 없었고.

퍼어엉!

"야이씨, 지금 뭔!"

그리고 다음 순간, 심판이 외쳤다.

"……스트라이크!"

2장

양성광이 입을 떡 벌렸다.
황당하다는 반응도 당연했다.
1구가 릴리스된 직후부터 그랬다.
공이 몸을 향해 날아오니 피한다.
그게 어떻게 틀린 선택이겠는가?
거기까지는 괜찮았다.
아니, 오히려 좋았다.
어쨌든 진짜로 맞지는 않았고…….
유리한 카운트로 승부를 시작할 수 있으니.
'뭐라고?'
문제는 심판의 콜이었다.
스트라이크.
'방금 그게 스트라이크라고?'

양성광이 참지 못하고 입을 열었다.
"야, 진짜 들어왔냐?"
박상구를 돌아보며 물었던 것이다.
물론 심판이 들으라고 한 말이었다.
일종의 꼼수였던 셈이다.
볼 판정에 이의를 제기하면 퇴장도 가능하니까.
안 그래도 심판은 눈을 부릅떴다.
박상구가 아무렇지 않은 듯 대답했다.
"네. 한 개 반은 들어왔는데요?"
"뭐라고?"
거짓말이었다.
방금 구강혁이 던진 슬라이더는 포수인 박상구의 눈에도 아슬아슬하게 존에 걸친 공이었다.
실제 ABS 판정 상으로도 그랬고.
하지만 진실을 말해 줄 이유가 있겠는가?
꼼수를 꼼수로 받을 필요도 있는 법인데.
"아니, 두 개였나? 강혁이가 요즘 슬라이더를 잘 안 던져서 그런가, 제구가 영 그렇네. 아무튼 그렇습니다, 선배님."
박상구가 능청을 떨었다.
구강혁은 뱀 문신이 생기고 공이 달라지기 전에도, 컨트롤만으로 1군 무대에서 살아남았던 투수.
'이 자식이 장난질을······.'
그 장점은 올 시즌 더욱 빛을 발하고 있다.

할말을 잃은 양성광이 눈썹을 찌푸렸다.

팡!

구강혁이 공을 돌려받았다.

'효과 좋고.'

가디언스의 4번 타자로 올라선 양성광.

게스 히팅에 눈을 뜨며 홈런을 크게 늘린 타자다.

작년에만 31개의 홈런을 기록하며 해당 부문 리그 3위를 기록했을 정도.

'수 싸움에 강한 선수는…….'

당장 가디언스 현 감독인 이승혁.

그부터가 현역 시절 울브스는 물론, 리그 역사상 최고로 꼽힌 게스 히터가 아니었던가.

[……방금 양성광 타자는 완전히 몸에 맞는 공이라고 판단했던 것 같은데요. 스트라이크 콜이 나왔습니다. 타자로서는 당황스러운 상황. 어이가 없다는 표정입니다.]

[그래요. 바로 저 공입니다.]

[네?]

[아까 그랬잖아요? 체인지업이 가장 위력이 좋다고. 하지만 우타자 상대로는 상황이 좀 다르죠. 같은 손 타자를 상대로 슬라이더만큼 위력적인 변화구는 없습니다.]

[아…….]

그러나.

'그 수 싸움에 말리면 끝장이지.'

늘 예측이 맞아떨어지리라는 법은 없다.

2구.

슈욱!

부우웅!

퍼어어엉!

이번에는 바깥쪽으로 떨어지는 슬라이더.

"스윙, 스트라이크!"

양성광의 배트가 크게 돌았다.

[헛스윙! 2구째는 바깥쪽 낮은 슬라이더! 오늘 경기 처음 던진 슬라이더를 2구 연속으로 구사하며 2스트라이크의 유리한 카운트를 가져가는 구강혁!]

[작정하고 휘둘렀네요. 직구를 노렸죠?]

노 볼 2스트라이크의 카운트.

슈욱!

퍼어어엉!

"스트라이크, 배터 아웃!"

구강혁이 단 3구로…….

그리고 하나의 구종, 슬라이더만으로.

양성광을 무너뜨렸다.

[……이번에는 다시 몸쪽! 루킹 스트라이크! 1구와 거의 비슷한 코스에 양성광이 또 한 번 꼼짝하지 못합니다! 슬라이더만으로 삼구삼진을 뽑아내는 구강혁! 놀라운 제구 능력을 선보입니다!]

[말렸어요, 양성광 타자.]

[안 그러기도 어려울 것 같은데요. 위원님, 우타자 입

장에서 저렇게 몸쪽으로 들어오는 슬라이더는 어떻게 대응해야 합니까?]

[알고 있다면 뭐든 대응은 할 수 있죠. 존이라는 게 원래 칠 수 있는데 안 친 공에 페널티를 주는 개념이니까. 안 그래도 양성광은 또 몸쪽 공에 굉장히 강한 타자고요.]

[올 시즌 8개의 홈런을 모두 당겨쳐서 만들어 낸 양성광입니다. 하지만 상대 투수가 던질 공을 안다는 게 말처럼 쉬운 일이 아니죠. 구강혁 투수, 이렇게 탁월한 슬라이더 구사율이 지금까지 왜 낮았을까요?]

[단순히 설명하자면 패스트볼을 워낙 많이 던지기 때문이겠죠. 제가 알기로 올 시즌 구강혁의 속구 계열 구사율이 7할, 아니지. 8할가량은 될 겁니다.]

[포심 패스트볼이 7할에 살짝 못 미치고, 투심 패스트볼이 1할을 넘는다는군요. 말씀처럼 10구를 던지면 8구는 패스트볼을 던져온 구강혁입니다. 특유의 무브먼트를 가진, 소위 뱀직구. 그 위력에 대한 자신감이라고 봐도 되겠는데요?]

[그럴 만한 공이죠? 또……. 구강혁을 상대한 팀들이 좌타자 비중을 높인 탓도 있을 겁니다. 시즌 극초반에는 좌타자들이, 뭐 우타자도 그랬습니다만. 배트까지 짧게 잡으면서 대응하려 하기도 했죠.]

[이따금 구강혁 투수가 좌타자를 상대로 백도어성 슬라이더를 던져 카운트를 잡아내는 모습이 기억나는데…….]

[하하. 그건 장난질이죠. 포심 무브먼트가 워낙 압도적이니 가능한 거고요. 지금까지 지켜본 바로는, 구강혁은 포심을 던지지 않을 때면 좌타자 상대로 체인지업, 우타자 상대로는 투심을 유용하게 써먹었어요.]

[구강혁은 굳이 슬라이더를 던지지 않아도 됐기 때문에 슬라이더 구사율이 낮았다. 구 위원님의 말씀을 그렇게 해석할 여지도 있겠는데요?]

[여지가 아니고, 그 말이 맞습니다.]

[……]

* * *

체계적인 훈련으로 투수들의 구속이 올랐다.

타자들은 안타 생산에 어려움을 겪었다.

때문에 어퍼 스윙을 장착하며 홈런을 노렸다.

2010년대 야구계를 강타한 변화.

메이저리그의 플라이볼 혁명.

그 기초적인 맥락이다.

이 변화는 태평양을 넘어 KBO에도 전해졌다.

수많은 타자가 타격폼 변화에 도전했고, 그들 가운데 다시 적지 않은 타자들이 무참한 실패를 맛봤다.

이유는 단순했다.

KBO의 타자들은 메이저리그 타자들에 비해 타구 속도가 느렸다.

힘이 부족했던 것이다.

그렇게 2026년이 된 지금.

그 실패 사이에서 살아남은, 아니.

실패를 극복하고, 어퍼 스윙을 완성해 낸 대표적인 사례.

바로 양성광과 김재훈이었다.

[……제5구, 헛스윙! 미겔에 이어 또 한 번 슬라이더를 결정구로 삼진을 잡아내는 구강혁! 양성광이 2회에 이어 4회에도 맥없이 물러납니다! 잔루 1루! 정휘빈의 선두 타자 출루에도 구강혁은 흔들리지 않습니다!]

어쨌든 메이저리그의 플라이볼 혁명 이후.

타자들이 투수들에 대응했듯, 투수들도 타자들에 대응하기 시작했다.

이때 하이 패스트볼과 함께 가장 크게 구사율이 늘어난 구종이 바로 슬라이더였다.

스위퍼의 유행도 맥락은 같았다.

보다 강력한 수평 무브먼트.

타자로부터 더 멀어지는 공으로…….

어퍼 스윙을 공략했던 것이다.

[……3구, 높은 공을 타격! 김재훈이 퍼올린 타구가 떠오릅니다! 관중석 방면, 채연승이 다가가서……. 잡아냅니다! 오늘 벌써 2번의 파울플라이를 기록하는 김재훈!]

팔콘스의 선발 구강혁.

가디언스를 대표하는 양성광과 김재훈.

이들의 승부는…….

이 흐름과 일치하는 바가 있었다.

우타자인 양성광에게는 슬라이더.

좌타자인 김재훈에게는 뱀직구.

기본적으로 타석에서 한없이 멀어지면서도, 이따금 위협적으로 몸쪽을 찔러대는 두 구종.

물론 이미 베테랑 축에 든 두 타자다.

슬라이더든, 지저분한 패스트볼이든.

그간 수도 없이 상대해 왔고…….

그만큼 많은 안타를, 또 홈런을 쳐왔다.

그러나.

구강혁의 공은 컨트롤이라는 측면에서, 그들이 그동안 상대해 온 비슷한 구종들과는 차원이 달랐다.

때문에 가디언스에서는 물론, 리그에서도 손꼽히는 두 슬러거가 속수무책인 상황.

[〈속보〉 5회에도 무실점… KBO 선발 연속 이닝 무실점 기록 또 한 번 갱신, 현재 48이닝]

[(상보로 이어짐)]

리그 1위의 강팀 가디언스도…….

구강혁을 상대로는 힘을 쓰지 못했다.

4회 선두 타자 정휘빈이 체인지업을 때려내며 기록한 중전안타를 제외하면 단 한 번의 출루도 없었다.

[……정말 대단한 투수전입니다. 클리닝 타임을 지난 지금, 양팀을 합쳐 출루는 단 3회. 5회까지 무실점을 기

록한 구강혁은 2회 자신이 갱신한 기존 기록을 매 아웃 카운트마다 갱신하고 있습니다.]

[삼진은 평소에 비해 그리 많지는 않아요. 5회까지 7개를 기록했으니까. 다만 슬라이더 비중이 높아, 가디언스 타자들이 컨택을 해도 땅볼에 그치거나 우익수 한유민, 중견수 장수혁에게 잡히는 경우가 많았어요.]

[구 위원님께서 말씀하신 가디언스의 전략이 잘 먹히지 않고 있다, 그렇게 볼 수 있겠는데요.]

[그래도 무실점 기록은 윤대준 투수도 마찬가지죠. 오늘 보면……. 지금까지 두 선수 모두 지금까지 보여온 모습과는 완전히 상반되는 배합으로 서로의 타선을 묶어두고 있습니다. 두 선수 모두 무사사구고요.]

[네. 앞서 짚어드린 바 있습니다만, 이날 경기 전까지 패스트볼 구사율이 8할에 달했던 구강혁. 오늘 경기에서는 오히려 변화구의 구사율이 절반을 넘겼습니다. 지금까지 72구를 던졌는데 무려 31구가 슬라이더, 10구가 체인지업.]

그러나.

윤대준의 피칭도 팔콘스 타선을 압도했다.

[윤대준도 그렇죠? 반대로 직구 비율이 높아요.]

[그렇습니다. 균형 좋은 포 피치 선발로 꼽히는 윤대준은 이날 경기 전까지 패스트볼 구사율이 4할에 미치지 않는, 또 체인지업, 슬라이더, 커브의 구사 비율이 모두 비슷한 다채로운 투구를 선보였습니다만, 오늘 경기에는

지금까지 78구 가운데 무려 54구가 포심 패스트볼로 기록되고 있습니다.]

 포심 패스트볼을 평소보다 많이 던지며…….

 그야말로 타자들을 찍어누르는 피칭.

 6회초.

 슈욱!

 따악!

[3구 타격, 1, 2간을 뚫어냅니다! 가디언스 8번 타자 박준혁의 오늘 경기 첫 안타! 가디언스가 오늘 경기 두 번째 선두 타자 출루를 맞이합니다! 구강혁을 공략할 기회!]

 8번 박준혁이 기어코 구강혁의 슬라이더를 공략해 내며, 4회 정휘빈에 이어 선두 타자 출루에 성공했지만…….

[……타구 투수 앞으로! 구강혁이 여유롭게 잡아 1루로. 잔루 1루! 위기를 모르는 구강혁, 두 개의 뜬공에 이어 본인이 직접 땅볼 타구를 처리해 내며 6회초를 마무리합니다.]

 기회는 득점권으로 이어지지 못했다.

 다시 7회초에도.

[……루킹 스트라이크! 미겔을 상대로 오늘 경기 8번째 탈삼진을 뽑아내는 구강혁! 또 하나의 이닝을 막아 내고, 기록을 50이닝으로 늘리기까지 앞으로 단 하나의 아웃카운트!]

 가디언스 클린업을 상대로…….

[……이번에는 낮은 체인지업에 헛스윙 삼진! 9번째 탈삼진의 희생양은 다시 양성광! 오늘 양성광은 3번 타석에 들어서서 모두 삼진!]

[……당겨친 타구! 이번에도 멀리 뻗어가지 못합니다. 우익수 한유민이 거의 그대로 서서 잡아냅니다.]

다시 2개의 삼진을 뽑아내면서.

[……구강혁이 7회에도 본인의 능력을 아낌없이 증명합니다! 오늘부터 KBO의 연속 이닝 무실점 기록은 50이닝이 됩니다!]

구강혁이 등판을 마쳤다.

7이닝 93구, 9탈삼진 무실점의 피칭.

그리고 7회말.

[……팔콘스의 선두 타자는 페레즈. 초구! 낮은 공. 볼로 기록됩니다. 전광판에 149가 찍혔네요. 로테이션 변경의 여파일까요? 6회까지도 152, 153킬로미터대의 포심을 뿌리며 삼자범퇴 이닝을 만들어 냈던 윤대준 투수, 7회 들어서는 구속이 조금 더 떨어진 모습입니다.]

[6회를 잘 막기는 했어도 투구 수가 적지는 않았거든요. 체력 저하 문제는 어쩔 수 없죠. 이미 몬스터 월 뒤편 2층에 가디언스 투수들이 있거든요? 이승혁 감독의 판단이 어떨지.]

[방금 투구까지 총 95구를 던진 윤대준. 올 시즌 최다 투구 수는 드래곤즈를 상대로 기록한 98구입니다. 고개를 끄덕이고, 제 2구!]

슈욱!

따아악!

[타격! 몸쪽 공을 받아쳤고……. 3루수 잡지 못합니다! 타구 페어 지역에 떨어져 담장까지! 장타 코스! 페레즈 이미 1루를 지나 2루로! 여유롭게 들어갑니다!]

[살짝 몰렸네요.]

[오늘 경기 첫 안타를 2루타로 장식하는 페레즈! 7회, 양팀 통틀어 득점권에 첫 주자가 위치합니다! 선두 타자 2루타, 팔콘스의 오늘 경기 최고의 찬스를 3년차 외인 페레즈가 만들어 냅니다!]

다소 불안한 수비 능력에도 불구.

"캬, 이거거든!"

"페레즈, 믿고 있었다고!"

3번 타자로 선발 출장한 페레즈가…….

'됐다!'

윤대준을 상대로, 선두 타자 2루타를 만들어 냈다.

* * *

[무사 2루, 팔콘스가 오늘 경기 가장 좋은 찬스를 맞이합니다. 2루에 자리한 페레즈는 단타에도 홈까지 달릴 수 있는 스피드와 적극성을 겸비한 주자. 찬스의 성패를 가를 다음 타자는 팔콘스를 대표하는 슬러거, 4번 타자 노재완!]

[지난 3연전에도 나쁘지 않은 타격감을 보여 줬어요.]

 [그렇습니다. 현재까지 2할 9푼대의 타율, 특히 재규어스와의 시리즈에서 총 11타수 4안타를 기록한 노재완. 아, 여기서 한번 끊어 주고 가는군요. 가디언스 이승혁 감독이 마운드로 향합니다.]

 [적당한 타이밍이에요.]

 [윤대준의 마지막 이닝이 될 가능성이 높은 7회. 팔콘스 더그아웃에서 어떤 선택이 나올까요?]

 [노재완이잖아요. 강공으로 갈 확률이 높죠. 그렇지만 브레이브스와의 경기에서 깜짝 번트를 선보였던 노재완이에요. 그때도 아주 잘 댔거든요. 올 시즌 번트 성공률이 10할이죠?]

 [어, 네. 위원님. 100퍼센트라고 표현을…….]

 리그와 시즌마다 다소의 차이는 있으나…….

 무사 2루 상황이 1사 3루 상황으로 바뀔 경우, 기대득점은 13%에서 15%가량 감소한다.

 '기대득점 기준으로는 안 하는 게 맞지. 작전 실패 확률까지 감안하면 더더욱. 선행 주자가 아웃되면 말짱 도루묵에, 최악의 경우에는 더블플레이까지 나올 수 있다.'

 즉, 이 상황에서의 번트는…….

 하이 리스크 로우 리턴은커녕.

 리버스 리턴도 다행인, 멍청한 작전인 셈.

 '하지만 득점확률을 감안하면 이야기는 달라지지.'

 물론 그게 다라면 고민할 필요도 없을 터.

2장 〈95〉

'1점을 위해서는 시도할 만한 작전이야.'

기대득점이 아닌, 1점이라도 뽑아낼 확률을 전제한다면?

이야기는 꽤 달라진다.

1사 3루의 득점확률은 무사 2루에 비해……

4%에서 10%까지도 높아지니까.

'3루 주자는 투수를 흔든다. 물론 지금 윤대준의 집중력이라면 대단한 영향까지 기대할 수는 없겠지만……'

안타 없이도 득점이 가능한 게 3루 주자다.

땅볼에도 홈을 노릴 수 있음은 물론.

외야 뜬공에 태그업도 가능하다.

'크게 떨어지는 브레이킹볼은 억제할 수 있겠지.'

폭투를 의식해 던진 포심을 퍼올려 희생타점.

소위 고급야구의 정석이 아닌가.

'과연……'

[파울라인을 지나 더그아웃으로 돌아가는 이승혁 감독. 네오 팔콘스 파크에 비장한 분위기가 감돌고 있습니다. 오른손으로 배트의 배럴 부분을 만지작거리는 노재완.]

[내야는 정상 수비네요. 역시 강공 전환 확률이 높다고 본 거예요. 물론 말씀드렸듯 그렇게 판단할 상황이 맞습니다만, 허를 찔러야 더 큰 효과를 보는 게 작전이 아니겠습니까?]

노재완과 윤대준의 승부.

슈웅!

부우우웅!

타자는 강공을…….

[1구, 몸쪽 빠른 공!]

퍼어어엉!

"스윙, 스트으라이크!"

투수는 다시 빠른 공을 선택했다.

[헛스윙! 전광판에는 153이 기록됩니다! 윤대준이 재차 구속을 끌어올립니다, 지칠 줄 모르는 가디언스의 에이스!]

구강혁이 혼잣말을 내뱉자…….

"이거…….'

류영준이 피식 웃으면서 말을 받았다.

"안 좋네."

"그러게요."

4일 휴식 후 97구의 피칭에도 불구.

윤대준은 아직 힘을 모두 빼지 않았다.

[……루킹 스트라이크! 존 한가운데를 강하게 찌르는 윤대준의 공, 이번에는 154의 빠른 공!]

2구에 이어…….

3구까지.

슈욱!

부우웅!

퍼어어엉!

[……스윙, 삼진! 삼구삼진으로 강한 타자 노재완을 무

너뜨리는 윤대준!]

 모두 포심을 던져, 노재완을 손쉽게 잡아낸 후.

 [……4구, 타격! 채연승의 타구는 우익수 앞으로……. 잡아냅니다! 동시에 2루 주자 페레즈는 태그업! 공 더 이상 연결되지 않습니다, 2사 3루로 이어지는 상황!]

 채연승의 뜬공에 페레즈의 진루를 허용했음에도 불구.

 [……2구 타격, 내야를 흐르는 타구! 1루수 양성광이 잡아서 그대로 1루 베이스를 밟습니다. 잔루 3루, 7회 위기를 벗어나는 윤대준! 휴식일을 반납한 등판에서 105구를 던지는 투혼! 구강혁과 함께 7이닝 무실점을 기록합니다!]

 윤대준이 무사 2루의 위기를 너무도 쉽게 벗어났다.

 양팀 선발이 나란히 7이닝 무실점.

 명품 투수전의 승패는 불펜에서 갈렸다.

 [……초구부터 타격! 아, 우익수 뒤로, 우익수 뒤로! 담장, 담장! 담자아아앙! 넘어갔습니다! 오늘 경기 첫 홈런, 네오 팔콘스 파크의 명물, 몬스터 월을…….]

 구강혁의 뒤를 이어 등판한 원민준.

 그가 8회초 선두 타자를 상대로 볼넷을 허용했음에도 불구, 이후 세 타자 연속 범타로 실점 없이 내려온 뒤.

 [팔콘스의 8번 타자, 박상구가 넘깁니다! 올 시즌 마수걸이 홈런을, 그것도 리그 최고의 셋업 피쳐 가운데 한 명. 가디언스의 이석현을 상대로 밀어쳐서! 몬스터 월을 넘겨서 뽑아냅니다!]

8회말, 올 시즌 평균자책점 1점대의 눈부신 활약을 펼치던 이석현의 몰린 투심을 박상구가 통타.
 "끼야아아아!"
 "빡! 빡! 빡상구!"
 시즌 첫 홈런을 뽑아냈던 것.
 '……낮잠을 좀 재워야겠는데?'
 0:1의 상황, 9회초.
 [……헛스윙, 경기 끝! 주민상이 9구의 긴 승부 끝에 미겔을 삼진으로 잡고 팔콘스의 승리를 지켜냅니다! 치열했던 투수전의 결말은 대전 팔콘스의 승리!]
 주민상이 2탈삼진으로 경기를 마무리.
 팔콘스가 가디언스를 상대로…….
 시즌 첫 승리를 거두었다.
 [대전 팔콘스, 가디언스 상대로 시즌 첫 승!]
 [기록은 갱신, 연승은 잠시… 구강혁 호투에도 ND]
 [경기는 불펜에서 갈렸다… 동기동창 승부는 다음으로]
 양팀 선발의 등판 결과는 물론 노 디시전.
 승자는 가려지지 않았고…….
 나란히 연승행진을 쉬어가게 되었다.

 * * *

 [대전 팔콘스, 가디언스 상대로 위닝시리즈 확보!]
 이어진 2경기.

도미닉이 7이닝 1실점의 호투를 펼치고…….

타선이 3점을 뽑아내며.

1:3의 연이은 승리.

비록 시리즈 3경기 선발 황선민의 난조와 타선의 침묵으로 3:0의 영봉패를 허용, 스윕에는 실패했지만.

1위 가디언스를 상대로 위닝시리즈.

5월을 좋은 분위기로 시작하게 된 팔콘스였다.

그리고 시리즈 종료 후…….

윤대준이 구강혁의 집을 찾았다.

"밖에서 먹는 게 낫지 않아? 오늘 경기도…….''

"일찍 끝났지. 그래도 집이 편해."

"집 좋기는 하다."

"서울보다는 조건이 낫지. 족발 시킨다?"

식사 약속을 집에서 치르기로 했던 것.

물론 그리 친한 사이는 아니었고…….

대화 중간중간에 어색한 침묵이 생기기야 했지만.

어쨌든 동창인 둘.

"……그래서 너랑 통화하고 나서 경원이랑도 오랜만에 연락했지. 대체 몇 년 만에 목소리를 듣는 건지도 모르겠더라. 둘 다 잘 던져서 뿌듯하다나."

"걔는 뭐 하고 사는데?"

"게임회사 들어갔다던데?"

"신기하네. 야구 게임이라도 만드나?"

"하하, 설마."

"결혼은 했대?"

"아니. 동기들 중에 결혼한 애가 없지 않아?"

"나야 뭐, 연락 잘 안 하고 지내니까."

밥 한 끼 먹으면서 이야기할 거리는 충분했다.

"⋯⋯아무튼 좋다, 이렇게 오랜만에 따로 보니까. 가끔 연락이라도 하고 지내자고."

"그거야 어렵지는 않지. 기왕이면 다음에는 둘이 말고 몇 사람 더 끼워서 보자고. 그런데 너, 올 시즌 끝나고 메이저 가는 거 아냐?"

"아마. 너도 가면 되잖아?"

"말이 쉽지."

"WBC 우승하면 포스팅 조건 된다며?"

윤대준의 말대로였다.

올 시즌 완주와 WBC에서의 우승.

두 가지 조건을 만족하는 것이⋯⋯.

구강혁의 포스팅 자격 확보로 이어진다.

"그렇기는 한데, 아직 대표팀 명단도 안 나왔잖아."

"네가 빠지겠어?"

"지금까지만 봐서는 그런데, 또 우승이 문제지. 메이저리그 선수들도 요즘은 WBC를 가볍게만 보지도 않잖아? 애초에 올해 일정이 포스트시즌 뒤로 미뤄진 것도 투수들이 요구한 결과라는 거 같더만."

"으흐음."

"으흐음이 아니고, 너도 나와서 잘 던져."

"하하."
식사가 그리 길게 이어지지는 않았다.
"다 챙겼냐? 어떻게 가게?"
"짐은 거의 버스에 있지. 택시 타고 올라가게."
윤대준이 집을 나갈 때쯤…….
"배웅은 안 나갈 건데……."
구강혁이 마지막으로 물었다.
"하나 물어봐도 되냐?"
"어, 뭐?"
"왜 굳이 첫날에 나왔냐? 하루 더 쉬면 쉬웠잖아."
이미 개막전에서 가디언스를 상대로 패배한 도미닉.
비록 이번 시리즈에는 호투를 펼쳤다지만…….
5일 휴식을 한 윤대준이 상대였다면?
승패는 모르는 일이었다.
구강혁이 말을 이었다.
"아무리 야구에 만약이 없어도……."
"좋잖아? 이슈도 되고. 분위기도 뜨겁고."
"그게 다야?"
윤대준이 생글거리며 다시 답했다.
"그것도 그렇고, 미리 한 번은 만나둬야 될 것 같았지."
"미리?"
"피차 말이야."
이제 5월이 시작된 시점.
양팀의 정규시즌은 100경기가 넘게 남았고…….

서로의 매치업은 11경기가 남았다.
구강혁이 의뭉스럽다는 듯이 말했다.
"그것도 로테이션이 맞아야……."
"가을에는 만날 거 아냐."
"……!"
루징시리즈에도 불구.
여전히 6할 후반대의 승률을 기록 중인 가디언스.
한국시리즈 진출 확률 또한 가장 높다.
포스트시즌의 앞선 경기에 따라 다를 수는 있겠지만.
한국시리즈에서 각 팀의 에이스는 2경기.
1경기와 5경기에 나서는 게 일반적이다.
"립 서비스냐?"
"아니."
"……그래, 페넌트레이스가 전부는 아니지."
현관 앞에 선 윤대준이 말했다.
"그러니까, 못 가린 승부는 거기서 가리자고."
"뭘 못 가려? 팔콘스가 이겼는데. 내가 이겼지."
"어…….."
"문 잘 닫고 가라."

* * *

휴식일인 월요일.
브레이브스의 모기업.

태흥그룹의 중대발표가 있었다.

이미 업무에서 배제된 안재석과 양홍철의 해고, 태흥미디어 대표이사의 자진사퇴 및 전문경영인 체제 전환, 구단주 겸임으로 최대한 빠른 단장 선임에 노력…….

'꽤 깔끔하네.'

항복선언이나 다름없었다.

—태흥은 올 시즌 브레이브스에서는 완전히 손을 떼고 사실상 네이밍 스폰서 정도의 영향력만을 행사할 겁니다. 발표에는 포함되지 않았지만 구단 매각설이 가시화되고 있어요. 이미 몇몇 기업에서 관심도 보이고 있는 듯하고요.

김윤철의 판단도 깔끔했다.

—상황 종료입니다.

다만.

"……또요?"

—네. 물론 구 선수께서 신경을 쓰실 필요는 없습니다. 자기가 제풀에 지쳐 그만두겠죠.

양홍철이 벌써…….

'영준이 형도 비슷한 생각인 것 같았지만, 사과를 받으려고 한 일은 아니고……. 받아서 뭐가 달라지지도 않겠지. 진심으로 사과할 인간이었다면 처음부터 그런 개짓거리를 벌이지도 않았을 테고. 하지만 김 대표님과 YC 직원들이 불편해지는 건 나도 마음이 불편한데.'

다섯 번이나 김윤철을 찾아갔다.

"전화로 얘기를 해 볼까요?"

―그게, 꼭 얼굴을 보고 사과를 해야겠답니다. 말하는 투나 안색을 감안하면 저번에 말씀드렸듯 뭘 어떻게 해 보려는 작정은 아닌 것 같은데, 어디서 누구한테 꼭 그래야 한다는 지시라도 받은 것처럼…….

"……일단 알겠습니다."

―네. 너무 신경쓰지는 마세요. 저희가 책임지고 처리해야 할 문제니까요.

"네. 이거 본의 아니게……."

―정말 괜찮습니다. 아, 그리고 이건 좀 다른 이야기인데. 곧 기사가 나갈 겁니다.

"기사요?"

―네. 3, 4월 MVP 투표요. 결과가 나왔거든요. 아, 너무 당연한 결과지만 그래도 축하드립니다.

"아, 월간 MVP!"

―자책점 제로에 전승. WHIP가 0.30인데……. 팬 투표 기준 득표율이 60퍼센트, 전문가 투표 기준은 90퍼센트를 겨우 넘겼다네요. 나 참, 팬 투표야 인기투표 성향이 있으니 그렇다 쳐도, 전문가라는 양반들이 이렇게 야구를 모르네요.

* * *

휴식일을 지나 이어진 홈 시리즈.

팔콘스의 상대는 다시 수원 스타즈였다.

[수원 스타즈, 원정에서 스윕 설욕할까?]

[3연승 달린 스타즈, 팔콘스 잡으면 4위가 코앞]

수원에서는 스윕을 허용했던 스타즈.

그러나 지금의 기세는 만만치 않았다.

4월 하순에 접어들며 타격감이 극한으로 올라온 강대호를 중심으로, 직전 시리즈에서 샤크스에 스윕을 기록하며……

최근 5경기 4승 1패의 탁월한 성적으로, 4위인 팔콘스와의 승차를 한 경기까지 좁혔던 것.

[팔콘스, 화요일 선발 류영준 예고]

→ 스) 아니 흐름 좋았는데 왜 또 류임 ㅡㅡ

→ 스) 우리한테 왜 이래 표적등판 멈춰

→ 스) 저번에 류 구 순서로 나오지 않음?

→→ 팔) 걱정 마 브로 로테이션 바꿨다구

→→ 스) 그래? 휴! 위닝 드가자!

→→ 팔) 3경기 나올 듯 피이쓰

→→ 스) 시발아

물론 팔콘스로서도 할 말은 있었다.

4월까지 3승으로 승운은 없었지만…….

0.69의 평균자책점으로 작년 이상의 모습을 보여 주는 류영준의 로테이션이 돌아왔으니까.

[팔콘스 류영준, 7이닝 1실점으로 시즌 4승]

[팔콘스, 류영준 호투에 힘입어 스타즈 연승 저지!]

실제로 첫 경기는 팔콘스의 승리였다.

다음 경기에는 김의준이 등판했고…….

[스타즈, 팔콘스 마운드 맹폭하며 7:1 승리!]

4회까지는 1실점으로 잘 막았지만, 5회 무사에서 연이은 볼넷 허용 후 강대호의 쓰리런에 강판.

1승 1패로 시리즈의 균형이 맞춰졌다.

그리고.

[KBO 3, 4월 MVP, 대전 팔콘스 구강혁]

['무결점 이닝' 달성에 이어, KBO 선발 연속 이닝 무실점 기록을 50이닝으로 갱신하며 리그의 역사를 새로 쓴 구강혁이 또 하나의 경사를 맞았다. 커리어 첫 월간 MVP의 영예를 안은 것. KBO는 이날 3, 4월 월간 MVP로 구강혁이 선정됐음을 밝혔다.

……구강혁은 기자단과 전문가 투표 51표 가운데 46표, 팬 투표 512,373표 가운데 311,546표(61%)를 획득하며 종합 총점 86.1점을 획득, 21점대에 그친 2위 윤대준(서울 가디언스)을 제치고 올 시즌 첫 월간 MVP에 선정되었다.

……4월까지 6경기에 등판해 무자책점으로 전승, 43이닝을 던지며 55개의 탈삼진을 뽑아낸 구강혁의 페이스가 경이롭다. 0.30의 WHIP는 선두열 전 감독이 마무리로 활약했던 93시즌 0.54에 비교해도 압도적인 수치.

……수상자에게는 특별 제작된 트로피와 함께 300만 원의 상금이 수여되며, KBO는 수상자인 구강혁의 모교

청진고등학교에도 선수 명의로 300만 원의 기부금과 후원물품을 전달한다.]

 경기를 앞둔 오전 이른 시각.
 구강혁의 월간 MVP 수상이 발표되었다.
 성적이야 원체 좋았다지만…….
 수상은 또 별개의 이야기.
 축하의 전화가 적잖게 쏟아졌다.
 ―축하해, 형!
 오랜만에 후임이었던 임대규와도 통화를 했다.
 "고맙기는 한데, 연락 자주 하랬지, 인마."
 ―메시지 하면 됐지 뭘.
 말년휴가까지 동원해 칼 같이 복학한 임대규는 이제 3학년이었는데, 그 나름의 바쁜 대학생활을 보내는 중이었다.
 "학교생활은 괜찮냐? 스포츠산업학과랬지?"
 ―이제 좀 적응이 되는 느낌? 우리 과 2학년까지 마치고 군대 가는 경우가 많아서, 비슷하게 복학한 동기들도 좀 있는데……. 다들 예전보다 열심히 살더라고. 휩쓸리듯 지내다 보니까 덕분에 이번 중간고사도 그냥저냥 괜찮게 본 것 같아.
 "잘했네. 뭐 필요한 건 없고?"
 ―형. 대체 몇 번이나 물어보는 거야?
 군 시절 내내 제 일처럼 훈련을 도와준 임대규.
 본인도 즐거운 시간이었다고는 하지만…….

구강혁은 늘 보답하고 싶은 마음이었다.

'연봉도 올랐는데 말이지. 나도 바쁜 마당이라 금전적으로 보답하는 것 말고는 딱히 보답할 방법도 안 떠올라. 그런데 이것도 싫대, 저것도 싫대……'

그러나 임대규는 한사코 거절했다.

"짜식아, 고마우니까 그러지."

―됐어. 대전 가면 밥이나 한 끼 사줘. 조만간 한 번 갈게.

"좋다. 미리 연락하고 와. 다 준비할 테니까."

―준비하긴 뭘 준비해? 그냥 가서 형 던지는 거 보고, 밥 한 끼 먹고 올라오면 되는데.

"성심당에서 빵도 한 보따리 사야지."

―아, 그건 준비 부탁드립다, 구 병장님.

"흐흐, 기왕 올 거면 주말이 좋겠다. 등판하는 날이면 경기 전이나 후나 정신이 없거든. 일요일이 제일 낫고, 2시 경기가 서로 편할 것 같은데……. 아니면 방학 때?"

―너무 먼 얘기다. 그리고 아직 뭐가 정해지지는 않았지만 방학 때가 오히려 바쁠 수도 있어. 3학년부터는 인턴십도 많이 나가거든. 나도 알아보는 중이야.

"졸업은 4학년 마치고 하는 거 아냐?"

―맞는데, 이 동네도 이 동네대로 치열하단 이야기지. 자리가 많지는 않아. 안 되면 놀 바에야 아르바이트라도 하려고. 어쨌든 학기 중이 낫고, 나도 주말이 편한 건 맞아.

"그렇구만……. 그런데 내가 로테이션상 당분간 맞는 일정이 없는 게 문제다. 5월 말은 돼야 주말 등판이 있지 싶은데. 토요일이나 일요일, 언제든 와서 차라리 하루 자고 올라가. 물론 네가 괜찮으면 말이지."

―재워 주면 나도 마음이 편하지. 안 그래도 월요일은 오후 수업만 있거든. 일찍 일어나서 올라온다 생각하고 가는 게 낫겠어. 5월 말, 뭐 금방 오잖아?

"콜."

팔콘스 선수들도 빼놓을 수 없었다.

"축하드립니다, 선배님!"

"고맙다."

"점수가 성적에 비해 너무 낮은 거 아니야?"

"에이, 받았으면 됐죠."

"캬, 한 턱 내야지?"

"그래야죠. 메뉴만 고르십시오, 선배님."

"친애하는 나의 파트너. 9대 1로 봐준다."

마지막 박상구의 말만 깔끔하게 무시했다.

경기를 앞두고 간단한 시상식도 진행됐다.

시즌 MVP나 골든글러브 등에 비하면 무게감은 살짝 떨어지는 감이 있지만, 월간 MVP도 한 시즌에 많아야 7명에게만 허락되는 영예.

"감사합니다. 더 열심히 던지겠습니다."

특히 팔콘스에서는 23시즌 7월 노재완 이후로는 첫 수상자 배출로, 팬들도 기쁨의 성원을 아끼지 않았다.

"강혁아, 5월도 드가자!"
"아니, 시즌 MVP를 받아야지!"
"이대로만 가면 역대 최고 투수다!"

* * *

아이러니하게도 수상이 발표된 날.

구강혁은 시즌 첫 자책점을 허용했다.

단타 3개로 상대 타선을 틀어막으며, 연속 무실점 기록을 56이닝까지 늘린 7회.

[……4구, 바깥쪽, 타격! 타구 멀리!]

선두 타자로 나선 4번 강대호에게…….

[좌익수 페레즈가 쫓아갑니다만, 타구 휘어지면서, 멀리! 멀리! 좌익수는 잡을 수 없고, 폴대, 폴대! 폴대……. 안쪽으로 떨어집니다! 강대호의 솔로포! 1:4로 추격하는 스타즈!]

[이야, 이걸 넘기네요. 구강혁 투수는 이번 시즌 첫 자책점이죠? 이미 5월인데 말이에요. 이것도 놀랍습니다만, 강대호 타자. 지난 시리즈에 이어 정말 극한의 타격감을 보여 주고 있습니다.]

[그렇습니다! 올 시즌 구강혁에게 첫 홈런을 뽑아낸 타자 또한 강대호! 전날 경기 김의준을 상대로 얻어 낸 쓰리런포에 이어 두 경기 연속 홈런!]

홈런을 허용했던 것.

'이게 넘어가네.'

전혀 몰린 공이 아니었다.

존의 바깥쪽 낮은 구석을 찌르는 포심.

그 공을 심지어 밀어쳐서…….

폴대를 스치듯 담장을 넘겼다.

→ 팔) 미친, 저걸 넘겨?

→ 스) 괜히 천재타자가 아니거덩

─→ 스) 시즌 첫 홈런 받아갑니다 꺼억

→ 팔) 방금 존 들어가기는 했나?

─→ 팔) 걸친 듯?

─→ 스) 인정해라 잘 쳤잖아ㅋㅋ

그럼에도 불구.

승리는 팔콘스의 몫이었다.

타선이 일찌감치 4점을 뽑아냈고…….

[구강혁 첫 실점에도 불구, ND 이후 연승 이어 가]

[팔콘스 구강혁 7이닝 8K 1실점, 시즌 7승 달성]

구강혁이 추가 실점 없이 7회까지.

불펜이 8, 9회를 마찬가지로 무실점으로 막아 내며, 타선이 추가 득점으로 기세를 더한 팔콘스의 1:4 승리.

위닝시리즈에 성공한 팔콘스는 스타즈와의 시즌 전적을 5승 1패로 늘리며 승차 또한 벌렸다.

―――마지막으로 한 가지 질문입니다. 첫 피홈런에 의한 실점으로 연속 이닝 무실점 신기록을 56이닝에서 멈추게 됐는데요. 아쉽지는 않은가요?

"개인적으로 기록에 크게 연연하지는 않지만, 야수진들이 함께 만들어 준 기록이었기에 솔직히 조금은 아쉬운 마음이 있습니다. 그래도 언젠가 다시 기회는 올 테고, 무엇보다 경기를 승리했기 때문에 괜찮습니다."

구태성도 말했다.

실점에서 배우는 것도 있으리라고.

수훈선수 인터뷰에서 밝혔듯…….

구강혁은 실제로도 홀가분한 기분이었다.

박상구는 더 개운한 것처럼 보였다.

"강혁아, 나는 몰랐다. 살다살다 피홈런이 짜릿할 줄은."

"나도 몰랐네. 반동분자가 전담포수였을 줄이야."

"아이씨, 말이 그렇다는 거지. 아까는 괜찮다며?"

"그야 이겼으니까. 하지만……. 솔직히 말하면 아쉽다. 홈런이야 많이 맞아봤는데, 오늘처럼 상실감이 큰 건 처음이야. 이거 참."

"크흠. 그래, 다음부터는 좀 더 신중한 배합을 하자고. 내가 또 상대 타자 분석에 최선을 다해야겠어."

"그래, 같이 최선을 다해 보자고. 아무튼 무결점 이닝이든, 연속 이닝 무실점이든 네 덕분이 크다. 앞으로도 잘 부탁한다, 마이 파트너."

"그럼 9대 1?"

"유민 선배! 오늘 고생 많으셨습니다."

같은 날.

재규어스를 상대로 선발 등판한 윤대준도 2회 투런 홈런을 허용하며 연속 이닝 무실점 기록은 나란히 멈추었다.

곧바로 이어진 울브스 원정.

1경기에는 로테이션에 따라 도미닉이 등판, 7이닝 3실점의 괜찮은 피칭으로 승리를 이끌었다.

바로 다음날 새벽부터 남부지방에 많은 비가 내리며, 시리즈 2차전은 순연.

직후 일요일에 더블헤더 경기가 편성되었다.

'4월에는 브레이브스 원정으로 순연 없이 경기를 치렀지. 올 시즌에는 첫 더블헤더야. 금, 토 경기의 순연 직후 더블헤더 편성은 내 공백기에 변경된 룰……. 나도 5월의 더블헤더는 첫 경험이다.'

앞선 경기에는 황선민.

뒷 경기에는 문영후가 차례로 등판했다.

'로건이 2군으로 내려간 후로 선발 기회를 얻었던 선민이, 의준이가 나쁘지 않은 성과를 내면서 영후가 좀 밀리는 그림이었지. 특히 재규어스전에서 감독님이 의준이를 선택한 게 영향이 컸다.'

문영후는 꽤 오래간만의 선발 등판이었다.

'서산에도 딱 열흘을 채워서 다녀왔을 정도니까. 2군 등판은 결과가 나쁘지 않았던데. 4이닝 무실점이었나?'

류영준, 도미닉, 구강혁의 3명이 굳건한 로테이션.

'의준이는 지금까지 하위 선발임을 감안하면 괜찮은 결

과를 보여 주고 있어. 스타즈전에서도 지금 리그 최고로 타격감이 올라온 강대호에게 홈런을 맞았으니까.'

반면 로건의 1군 복귀가 요원해지며…….

'선민이는 벌써부터 힘에 부치는 모습이야. 로건이 아직까지 조정 중이라는 건 사실상 웨이버 공시가 코앞으로 다가왔다고 생각해야 하고……. 당장은 영후가 다시 제 모습을 찾는 게 최선이다.'

4, 5선발은 여전히 경쟁의 자리였다.

[대전 팔콘스, 더블헤더 모두 패배… 루징시리즈]

[돌아온 문영후, 호투에도 불구 노 디시전]

[더블헤더 11득점에도 2패… 팔콘스 2연패 수렁]

더블헤더의 결과는 2패였다.

황선민은 또다시 4이닝에 그치며 무려 5실점, 문영후는 7이닝 1실점의 눈부신 호투를 선보였으나…….

앞선 경기는 황선민의 실점에 이어 불펜에서도 연이은 방화를 저지르며, 모처럼만의 화끈한 득점 지원에도 불구하고 12:10의 패배.

뒷 경기는 반대로 타선이 침묵하며 3:1의 패배였다.

'최악의 결과다. 투타의 손발이 안 맞았어. 타이탄스와 함께 2약으로 분류되는 울브스를 상대로 2승 3패. 그래도 영후가 좋은 모습을 보여 준 점은 위안이 되겠는데…….'

팔콘스의 시즌 성적은 23승 20패.

5위 스타즈와의 승차는 다시 1경기.

다음 상대는 3위 드래곤즈.

"내일 저녁 숙소에서 뵙겠습니다, 감독님."

"그래. 조심해서 올라와라."

구강혁은 곧바로 동대구역으로 향했다.

수도권 원정을 앞둔 휴식일을 본가에서 보낼 요량이기도 했지만, 김윤철이 일정을 맞춰둔 덕분에…….

사과를 받아달랍시고 난리를 치는 양홍철.

'……그래, 그냥 한번 얼굴 보고 치우는 게 낫지.'

그를 드디어 만날 계획이었다.

―기다렸습니다. 바로 역으로 가실 수 있을까요?

"네, 바로 택시 탔습니다. 곧 도착인데, 역시 오늘은 좀 부탁드려야겠네요. 수원으로 가는 표는 끊어뒀는데 앞 경기가 길어지는 바람에 종료 시간이……."

―괜찮습니다. 번거로우시겠지만, 아니죠. 아예 저희가 광명에서 기다리겠습니다. 댁까지는 제가 모셔다드리면 되겠네요. 어차피 저는 차를 가지고 내려갈 테고, 저희 쪽 편의 때문에 만나주시는 감사한 상황이니…….

"어, 네. 그래도 감사하실 게 아니라, 제가 오히려 죄송하죠. 저 때문에 그간 피해를 보신 거니까요."

―그게 어떻게 구 선수 때문이겠습니까? 그냥 피차 양홍철 씨의 되도 않는 고집, 그 피해자라고 해 두죠.

"그래요. 가서 데리고 오시는 겁니까?"

―이미 회사에 같이 있습니다.

광명까지는 1시간 반가량이 걸렸다.

역사를 빠르게 빠져나왔고…….

─B주차장 앞에서 기다리고 있습니다. 역사에서 가까우니 금방 오실 수 있을 겁니다.

곧 김윤철을 만날 수 있었다.

"오셨습니까."

"네. 오랜만입니다, 김 대표님."

"구 선수도 늦게까지 고생 많으셨습니다."

"금방 오더라고요. 선수단 버스도 아마 이제 슬슬 팔콘스 파크에 도착했을 거예요."

"하하. 양홍철은……."

김윤철이 구강혁과 함께 엘리베이터에 올랐다.

예의 고급 세단이 주차장 한켠에 자리하고 있었다.

'……양홍철.'

양홍철은 조수석에 앉아 고개를 숙인 모습이었다.

"근처에 24시간 운영하는 카페나 숙소가 있기는 한데, 긴 이야기까지는 필요하지 않을 것 같아서요."

구강혁이 다가가서 창문을 가볍게 두드렸다.

양홍철이 얼른 문을 열고 빠져나왔다.

"김 대표님, 실례가 안 된다면……."

"네. 이야기 마치실 때까지 기다리고 있겠습니다. 혹시나 싶어서 소지품은 체크했으니 별 걱정은 않으셔도 됩니다."

"역시 철두철미하시네요."

"듣고 계시죠, 양홍철 씨?"

"……네, 김 대표님."
양홍철의 목소리에 힘이 없었다.
'이 새끼, 저 새끼 소리를 질러대던 그 양반이 맞나?'
김윤철이 말했던 것처럼…….
'몇 년은 늙은 얼굴이야.'
아니, 그 이상으로.
안색도 무척 창백하고, 또 핼쑥했다.
"알고 계시겠지만, 문제 될 행동은 하시면 안 됩니다."
"네, 그야 당연히……."
"그럼 두 분, 이야기 나누시죠."
김윤철이 한참을 걸어서 멀어졌다.
양홍철이 흐느적거리며 구강혁의 맞은편에 섰다.
눈동자가 이리저리 흔들리고 있었다.
'……누아르 영화라도 찍는 것 같네.'
구강혁이 깊은 한숨을 내쉬었다.

* * *

"후우……."
양홍철이 흠칫 몸을 움츠렸다.
쌍욕을 해대던 사람이라고는 믿기 어려운 꼴이었다.
'김 대표님 말씀대로야. 상황은 이미 끝났다.'
양홍철은 더 이상 브레이브스의 부단장이 아니다.
그가 바지단장으로 내세운 안재석도 마찬가지.

'사과를 듣고 싶다고 생각한 적도 없어. 그걸 들어야 할 사람이 나인지도 모르겠다.'

양홍철이 입을 달싹였다.

'쌍욕이야 트레이드 직후에 찾아가서 어느 정도는 갚아 줬고……. 트레이드 자체도, 결국 문제가 수면 위로 올라오는 중요한 방아쇠가 됐지. 처음부터 예상했듯이.'

차마 말이 나오지 않는다는 것처럼.

'결과만 따지면 내게는 나쁜 일은 아니었다. 아니, 오히려 좋은 기회가 됐어. 아버지도 아주 좋아하셨고, 류영준 선배가 미니캠프에 데려가주신 덕분이 구태성 선배님도 만나뵐 수 있었으니까. 두 분께는 정말 많은 것을 배웠다.'

구강혁과 원민준, 양태현과 황성대를 맞바꾼 브레이브스와 팔콘스의 트레이드는…….

이미 승자를 따지는 게 무의미해졌다.

'하지만 그건 브레이브스에는 결국 피해였다. 하필 트레이드로 데려간 선수들도 지금까지 큰 활약을 보이지 못하고 있으니…….'

구강혁이 입을 열었다.

"양 전 부단장님."

"네……."

"하실 말씀이 있으시다면서요."

양홍철이 머뭇거리며 말했다.

"그, 그. 미, 미안합니다. 사죄하겠습니다."

"뭘 말입니까?"

"제가 욕했던 거나, 트레이드 건이나······."

구강혁이 또 한 번 한숨을 내쉬었다.

"후우."

그러고는 다시 말을 이었다.

"진심일 거라는 생각은 안 합니다."

"그, 그게······."

"부산 내려갔을 때도 영준이 형 일하는 건물 앞에서 한참이나 거의 시위를 했다면서요. 김 대표님도 몇 번이나 찾아가서 괴롭혔고. 말하자면 2차 가해인데, 정말 미안한 사람이라면 그런 짓을 하지는 않겠죠."

이후로도 몇 번인가 연락을 했지만······.

조영준은 양홍철을 만나지 않겠다는 결론을 내렸다.

마음 같아서는 구강혁도 그러고 싶었다.

"효과는 좋았어요. 이렇게 뵙고 있으니까요."

"아니, 아니요. 정말 미안합니다······."

"백 번, 천 번을 사과하셔도 저는 진심으로 양 전 부단장님을 용서할 수가 없습니다. 저야 어떻든 영준이 형에게······. 또 정유성 선배님께. 그리고 브레이브스에 저지르신 일들. 돌이킬 수 없습니다."

"그, 예······."

"하지만 이래서는 끝이 없겠죠. 오늘은 몇 가지 조건을 말씀드리러 올라온 겁니다."

"조건이라면······."

"다시는 영준이 형을 찾아가지 마세요. YC코퍼레이션도 마찬가지입니다. 근처에도 가지 마십시오."

"……."

"그리고 사과해야 할 대상부터가 틀렸습니다. 브레이브스 선수단, 프런트 구성원들에게 사죄하십시오. 찾아가서 괴롭히지 말고, 없는 진정성이라도 짜낸 사과문을 발표하세요. 그 사과문에는 브레이브스 팬들에 대한 사죄의 말도 적혀 있어야 할 겁니다."

"사, 사과문……."

"왜, 창피하십니까?"

"……아닙니다."

"어차피 그럴 수도 없겠지만, 다시는 야구계에 발을 들이지 마시고. 마지막입니다. 법적으로 책임질 일이 있다면 뻗대지 말고 책임지세요. 말씀드린 조건을 다 지키시고, 특히 사과문이 제가 다시 연락드릴 필요가 없을 정도로 충분한 사죄의 메시지를 담아냈다는 전제 하에."

"……예."

"저, 구강혁에게 사과를 하지 않았다는 이유로는 더 이상 압박을 받으시지 않을 겁니다. 무슨 말인지 아시겠죠?"

양홍철이 무겁게 고개를 끄덕였다.

"좋습니다. 다시 보지 맙시다."

구강혁이 그렇게 말하고 돌아섰다.

멀찍이 서 있던 김윤철이 다가왔다.

"이야기는 잘 마치셨습니까?"

두 사람의 시선이 양홍철에게로 꽂혔다.

양홍철이 고개를 푹 숙였다.

"……예."

"좋네요. 양 전 부단장님, 죄송하지만 귀가는 알아서 하셔야겠습니다. 기회가 되면 또 뵙지요. 구 선수, 타시죠."

"네."

구강혁이 조수석에 올라탔다.

곧 김윤철이 운전대를 잡았고…….

사이드 미러 속에서 양홍철이 작아졌다.

'……끝이구만.'

차에서는 대화가 많지 않았다.

구강혁의 집앞에 도착하고서야…….

김윤철이 말했다.

"시간이 좀 걸렸지만, 저도 대강의 흐름은 파악을 했습니다. 아무래도 도움을 좀 받으신 것 같더군요."

김윤철이 오른손 검지를 위로 올려보였다.

구강혁이 헛웃음을 지었다.

"못 당하겠네요. 말씀드리고는 싶었는데."

"어이쿠, 저는 별 말 안 했습니다. 아무튼 워낙 문제가 심각했고, 누가 건드리지 않아도 언젠가는 터졌겠지만……. 구 선수와 조영준 씨, 두 분의 행동은 의미가 있었을 겁니다. 조금이라도 빨리 팀이 제자리를 찾을 테니까요."

"김 대표님 덕분이죠."

"중간까지는 그랬죠, 하하. 어쨌든……. 조금은 기뻐하셔도 되지 않을까 싶네요. 그리 개운치 않은 표정 짓지 마시고, 결과도 좋지 않습니까? 이제부터는 좋은 사람들에게만 신경을 쓰면 됩니다. 어깨도 한결 가벼워질 겁니다."

김윤철의 눈빛이 친근했다.

'……또 맞는 말씀이다.'

구강혁이 미소를 지으며 답했다.

"고맙습니다, 김 대표님."

"아닙니다. 그럼 저는 이만 올라가겠습니다."

"늦게까지 정말 고생……. 아!"

좋은 사람들이라는 김윤철의 말.

거기서 문득 닿은 생각이 하나 있었다.

"김 대표님, 갑작스럽지만, 또 죄송한데요."

"어, 네?"

"뭐 하나만 여쭤봐도 되겠습니까?"

* * *

월요일.

끝내 로건이 웨이버 공시되었다.

2군 등판에서도 좋지 못한 성적을 받아든 결과였다.

'……안타깝다. KBO 공인구가 정말 손에 안 맞았나 보네. 메이저 등판 경험이 많지는 않아도 이만큼 결과가 안 좋을 줄은 아무도 몰랐겠지. 괜히 외인 농사가 어렵다는 말이 나오겠냐고.'

드래곤즈와의 시리즈를 앞둔 원정 숙소.

김재상 코치가 투수들을 불러모았다.

"아쉽지만 로건과는 여기까지다. 다음 외인은 빠른 시일 내에 영입이 될 거다. 당분간 우리 로테이션은 이렇게 간다."

팔콘스의 5선발 로테이션이 다시 정해졌다.

류영준, 구강혁, 도미닉의 3명.

그리고 4, 5선발은 김의준과 문영후.

'영후가 최근 경기에서 꽤 인상적인 피칭을 했어. 좌완, 우완, 우완, 좌완, 우완. 구성은 아주 좋다.'

3선발이 그대로 등판한 시리즈.

[대전 팔콘스, 드래곤즈 상대 스윕승!]

[24시즌에 이어 첫 스윕, 팔콘스 기세 오른다]

팔콘스가 시즌 3번째 스윕을 달성했다.

구강혁은 2경기에 등판해 8이닝 7탈삼진.

3피안타 1볼넷에도 무실점 호투를 선보였다.

[투타 조화 완벽 팔콘스, 승차 단숨에 좁히며 3위 가시권]

무려 3위 경쟁 중인 드래곤즈를 상대로 3연승.

스타즈의 매서운 추격을 따돌린 것은 물론, 멀게만 보

였던 드래곤즈와의 승차도 한 경기 반까지 줄었다.

뒤이은 시리즈 상대는 서울 파이터스.

짧은 이동 중에 구강혁이 메시지를 하나 받았다.

[010-XXXX-XXXX: 구강혁 선수, 저 한일 김서준입니다. 일전에 대전에서 회장님 계신 곳에 모셔다드렸던 그 사람입니다.]

'이름이 김서준이었구나.'

[구강혁: 네. 무슨 일이세요?]

[한일 김서준 실장: 양홍철 씨가 구강혁 선수를 만나서 사과를 했다는데, 사실확인차 메시지 드렸습니다.]

'……어우.'

[구강혁: 만나서 잘 이야기했습니다]

[한일 김서준 실장: 알겠습니다. 회장님께서 구강혁 선수의 월간 MVP 수상을 참 기뻐하셨습니다. 모쪼록 앞으로도 잘 부탁드립니다.]

[구강혁: '정말 감사드리고, 약속은 꼭 지키겠습니다. 기회가 된다면 다시 찾아뵙겠습니다.'라고 전해 주시면 감사하겠습니다]

[한일 김서준 실장: 네]

"일처리가 확실하네."

구강혁의 혼잣말에 원민준이 물었다.

"갑자기 뭐가?"

"아니야."

* * *

5월이 빠르게 지나갔다.

수도권 원정 9연전의 마지막 상대는 브레이브스.

이 시리즈의 첫 경기에서…….

[대전 팔콘스 구강혁, 친정팀에 시즌 첫 패전]

[아, 실책! 행복수비에 연승행진 종료]

[……6회 2사까지 8개의 삼진을 솎아 내며 단 2안타로 브레이브스 타선을 틀어막았다. 그러나 2사 후 단타에 노재완의 송구 실책이 이어지며 2사 2, 3루 상황이 이어졌고, 페레즈가 낙구지점 판단에 실패하며 순식간에 2점을 내줬다. 7이닝 9탈삼진 3피안타 2실점, 무자책 패전…….]

→ 팔) 아오 이 시

⟶ 팔) 새

⟶ 끼 들 아

→ 브) 닭들아 이럴 거면 강혁이 돌려줄래?

⟶ 브) ㄹㅇ

⟶ 팔) 이러지 마세요 신사답게 행동합시다

구강혁이 시즌 첫 패전을 기록했다.

"미안하다……."

"Sorry, I'm really sad too, Koo……."

"그것도 야구지, 어쩌겠어."

그 끔찍한 무자책 패전이었다.

새 단장의 선임과, 전임 부단장 양홍철의 항복선언에 가까운 사과문 발표의 영향인지.
　안 그래도 뜨거웠던 기세에 더욱 박차를 더한 브레이브스의 분위기에, 팔콘스 야수진의 행복수비.
　'말은 그렇게 했지만 아쉽다.'
　거기에 타선의 3안타 빈공까지 겹쳐진 결과였다.
　'나도 나지만 팔콘스에도 그래. 드래곤즈 상대로 스윕까지는 흐름이 아주 좋았는데……. 외인 슬롯을 하나 비워둔 상태임을 감안해도 이대로는 안 돼. 내 등판에서도 승리를 못 하면 순위 싸움이 힘들어진다.'
　구강혁의 미간이 자꾸 좁아졌다.
　하지만 나빠진 흐름은 그게 끝이 아니었다.
　[서울 브레이브스, 팔콘스에 시즌 첫 위닝시리즈!]
　2경기 등판한 도미닉의 호투로 연패는 막았지만.
　3경기 김의준의 패배로 시리즈를 내준 것.
　스윕 이후 연이은 루징시리즈였다.
　이 좋지 않은 분위기는 대전에서도 이어졌다.
　홈에서 다시 가디언스와의 시리즈.
　'흐름을 감안하면 상대가 너무 안 좋다. 영후, 영준 선배, 나로 이어지는 로테이션은 나쁘지 않은데. 하필 영후가 대준이랑 붙는다. 쉽지 않을 거야. 위닝이라도 확보해야 해.'
　문영후와 류영준은 모두 잘 던졌다.
　그러나 1경기, 문영후가 6이닝 2실점의 좋은 피칭을 마치고 내려왔음에도 윤대준에게 8이닝 2안타에 무득점으로 묶인 타선이.

2경기에는 선발의 7이닝 무실점 호투에도 불구하고 6실점이라는 방화를 저지른 불펜이 승리를 헌납하며…….

팔콘스의 행복야구가 계속되었다.

[전국 폭우에 고척 경기도 없다, KBO 전 경기 순연]

그리고 순연으로 구강혁의 등판까지 미뤄졌다.

'……나라도 던졌으면 좋았을 텐데. 결국 스타즈가 턱 밑까지 쫓아왔어. 이대로라면 스타즈만 문제가 아니라 5위 수성도 위험해.'

이날까지 팔콘스는 28승 26패, 0.518의 승률.

3위 드래곤즈는 다시 멀어졌고…….

오히려 5위 스타즈와의 승차가 다시 한 경기.

월요일까지 폭우를 쏟아댄 하늘은 화요일이 되자 언제 그랬냐는 듯 맑게 개었다.

그라운드 키퍼들이 바쁘게 움직이는 가운데, 구강혁이 로테이션을 거르지 않고 6일 휴식 후의 등판.

[팔콘스 구강혁, 시즌 9승…… 10승 고지 눈앞]

[구강혁, 시즌 2번째 피홈런에도 승리 사수]

[구강혁 7이닝 8K 호투, 팔콘스 연패 끊었다]

한 주의 짧은 팀을 두고 홈에서 다시 만난 파이터스에 7이닝 8탈삼진의 호투를 펼치며 연패를 끊었다.

외인 강타자 로스에게 허용한 솔로홈런이 옥에 티였다.

자책점을 기록한 것도 두 번째였다.
늦은 밤 집에 돌아온 구강혁이 생각에 잠겼다.
'……인정해야겠어. 타자들이 적응을 시작했다.'
4월까지 구강혁은 그야말로 결점이 없었다.
월간 MVP 수상도 당연한 결과였고.
'확실히 맞아 나가는 타구가 늘었어.'
그러나 5월에는 기세가 한풀 꺾였다.
특히 피안타가 눈에 띄게 늘었다.
4월까지 0.30이었던 WHIP는…….
5월만 계산한다면 0.55까지 올랐다.
'홈런도 두 개나 맞았고.'
5월 피안타가 14개에, 피홈런도 2개였다.
강대호의 밀어친 홈런, 로스의 당겨친 홈런.
'특히 강대호는 바깥쪽 낮은 포심을 밀어쳐서 담장을 넘겼어. 다음에 다시 만나면 더 어려운 승부가 될 거야.'
투수의 무기가 생소함이라면, 타자의 무기는 시간.
타순이 돌수록 타자들이 선발을 잘 공략해 내듯, 상대 선발과의 만남이 반복되면 누군가는 공략법을 찾아낸다.
'현재 팀 순위를 막론하고, 리그 상위권 타자들은 점점 내 공을 공략해 내고 있어.'
강대호는 오키나와에서의 연습경기까지 포함해도…….
'나도 손 놓고 있는 건 아닌데도 그래. 가디언스전에서처럼 극단적인 배합까지 가져가면서 매번 전략을 수정하고 있으니까. 나나 상구는 물론이고 코치님들, 전력분석

팀 직원 분들도 최선의 배합을 위해 항상 고생하시지.'

3경기째에 구강혁에게서 홈런을 뽑아낸 것이다.

'하지만 그렇게 내린 결론도 항상 정답이 될 수는 없고, 실제로 내 피안타 증가로 타자들의 적응이 증명되고 있어. 야구에 만약은 없다지만……. 브레이브스전, 첫 패전도 그랬지. 내가 2사 후에 단타를 허용하지만 않았다면.'

물론 어디까지나 3, 4월의 성적에 비교했을 때 5월의 성적이 아쉬울 뿐, 아직도 구강혁은 리그 최고의 투수다.

11경기 9승 1패, 79이닝 95탈삼진, ERA 0.23.

클래식과 세이버, 어느 측면의 지표든…….

지금의 페이스대로라면 구강혁은 시즌이 끝난 후 KBO의 수많은 역사를 새로 쓸 터였고, 이미 어떤 역사는 새로 썼다.

'……이대로는 안 돼. 우승은커녕 가을야구도 어려울 수 있어. 6월 초면 새 외인 선발이 합류한다지만, 타이밍을 감안하면 아주 좋은 투수를 데려오기도 어려울 거다. 제 2의 로건이 나오는 최악의 경우도 염두에 둬야 해.'

그러나.

메이저리그 시즌 평균자책점 1위를 기록한 바 있는 베테랑과, 뱀직구를 던지며 역사를 새로 쓰는 선발을 원투펀치로 두고도…….

팔콘스의 우승은 쉬운 일이 아니다.

점점 더 많은 타자가 구강혁을 공략해 낸다면?

그 쉽지 않은 우승이 더 요원해질 터.

'……내가 할 수 있는 일은 하나다.'
구강혁이 티셔츠의 오른쪽 소매를 걷었다.
오직 그 본인에게만 보이는…….
아직 머리가 없는 뱀 문신이 드러났다.
'더 강한 투수가 되는 것.'
감각과 논리의 측면에서 모두.
구강혁은 이미 그 방법을 알고 있었다.
임대규가 받아 준 첫 피칭.
한유민에게서 뽑아낸 첫 아웃카운트.
스타즈를 상대로 거둔 첫 선발승.
그리고 타이탄스에게 기록한 첫 완봉.
'그러니 아무리 어려워도 해 내야 한다.'
이 네 차례 뱀 문신의 성장을 뒤이어…….
또 한 번 구강혁의 구속을 끌어올려 줄.
너무도 까다로운, 다음 성장의 방법을.
'노히터를.'

* * *

'……류영준 선배님이 말씀하셨던 것처럼, 투수의 기록은 혼자서 만드는 게 아니다. 당장 내 완봉에도 한유민 선배의 호수비가 결정적인 도움이 됐지. 노히터는 야수진의 수비는 물론이고 운까지 따라야 하는 대기록이야.'
노히터라는 표현이 대중화됐지만, 엄밀히 말해 아시아

권 프로리그와 메이저리그는 이 기록에 대한 기준이 다르고…….

 구분을 위해 '노히트노런'이라는 단어를 쓰기도 한다.

 노런(No-run), 즉 피안타가 없어도 사사구, 실책, 낫아웃 등에 의해 실점이 발생한다면 실패하는 기록이 KBO와 NPB의 노히터.

 한국과 일본에서 기록한 노히터는 미국 기준으로도 노히터가 맞지만, 그 반대는 아닌 경우가 있다.

 게다가 KBO와 NPB가 노히터를 선발 개인의 기록으로만 인정하는 데 반해, 메이저리그에서는 팀 기록으로 본다.

 물론 노히터를 기록 중인 투수를 다짜고짜 강판시키는 경우가 흔하지는 않지만…….

 보통 노히터에 비교되는 히트 포 더 사이클.

 메이저리그에서는 두 기록의 숫자가 비슷하다.

 '히트 포 더 사이클과 비교하면 NPB는 노히터가 더 많다는 이야기를 들은 적이 있는데, 워낙 투고타저 성향이 강한 리그지. 반대로 KBO에서는 노히터가 더 귀한 기록이라는 의견이 많아. 달성 횟수도 적을 테고.'

 KBO에서 히트 포 더 사이클은 30회가 넘게 기록됐으나, 노히터는 14회에 불과했다.

 구강혁이 스마트폰을 만지작거렸다.

 '역시 노히터가 적다. 마지막 노히터의 희생이 된 게 하필이면 팔콘스네. 그리고 팔콘스에서 마지막으로 노히터

를 기록한 투수는……. 송진수 선배님이셨구나.'

대전 팔콘스의 마지막 노히터는 00시즌.

정민현, 이성목과 함께 99시즌 한국시리즈 우승을 이끌었고, 다시 정민혁과 나란히 팔콘스의 유이한 투수 영구결번.

송진수의 기록이었다.

'2000년이면 20세기인데 말이지. 그렇다고 21세기의 팔콘스 투수들을 나무랄 수도 없겠어. 바로 그 송진수 선배님의 기록이 국내 투수의 기록 중에는 마지막인 데다, 외인이 노히터를 달성한 팀도 3팀뿐이니까.'

샤크스, 가디언스, 울브즈.

01시즌부터 현재까지는 세 팀에서 단 네 번.

그것도 외인투수만이 노히터에 성공했다.

바꿔 말하자면, 21세기 KBO에서 단 한 명의 국내 투수도 성공하지 못한 대기록이 바로 노히터다.

'감독님이 낭만을 모르실 분은 아니지만.'

그나마 완봉을 목표했을 때처럼 불펜 상황까지 고려할 필요까지는 없다는 게 위안이었다.

김용문은 팔콘스 지휘봉을 잡은 후로 투수 관리에 꽤 신경을 써온 편이었고, 올 시즌에도 그랬지만…….

투구 수가 극단적으로 늘어난 상황만 아니라면 노히터를 달성 중인 투수를 내리지는 않을 터.

'가능성이 낮은 건 사실이지만, 최근에도 꾸준히 도전자는 나타났어. 아쉽게 실패했을 뿐이지.'

당장 구강혁에게도 아쉬운 순간이 있었다.
시즌 두 번째 선발 등판, 타이탄스전.
8이닝 1피안타 무사사구 피칭.
4회 황기준의 내야안타가 아니었다면······.
노히터를 넘어 퍼펙트 페이스였으니까.
'물론 어디까지나 팀의 승리가 우선이야. 기록을 세우겠답시고 헤매다가 경기를 말아먹으면 본말전도다. 아무리 절실해도 너무 급하게 생각하지는 말되, 기회가 오면 절대 놓치지 말자.'

* * *

[도미닉 7이닝 무실점··· 팔콘스 위닝시리즈 확보]
시리즈 2경기에는 도미닉이 등판.
파이터스 타선을 3안타로 꽁꽁 묶었다.
타선의 화끈한 득점 지원으로 1:7의 승리.
"도미닉은 어째 로건 가고 더 잘 던지네."
"민익이 형은 원래 잘 던졌잖아."
"에이, 4월에는 이 정도는 아니었지."
도미닉은 5월 5경기에서 선발승만 4회.
노 디시전이 된 경기도 팔콘스가 승리했다.
평균자책점은 팔콘스 선발진에서 3위에 해당했지만, 5월에만큼은 류영준과 구강혁 이상의 승리요정이었던 셈.
'4월에 로테이션을 한 번 거른 게 도움이 됐겠지. 은근히 힘들어하는 기색이 보였었는데. 아무튼 계속 잘해 줘서 다행이야. 3선발까지의 힘이 아니었다면 5강 경쟁 자체가 불가능했을 거다.'

그리고 3경기 선발은 김의준.

6이닝 1실점의 호투를 선보였지만…….

[대전 팔콘스, 김의준 호투 불구 연승에 제동]

[어제는 화끈, 오늘은 싸늘… 종잡을 수 없는 팔콘스 타선]

→ 팔) 스윕할 각이었는데 하

→→ 팔) 승차 언제 벌리냐 답답허다

→→ 스) 4위 딱 대ㅋㅋ

→→ 팔) 제발 꺼져주세요 내려가주세요

→ 팔) 의준이 불쌍해

→→ 팔) ㄹㅇ쓰리런 맞고 정신 번쩍 차렸는데

또 한 번의 빈타에 눈물을 삼켰다.

'나도 득점지원이 아주 만족스럽지는 않지만, 의준이는 눈물겨운 수준이네. 로테이션 고정 후 계속 좋은 모습을 보여 주고 있는데도 지독하게 승운이 없어.'

2:0의 패배로, 도미닉과 반대로 5월 4경기 전패.

위닝시리즈에도 진한 아쉬움이 남았다.

원정 9연전에 이어진 홈 9연전의 마지막 상대는 샤크스.

'브레이브스가 상승세를 타며 순위표의 중위권이 두터워진 상황. 4위인 우리가 스타즈에 쫓기고 있는 것처럼

7위 샤크스도 브레이브스에 쫓기고 있어.'

구강혁은 마지막 경기에 등판 예정이었다.

'시즌 전적은 4승 2패. 원정에서 3경기를 다 쓸어담고 오히려 홈에서 루징이었지. 아무리 컨디션이 안 좋았다지만 류영준 선배에게 시즌 첫 자책점을 안긴 것도 샤크스 타선이었어. 순위 이상의 저력을 가진 팀이다.'

그 저력은 첫 경기 후반에 드러났다.

6이닝을 4피안타로 막아 낸 문영후의 로테이션 복귀 후 첫 무실점 피칭에 힘입은 팔콘스가 3점차로 앞서갔으나……

박창현과 원민준이 2실점씩을 내주며 역전을 허용.

경기는 4:3의 패배로 끝나고 말았다.

[기량 상승세 문영후, 불펜 방화에 울다]

[타선 부진에 필승조 하락세까지… 팔콘스 심상치 않다]

→ 팔) 박원주 필승조 맞냐?

→→ 팔) 다 불안불안해 ㅡㅡ

→ 팔) 달감독은 불펜 구성 다시 생각해야

→→ 팔) 지환이 요즘 좋던데 3경기 무실점

→→ 팔) 걔를 어떻게 믿냐 차라리 민선규

→→ 팔) 접전에도 내보내야 애가 크지

→→ 팔) 김지환 민선규 둘 다 요즘 좋은 거 맞음

→ 탄) 슬슬 내려올 때 됐제?

→→ 탄) 조류동맹 환영한데이

─→ 팔) 미친 갈매기들 꺼져

 최근 필승조인 두 투수의 실점이 늘었다.

 '주민상 선배는 가끔 뜬금포 허용이 아쉽기는 해도 마무리로서 충분히 제몫을 해 주고 있는데. 필승조의 실점으로 리드를 내주고 정작 마무리가 나서기 애매해진 게 최근에만 벌써 두 경기째야.'

 가디언스전 류영준의 노 디시전에 이어 이번 경기까지.

 주민상의 등판 타이밍이 연달아 애매해졌다.

 '부진이 계속되면 보직이 바뀌고, 그러고도 팀에 필요한 모습을 되찾지 못하면 2군으로 내려가는 게 불펜의 운명인데.'

 불펜 운용 측면에서는 최악의 흐름.

 코치진에 대한 아쉬운 소리도 나오기 시작했다.

 구강혁에게도 그랬지만…….

 팔콘스에도 변화가 필요한 시점이었다.

 '부진이 계속되면 보직이 바뀌고, 그러고도 팀에 필요한 모습을 되찾지 못한다면 2군으로 내려가야 하는 게 불펜투수의 운명이지. 얼른 좋은 모습으로 돌아와야 할 텐데.'

 다행히 2경기 선발 류영준이 7이닝을 던지며 6안타를 허용하고도 실점이 없는 노련한 운영으로 경기를 리드.

 [연패는 여기까지, 팔콘스 에이스 류영준 호투]

 [부상 복귀 민선규, 기량 절정… 5월 ERA 0]

[시리즈 균형 맞춘 팔콘스, 내일 선발은 구강혁]

노재완의 투런을 비롯해 타선이 총 5점을 지원한 가운데, 민선규와 이대한이 1이닝씩을 막아 내며 연패를 끊어 냈다.

3경기는 구강혁이 선발로 나설 차례.

그리고 이날은 임대규가 대전에 오는 날이기도 했다.

'손님까지 맞는 마당인데 절대 질 수는 없지. 곧바로 노히터는 너무 만화 같은 이야기겠지만……. 감을 잡아 보자고. 그래도 한희주 부팀장이 선뜻 나서 준 덕분에 걱정을 덜었어.'

정작 구강혁은 등판일인 탓에 손님을 챙기기 애매한 상황.

며칠 전 사정을 들은 한희주가 나섰다.

"입단 인터뷰에서 말씀하신 그 후임 분이요?"

"그랬었죠. 걔 맞아요."

"그럼 저희 팀에서 챙겨볼게요. 구장 안내해 드리는 게 그리 어려운 일은 아니니까!"

"폐 끼치는 거 아니에요?"

"으음, 그럼 대신이라기는 좀 그렇지만, 저번에도 말씀드렸는데. 혹시 후임 분 영상을 좀 찍어도 될까요? 물론 안 된다고 하셔도 챙겨드릴게요!"

"물어보고 말씀드릴게요. 괜찮을 거 같아요."

임대규는 흔쾌히 승낙했다.

―나야 괜찮지, 동기들한테 자랑도 하고.

"오케이."
―입장권은 끊어놨으니까 신경쓰지 마.
"뭐? 좋은 좌석 앉히려고 했더니."
―누군 야구장 안 가 본 줄 알아? 응원석이 짜세야.
"그럼 유니폼만 챙길게. 마킹도 해서. 흐흐."
―그건 콜.
다음날 구강혁이 집합에 맞춰서 출근했다.
경기 시작은 오후 5시.
그라운드 훈련이 끝날 즈음 임대규가 도착했다.
"얼마 만이냐. 잘 지냈지?"
"엉. 바쁘잖아, 얼른 가."
"짧게 이야기 정도는 할 수 있지."
"그건 이따가 해도 되고."
"어휴, 하여간 무뚝뚝한 놈."
둘의 해후를 카메라에 담던 한희주에게 말했다.
"그럼 잘 좀 부탁드립니다, 부팀장님."
"네! 걱정 말고 잘 던지세요!"
"고맙습니다. 이따 보자. 메시지 봤지? 일요일 경기는 일찍 끝나서 팬 분들이 많이 기다리시거든."
"봤어. 끝나고 형 집에 미리 가 있을게."
역시 대화할 여유가 그리 많지는 않았다.
곧 샤크스 선수단도 그라운드 훈련을 마치고…….
경기가 준비되었다.
둥! 둥! 둥! 둥!

Snake From the Hell.

Unleashed on This Field…….

구강혁이 마운드로 향하는 가운데.

역시나 홈에서의 화려한 등장 응원이 펼쳐졌다.

덩치가 좋은 임대규의 모습은 금방 눈에 띄었다.

오렌지색 유니폼을 입고 열심히 입을 뻐끔대고 있었다.

입꼬리를 올렸던 구강혁이…….

표정을 지우고 박상구에게 눈을 맞추었다.

'집중하자, 이제.'

4일 휴식 후 연이은 홈 등판.

그럼에도 컨디션은 아주 좋았다.

가벼운 연습투구도 잘 들어갔고.

1번 타자는 샤크스의 프랜차이즈 박민수.

'샤크스에서 가장 까다로운 타자를 꼽으라면 박민수 선배다. 좋은 선구안과 컨택을 갖추고 빠른 발로 장타를 만드는 선수야. 시즌 초반 나한테도 안타를 뽑아냈지.'

4월.

샤크스 타선은 배트를 짧게 잡고 구강혁을 공략했다.

결과는 무득점으로 좋지 않았지만.

[……박민수는 5월 3할 중반대의 타율. 어제 경기에는 4타수 2안타로 멀티 히트, 류영준을 상대로 두 번의 좌전 안타를 뽑아냈습니다.]

[올 시즌 다양한 타순에 들어가고 있죠?]

[그렇습니다. 1, 2, 3번 타순에 고루 출장하고 있는 박민수. 9번으로도 올 시즌 두 차례 선발 출장이 있습니다. 구강혁을 상대로는 4월 하나의 안타를 뽑아냈습니다.]

'오늘은 배트도, 스탠스도 평소대로네. 최근 상대한 다른 팀들도 비슷했다. 결국 타자 본인들의 장점을 살리기로 한 거지. 그게 나름대로 의미도 있었고.'

사인에 고개를 끄덕이고, 초구.

슈욱!

좌타자 멀리 떨어뜨린 체인지업.

박민수의 배트가 세차게 돌았다.

따악!

[초구부터 변화구, 내야를 흐르는 타구! 2루수 정윤성이 잡아내고 1루로, 원 아웃! 공 하나로 박민수를 잡아내는 구강혁!]

2루수 땅볼.

구강혁이 공을 돌려받았다.

박민수가 물러나고…….

2번 타자는 서영철.

'시즌 내내 하위 타선에서 플래툰 요원으로 뛰다가 최근 2번까지 올라온 우타자. 4월에는 아예 선발 라인업에 없었어. 우타자에 발이 아주 빠르지 않은데도 테이블세터를 맡을 만큼 최근 생산력이 좋다.'

[……서영철은 지난주부터 2번 타순에 올라와서 8경기에서 3할대의 타율. 어제 경기는 4타수 1안타, 1회 류영

준의 초구를 받아쳐 좌전안타를 뽑아냈습니다.]

 [득점으로 이어진 안타는 아니었지만, 워낙 기본적인 밸런스가 좋은 타자예요. 다만 올 시즌 리그 에이스급으로 활약하는 구강혁과의 상대는 오늘 경기가 처음입니다.]

 서영철은 극단적으로 홈플레이트에 붙는 타자.

 몸쪽 공을 두려워하지 않는다.

 사인에 고개를 끄덕이고, 초구.

 슈웃!

 부우웅!

 퍼어어엉!

 "스윙, 스트라이크!"

 그럼에도 우타자 몸쪽 하이 패스트볼.

 배트가 볼 아래를 가르는 헛스윙.

 다시 2구.

 슈웃!

 부우웅!

 따악!

 [2구 타격, 깎여 맞은 타구! 높게 떠오릅니다! 내야를 벗어나지 못하고……. 유격수와 3루수 모여드는 가운데, 노재완이 잡아냅니다! 150킬로미터의 빠른 공 두 개로 서영철을 돌려세우는 구강혁!]

 아웃카운트가 2개로 늘어났다.

 슈웃!

따아악!

[외야로 향하는 타구! 그러나 타구 멀리 뻗지 않습니다.]

그리고 박민수와 함께 샤크스의 유이한 3할 타자.

3번 박정규도 우익수 플라이로 잡아내며…….

[한유민이 몇 걸음 움직이지 않고 잡아냅니다. 네오 팔콘스 파크에서의 1회초, 구강혁에게는 단 6구면 충분했습니다! 순식간에 이닝 종료!]

구강혁이 1회초를 막아 냈다.

'……적극적으로 나오네.'

3장

3장

팔콘스와의 시리즈 3경기를 앞둔 샤크스의 숙소.

박정규의 방에 주전급 타자들이 모여들었다.

"다들 순위표 봤지?"

박정규는 올 시즌 샤크스 선수단의 주장.

그 짜증 섞인 목소리에 다들 고개를 끄덕였다.

바로 몇 시간 전.

브레이브스가 연장 승부 끝에 울브스에 승리했다.

시리즈 2승에 최근 5경기 4승의 흐름.

추격의 기세가 매서웠다.

"봤으면 모를 리도 없겠네. 이제 승차 없다. 반 경기도 아니고 아예 승차가 없어. 그게 씨바, 4위도 5위도 아니고 7위야! 그런데도 내일 지면 진짜 모른다고! 작년처럼 또 따라잡힐 거야? 개박살난 콩가루 집안에 따라잡힐 거냐고!"

작년과 비교해도 그랬다.

25시즌 전반기까지 4위 경쟁을 벌였던 샤크스.

그런 그들을 파이터스가, 다시 브레이브스가 따라잡았다.

그 결과가 7위였고…….

브레이브스는 더 기세를 올려 5위.

가을야구까지 경험했다.

물론 승운이 따른 결과라는 평이 많았다.

점수 득실차에 비해 높은 순위였으니까.

"아닙니다!"

"잘 하겠습니다!"

박민수와 서영철이 악을 쓰듯 대답했다.

다른 타자들도 웅성거리듯 입을 열었고.

"잘해 보겠습니다……."

"죄송함다……."

"후우, 후반기 시작할 때면 부상 입은 선배들도 돌아오실 거다. 하지만 8위까지 떨어지면 순위 싸움 자체가 어려워져. 어? 특히 7, 8, 9번. 힘든 건 알겠는데 각자 최소한의 몫은 해야 한다고."

안 그래도 어려웠던 작년 말.

박정규를 제외한 주전 선수들이 연이은 부상으로 낙마했고, 그 가운데 몇몇은 아직도 회복 중이었다.

09년 신인드래프트로 프로 생활을 시작한 박정규가, 현재 타선에서 가장 연장자에 주장까지 맡은 이유였다.

박정규가 다시 말했다.

"내일 선발 구강혁. 그래, 잘 던지는 건 사실이야. 하지만 4월만큼 압도적인 건 아니잖아? 강대호는 밀어쳐서 담장까지 넘겼다. 최근 안타도 많이 맞고 있어. 다들 분석팀 자료 봤지?"

"네!"

"봤슴다……."

"영철이, 보니까 어떻든?"

서영철이 호기롭게 대답했다.

"확실히 5월 들어서 하락세입니다! 선배님 말씀대로 맞아 나가는 타구가 늘었어요. 안타가 안 된 타구 중에도 정타가 많았고요. 류영준 선배님 상대로도 6개나 쳤는데, 구강혁 상대로 못 칠 이유가 어딨습니까?"

박정규가 만족스레 고개를 끄덕였다.

"그래. 영철이 말이 맞아! 저번처럼 오버하지 말고, 차라리 그냥 우리가 할 수 있는 걸 더 잘해 보자고. 무슨 다득점을 하자는 게 아니야! 2점, 아니 1점만 뽑아도 충분히 해 볼 만 하다. 아니! 그냥 6회에만 내려도 충분해!"

"맞습니다. 특히 필승조가 엉망입니다!"

가만히 듣던 박민수도 한 마디 거들었다.

"우리 선발도 민재잖아요. 지표는 좀 밀려도 솔직히 그렇게 꿀릴 거 없습니다. 그 명품 슬라이더는 구강혁보다도 훨씬 낫지 않나?"

"그래! 민재가 요즘 폼이 얼마나 좋은데."

1, 2, 3번이 신을 내며 합을 맞추고…….

5번이자 타선의 막내인 김휘강도 끼어들었다.

"선배님들, 그래서 내일 구강혁 선배 상대로 어떻게 하실 생각이십니까? 분석팀 자료도 그렇고, 경기 영상을 봐도 그렇고……. 저희가 저번에 졌을 때도 그랬는데요. 스트라이크 비율도 말이 안 되는데, 존에 넣는 비율 자체가 높아요."

"오, 휘강이. 좋은 지적이다. 구강혁, 하. 이 건방진 놈. 그 빌어먹을 뱀직구 하나 믿고 겁나 찔러댄다니까."

김휘강은 24시즌 트레이드로 영입된 선수.

그리 긴 시간은 아니었지만, 구강혁과는 동료로 뛴 경험이 있었다.

"으음. 아시겠지만 사실 부상 전에도 워낙 공격적으로 던지는 투수이기는 했어요. 팔콘스 이적 후에는 그 공격성이 더 극대화된 거고요."

"호오. 그래서?"

"아무튼 저는 첫 타석에는 적극적으로 가 보려고요. 저번에도 그게 그나마 통해서 하나 맞았던 거 같습니다. 선배님도 지난번에도 안타 하나 뽑아내지 않으셨습니까?"

"맞아! 그 자식 별 거 없어. 그냥 공 보고 공 치면 돼. 첫 타석에 안 되면 다음 타석에, 안 되면 다시 그 다음 타석에! 어렵게 생각할수록 더 어려워지는 게 야구잖아, 안 그래? 영철이 말처럼 에이스 상대로도 6안타를 쳤는데!"

박정규가 선수들을 하나하나 돌아보며 말했다.

"……네, 그쵸."

"맞는 말씀이시네요……."

잠자코 있던 이들도 못 이기고 대답했다.

물론…….

제삼자가 지켜봤다면 고개를 저었을 것이다.

'솔직히 지금 팔콘스 에이스는 구강혁 아닌가? 승수로 보나, 세부 지표로 보나. 그리고 6안타를 쳤어도 그 가운데 3개가 병살타로 이어졌잖아. 저번에 박정규 선배가 쳤던 안타도 바가지였는데…….'

'지금 대체 무슨 소리들을 하는 거야. 구강혁이 별 거 없다고? 평균자책점이 0점 초반대에 WHIP도 언더 1이 아니라 언더 0.5인데? 볼삼비가 10이 넘는 선수한테 뭐, 안타를 많이 맞아?'

'행복회로를 돌려도 적당히 돌려야지. 신민재가 잘 던지기는 해도 어디까지나 4, 5선발을 기준으로 잡았을 때 얘기라고. 말만 하면 다 되냐. 자기가 무슨 대대장이야? 아오, PTSD오네!'

박정규, 박민수, 서영철의 세 사람과…….

그나마 김휘강이 이성적으로 대화에 참여했을 뿐.

저 셋이 말 그대로 행복회로를 신나게 돌려대는 데 비해, 나머지 대여섯 명의 분위기가 너무 달랐으니까.

* * *

다시 네오 팔콘스 파크, 1회말.

신민재에 대한 박정규의 기대가 무너졌다.

슈욱!

따아악!

[……페레즈의 타격! 타구는 1루 파울 라인 근처로, 아, 페어! 페어입니다! 주자 한유민은 2루 돌아 3루로! 페레즈는 1루, 2루까지 뜁니다! 한유민, 3루를 지나 홈까지! 홈! 홈 승부! 들어왔습니다, 팔콘스의 선취점!]

[슬라이더가 몰렸네요. 실투죠?]

[고개를 떨구는 신민재 투수. 1회부터 쉽지 않은 흐름입니다. 1사 후 연속 안타를 허용하며 실점. 팔콘스는 득점권 찬스에서 4번 타자 노재완의 타석. 전날 경기 투런 홈런이 결승타로 이어지며 승리를 이끌었던 노재완입니다.]

한유민의 좌전안타와…….

페레즈의 2루타에 1점.

슈욱!

따아아악!

[……2구 타격! 밀어친 타구 우측으로! 우측! 네오 팔콘스 파크의 몬스터 월을 향해 날아갑니다! 8미터를 넘을 수 있을지! 담장! 담장! 담자아아앙!]

[갔어요!]

[넘어갑니다! 1회부터 노재완의 방망이가 불을 뿜습니다! 두 경기 연속 홈런! 노재완이 팔콘스 원투펀치에 연이은 리드를 선물합니다!]

[하하, 구강혁 투수도 엄지를 세워주네요.]

노재완의 투런포에 2점까지.

1회부터 3실점을 떠안았던 것.

[……루킹 스트라이크! 채연승이 9구 승부 끝에 삼진으로 물러납니다. 신민재의 이마에는 벌써 땀방울이 맺혔습니다. 0:3, 팔콘스가 리드하는 가운데 저희는 2회에 돌아오겠습니다.]

구강혁에게는 반가운 소식이었다.

2회초.

샤크스의 4번 타자는 우타 하워드.

5월 현재 팀 유일 두 자릿수 홈런을 기록한 슬러거.

'저번에도 생각했지만 덩치 하나는 기가 막히네. 장타력만 따지면 리그에서도 다섯 손가락 안에 들겠지만……. 10개의 홈런을 전부 당겨쳐서 만들었지. 주자가 없는 상황에는 공략할 지점이 명확해.'

초구.

슈욱!

퍼어어엉!

팔콘스 배터리의 선택은 바깥쪽 낮은 포심.

"스트으라이크!"

공은 백도어성으로 바깥쪽 존을 지났다.

하워드가 황당하다는 듯 주심을 돌아봤다.

"Hey!"

"윗 업 브로?"

박상구가 또다시 능청을 떨어댔다.

"배터! ABS!"

주심의 목소리도 단호했다.

'초구부터 흥분은. 저번에 만났을 때는 구속이 더 올라오기 전이었고……. 몸쪽 위주로 승부했지. 데이터가 쌓이기 전이었으니까. 어떤 면에서는 잘 넘어간 셈이야.'

아무리 대단한 장타력을 가졌어도.

'나야 포심 궤적이 우타자 몸쪽으로 확 말려들어가니 특히 초구에는 백도어성으로 찔러넣어도 부담이 덜해. 물론 다른 투수들도 분석을 마치고 바깥쪽을 공략하기 시작했어. 대처법을 찾지 못하면 이 친구도 6월부터는 쉽지 않을 거다.'

약점이 명확하고, 상대가 그 약점을 찌를 수 있을 정도의 제구력을 지닌 투수라면…….

[……3구, 헛스윙! 삼구삼진! 구강혁이 오늘 경기 첫 삼진을 뽑아냅니다. 아, 지금 하워드 타자. 화가 많이 났는데요. 뭐라고 막 이야기를 하는데.]

[욕설은 안 되죠. 어, 다행히 주심이 문제를 삼지는 않는 것으로 보입니다. 그런데요, 솔직히 이해도 갑니다. 거의 같은 코스에 완전히 반대 궤적의 공이 연달아 꽂히니……. 팔콘스 배터리가 집요하면서도 효율적인 선택을 했네요.]

좋은 승부가 가능할 리 없다.

슬라이더로 헛스윙을 끌어내며 삼구삼진.

5번 타자는 김휘강.

'아주 친한 사이는 아니었지만, 21시즌부터 24시즌까지는 브레이브스에서 같이 뛰었지. 그때보다 확실히 더 좋은 타자가 됐어. 지금의 김휘강은 박민수 선배 못지않게 까다로운 우타자다.'

전 동료와의 재회였다.

'올 시즌 타율도 3할에 아슬아슬하게 못 미치는 수준인데 선구안이 수준급이라 타율과 출루율의 갭이 커. 어지간한 공으로는 헛스윙을 끌어낼 수 없을 거다.'

[김휘강 타자의 타석. 어제 경기에는 4타수 2안타, 박민수와 함께 류영준을 상대로만 멀티히트를 뽑아내며 좋은 타격감을 이어갔습니다.]

[장타력을 갖춘 유격수죠. FA 자격이 멀었는데도 벌써 많은 팀이 탐을 내고 있는 그런 자원이에요. 유격수뿐만 아니라 2루, 3루 수비까지 가능하잖아요?]

[하하. 유격수로 출장하는 경우가 많지만, 이따금 3루에서도 좋은 수비를 보여 주는 김휘강. 멀티 포지션 소화가 가능한 선수에게는 언제나 많은 관심이 쏟아집니다.]

구강혁은 여전히 공격적인 피칭을 구사했다.

초구로 하이 패스트볼을 던지고…….

체인지업으로 헛스윙을 유도하며 2스트라이크.

[……5구째도 걸어 냅니다! 지금도 포심이었나요?]

[이번에는 투심이었던 것 같습니다. 김휘강 타자의 집중력이 대단하네요. 어퍼 스윙으로도 2개의 몸쪽 포심을

걸어 내고, 이번에는 잘 떨어지는 투심까지 커트해 냈어요.]

연이은 커트로 6구째.

슈욱!

구강혁의 결정구는 슬라이더였다.

부우웅!

퍼어엉!

[……헛스윙! 6구 승부 끝에 물러나는 김휘강! 구강혁은 변화구로 연속 삼진!]

[결국 슬라이더네요. 그래도 방금 김휘강 타자의 타석, 나쁘지는 않았다고 봅니다. 투구 수도 늘렸지만 어쨌든 저 뱀직구에 꾸준히 배트를 맞췄잖아요. 다음 승부가 더 흥미진진할 것 같습니다.]

6번 타자까지 중견수 플라이로 잡아내며, 구강혁이 연속 삼자범퇴 이닝을 만들고…….

2회말, 다시 팔콘스의 공격.

슈욱!

따아악!

[초구부터 타격! 밀어친 타구, 2루수 뛰어오르지만 잡을 수 없고! 키를 넘긴 타구가 우중간을 완전히 갈라냅니다! 장타 코스! 박상구는 1루를 지나 2루로, 2루! 서서 들어갑니다! 1회에 이어 재차 득점권 찬스를 맞이하는 팔콘스!]

"상구, 나이스!"

"그거거던!"

"빡보르기니! 2루가 너무 가깝다!"

7번 박상구의 초구 타격이 제대로 먹혀들었다.

'슬라이더 타이밍을 노렸는데 또 몰렸네. 상대 투수는 오늘 슬라이더가 너무 안 좋은데? 잘만 하면 제대로 득점지원을 받을 수도 있겠어.'

8번 장수혁의 볼넷 출루 후.

슈욱!

따아악!

[타구, 다시 한번 좌측으로 향하고……. 좌익수 앞에 떨어지는 안타! 2루 주자 이미 3루 돌았고, 1루 주자 3루로, 승부가……. 되지 않습니다! 주자 올 세이프!"

9번 정윤성이 적시타를 때려내며, 팔콘스가 연이은 득점을 만들어 냈다.

여기서도 샤크스 더그아웃이 신민재를 내리지 않는 강수를 뒀고, 다행히도 2회 추가 실점은 없었지만.

경기는 이미 기울기 시작했다.

* * *

[……2구 타격, 타구 중견수 방면으로. 멀리 뻗어나가지 못하며 장수혁의 글러브에 빨려듭니다. 4회까지 총 4개의 삼진을 뽑아내며, 모두 삼자범퇴 이닝으로 완벽한 투구를 보여 주는 구강혁.]

[괜히 월간 MVP가 아니네요. 비록 무실점 기록은 끝이 났지만, 여전히 타자들은 구강혁을 공략할 방법을 제대로 찾아내지 못했습니다. 기록이란 게 또 깨지려면 금방 깨지거든요? 그리고요. 아, 아닙니다.]

[네, 네! 저희는 4회말 팔콘스의 공격으로 다시 돌아오겠습니다. 여기는 대전, 네오 팔콘스 파크입니다.]

'샤크스는 하위타선의 집중력이 내 눈에도 들어올 정도로 떨어진 상태야. 어제 안타도 거의 상위타선에서 나왔고……. 그 상위타선은 어째 1회부터 계속 급한 모습이야.'

신민재도 3회와 4회는 무실점으로 막아 냈다.

그러나 구강혁은…….

[……헛스윙! 5회 선두로 나선 하워드가 또다시 삼진으로 물러납니다. 오늘 경기 5개째 삼진!]

[또 슬라이더인데요. 심지어 이번에는 존 안에 집어넣은 것 같거든요? 참 아이러니합니다. 샤크스 선발 신민재 투수는 본인의 주무기로 꼽히는 슬라이더의 제구가 거의 안 되고 있는데요.]

[낮은 팔 각도에서 우타자 바깥쪽으로 흘러나가는 구강혁의 슬라이더도, 브레이브스 시절부터 좋은 무기였습니다. 구속이 오른 지금 팔콘스에서는 그야말로 파괴적인 구종.]

5회, 1사까지 무려 퍼펙트 페이스.

다시 김휘강이 타석에 들어섰다.

'이번에 김휘강만 잘 잡아내면 나머지는 어렵지 않겠어. 4일 휴식 뒤라 애매하기는 해도……. 이대로 5회, 6회까지도 잘 막아 내면, 기회가 생각보다 빨리 올 수도 있겠는데.'

슈욱!

초구는 몸쪽 낮은 포심.

'엥?'

틱!

김휘강이 기습번트를 시도했고…….

[기습적인 번트 모션! 아, 타구 잘 떨어졌는데요! 타자주자 1루를 향해 전력질주! 타구 3루수 방면으로 느리게 흐릅니다! 투수, 포수 모두 잡을 수 없고!]

[흥미로울 줄은 알았지만 이건 예상치 못했는데요!]

타구는 3루 파울 라인으로 애매하게 굴렀다.

[노재완이 달려왔습니다만, 타구 건져내지 않는 판단!]

[볼 아직 구릅니다! 멈추지 않았어요! 흘러나가나요!]

* * *

23시즌 무려 160에 육박하는 wRC+로 기량이 만개, 홈런과 타점의 2관왕에 골든글러브까지 수상.

24시즌과 25시즌에도 부침은 있었을지언정 팀의 굳건한 4번으로서 자리를 지켜온 팔콘스의 3루수 노재완.

핫 코너에서 쌓은 경력도 이제는 짧지 않다.

'완벽한 판단이었어.'

기습번트에도 충분히 좋은 대응을 할 만큼.

절묘한 코스로 흐른 김휘강의 기습번트.

'김휘강이 발이 빠른 타자는 아니지만 수비위치가 다소 깊었던 점도 한몫을 했다. 재완이는 맨손 캐치 후 송구로 이런저런 명장면을 많이 만들어 낸 3루수지만 타이밍을 생각하면 위험을 부담할 필요가 없었지.'

[……아!]

'결과가 안 좋았을 뿐.'

공은 끝내 파울 라인을 벗어나지 않았다.

타자 주자 세이프.

[타구가 파울 라인을 벗어나기 직전에 멈춰섭니다! 내야안타로 기록되는 기습번트, 김휘강은 시즌 첫 내야안타!]

구강혁의 퍼펙트가 깨졌다.

투수와 포수, 3루수가 모여든 라인 근처.

가장 먼저 입을 연 건 노재완이었다.

"미친새끼 아닙니까?"

박상구도 말했다.

"아닐 리가 있나."

구강혁이 쓴웃음을 지었다.

"어쩔 수 없지. 잘 잡고 내려가자. 재완이 판단은 정말 좋았는데 결과가 아쉽네."

"네, 하……."

관중석에서도 비난이 쏟아졌다.
"우우! 쓰레기!"
"개념 없는 새끼!"
"야이씨, 니가 그러면 안 되잖아!"
잠깐의 침묵을 지나 해설이 이어졌다.
[……아까 위원님께서도 말씀하시려다가 말았지만, 노히터나 퍼펙트. 대기록이 달성 중인 상황에는 언급하면 안 된다는 야구계의 유명한 불문율이 있지 않습니까?]
[네. 불문율……. 그러니까 명문화된 규정이 아니라 일종의 징크스라고 할까요? 요즘 식으로는 야구계의 유명한 밈이다, 그렇게 표현할 수도 있을 것 같고요.]
[정말 아무도 예상하지 못한 장면입니다. 5번 타순에서 좋은 모습을 보여 주는 김휘강. 기습번트는 올 시즌은 물론이고 작년까지 통틀어도 없었던 기록이라고 합니다.]
[허를 찔러서 퍼펙트를 깼는데……. 지금 중계화면에 나가는지는 모르겠지만, 관중들께서 굉장히 많은 야유를 보내고 계십니다. 여기가 또 네오 팔콘스 파크거든요. 전반적인 분위기가 굉장히 좋지 않아요.]
[그렇습니다. 화면이 지금 팔콘스 내야진의 표정을 돌아가면서 잡아 주고 있네요.]
[노재완이 특히 화가 많이 났어요. ……구강혁은 또 웃고 있네요. 어이가 없다는 것 같기도 해요.]
[김용문 감독도 웃고 계십니다. 위원님, 어떻게 보십니까. 사실 흔하게 볼 수 있는 상황은 아니잖습니까?]

[참 복잡한 상황이에요. 기습번트는 말 그대로 기습적일수록 효과가 좋고, 실제로 김휘강도 아슬아슬하긴 했지만 출루에 성공했잖아요? 노재완이 송구했어도 타이밍상 세이프가 됐을 확률이 높았던 것 같고요.]

[그렇습니다. 팔콘스 3루수 노재완의 판단이 좋았습니다만, 결과적으로는 출루를 허용하게 됐습니다.]

[구강혁이 5회 1사까지 퍼펙트였다는 건 선수들도 알고 있었을 텐데……. 4점이라는 점수차에 아직 5회로 남은 아웃카운트가 많거든요.]

[그렇습니다. 5회 1사, 샤크스의 첫 출루로 주자 1루.]

[예를 들어 점수가 10점 넘게 차이가 났다거나, 지금이 8회, 아니 7회만 됐어도 누가 봐도 기록을 방해한 상황이 맞잖아요. 그런데 지금은 또 애매한 면이 있어요.]

[그렇죠.]

[하지만 또 김휘강은 올 시즌 극강의 모습을 구강혁에게 지난 만남에서 안타도 뽑아냈고, 직전 타석에서도 수차례 공을 커트해 내며 조금씩 타이밍을 맞춰가는 모습. 그러니까 샤크스 타선에서는 가장 좋았단 말이에요?]

[네.]

[그런데 그것까지 이용해 허를 찌른 내야안타였다, 김휘강이 그런 입장이라면 또 뭐라고 할 수가 없거든요. 지고 있는 팀은 어떻게든 점수를 뽑아야 하니까.]

[정말 복잡한 상황입니다. 하나 확실한 건 팔콘스 팬들께서 화가 많이 나셨어요. 아, 말씀드리는 순간 1루에서

또 언쟁이 벌어졌어요! 1루수 채연승과 주자 김휘강입니다.]

채연승의 말은 이랬다.

"어지간히 급했나 보네?"

김휘강의 답은 이랬고.

"무슨 말씀이십니까?"

"얼씨구, 모르는 척이야?"

"제대로 말하시죠?"

"일부러 기록 깼잖아, 이 자식아!"

"이것도 야구의 일부입니다. 모르십니까!"

언성이 커진 뒤로는 구강혁에게도 들렸을 정도.

심판의 구두경고 선에서 둘의 갈등은 일단락됐다.

[다소 어수선한 상황, 김용문 감독이 여기서 끊어가네요. 직접 마운드를 방문합니다.]

김용문이 마운드를 방문했고…….

내야진이 한데 모여들었다.

"강혁이, 아쉽냐?"

"조금은 그렇습니다."

"흔들릴 정도로?"

"아닙니다."

"그럼 됐다. 연승이는……. 일부러 그랬겠고."

채연승이 입꼬리를 슬쩍 올렸다.

"재완이, 상구. 너희 둘이 지금 가장 흥분했어. 괜히 화낼 거 없고, 오늘 경기 하던 대로 잘 마무리하자."

"네!"

"네, 감독님!"

그리고.

[……헛스윙, 이닝 종료! 기록은 깨졌지만 구강혁은 굳건합니다! 구강혁이 삼진 2개를 추가하며 어수선했던 5회를 마무리합니다. 잔루 1루!]

김휘강의 출루는 그대로 잔루가 되었다.

* * *

[……8회초 창원 샤크스의 공격. 다시 2점을 추가하며 격차를 더 크게 벌린 대전 팔콘스. 11점은 6개의 아웃카운트로 따라잡기 쉬운 점수차는 아닙니다.]

[아직 1점도 내지 못했다는 점에서는 더 그렇죠. 7회까지 김휘강의 내야안타를 제외하면 볼넷조차 허용하지 않으며 다시 샤크스 타선을 틀어막은 구강혁이에요. 승리투수 요건은 당연히 충족했지만, 이렇게 되면 더 아쉽겠는데요.]

[퍼펙트가 깨지고 웃는 모습이 중계화면에 잡혔던 구강혁이지만, 그 이후의 피칭은 샤크스 타선으로서는 웃을 수가 없었습니다. 단 80구를 던져 7이닝 9탈삼진.]

[김용문 감독은 여기서 김지환 투수를 선택했네요.]

[최근 5경기에서 5이닝을 던지며 1실점만을 기록했죠? 지금 팔콘스 불펜진에서는 민선규와 함께 가장 흐름이

좋습니다.]

구강혁은 7회까지 완벽한 피칭을 선보였다.

기어코 신민재를 끌어내린 타선은 이후로도 대거 7득점을 추가하며 스코어는 0:11.

8회초 마운드에 오른 건 김지환이었다.

'더그아웃 분위기가 묘하네.'

팔콘스 더그아웃은 김휘강의 내야안타와 채연승과의 언쟁 이후 착 가라앉았지만…….

점수가 나올 때마다 평소 이상의 광적인 반응을 보였다.

"상구야, 안타를 이렇게 쉽게 치냐!"

"정윤성 오랜만에 보약 먹네!"

"내 타석 언제 오냐! 타율 좀 올리자!"

김휘강의 기습번트 상황이 애매했던 만큼 논란의 여지도 많았고, 당연히 팬들의 관심도 점점 커졌다.

의견은 해설진의 말대로 갈렸다.

→ 팔) 까놓고 기록 때문에 번트 댄 거 맞잖아?

→ 샤) 그게 뭐 나쁨?

→ 팔) 개념 없지 불문율 몰라?

→ 샤) 어휴 개꼰대같은소리 ___

주로 팔콘스 팬들이 김휘강의 행동을 비난하고, 샤크스 팬들은 옹호하는 가운데…….

→ 스) 노히터도 아니고 퍼펙트를ㅋㅋ

→ 울) 아깝네 퍼펙트 기록 없잖어 크보에

→ 브) 어 샤크스 형들 초조해? 딱 대ㅋㅋ

→ 샤) 번트가 잘못임? 야규규칙에 번트 대지 말라고 써있음? 야구 알지도 못하는 놈들이 겁나 찡얼대네

→ 울) 나도 김휘강 이해는 가는데 확실한 건 하나지 샤크스 선발들은 당분간 대기록 페이스 나오면 번트 걱정부터 해야 될 거임

소식을 듣고 달려온 타 팀 팬들도 이런저런 채팅을 쏟아 냈지만, 대체로 아쉬워하는 반응이 많았다.

KBO 역사에 퍼펙트게임은 없었으니까.

당연히 팬들은 물론, 구강혁과 팔콘스 선수단도 김휘강의 의도가 정확히 무엇이었는지는 알 수가 없었다.

다만 구강혁도 모르는 사이, 팔콘스 투수진은 이 알 수 없는 상황에 대한 대응책을 냈다.

슈욱!

퍼억!

"아악!"

김지환의 초구가…….

선두타자 김휘강의 옆구리를 직격했다.

157km/h의 빠른 공이었다.

한동안 고통에 몸부림치던 김휘강이 마운드를 향해 뭐라 말을 하기 시작했다.

그러자.

턱을 치켜들고 대답하던 김지환이…….

'야구의 일부 몰라, 라고 말한 건가?'

오른손을 손등이 보이도록 가슴팍 앞에 내밀고는, 엄지를 제외한 네 손가락을 까닥였다.

특유의 대범함으로 팔콘스의 마운드를 지키며 팬들의 많은 사랑을 받았던 안대명이 남긴…….

역사적인 도발의 재림.

→ 커먼요 시즌 2ㅋㅋㅋㅋㅋㅋㅋㅋㅋ

→ 어얼ㅋㅋㅋ벤클 드가자ㅋㅋㅋㅋㅋ

→ 어째 잠잠하다 했다 김지환ㅋㅋㅋㅋ

김휘강은 배트를 시원하게 집어던지며 마운드를 향해 달려나갔지만, 심판과 박상구의 제지에 넘어지고 말았고…….

곧 양팀 선수들이 벤치를 깨끗이 비웠다.

'벤치 클리어링!'

달려나가려는 구강혁을 류영준이 불러세웠다.

"천천히 가, 인마."

그러고는 씨익 웃으며 어깨에 팔까지 둘렀다.

"나도 이런 거 좋아하지는 않아."

"어, 네. 선배님께서……."

"흐흐, 그렇다고 가만 있을 수는 없잖냐? 아, 커먼요는 내가 안 시켰다. 그건 김지환이의 기가 막힌 애드리브였지."

화려한 도발이기는 했으나…….

KBO의 벤치 클리어링이 으레 그렇듯.

실제로 물리적인 충돌은 크게 일어나지 않고, 양팀 코

치진의 중재로 상황이 조금씩 정리되었다.

'샤크스 선수단은 온도차가 좀 있네. 중심 타선만 날뛰고 다른 선수들은 말리는 둥 마는 둥…….'

빈볼이야 어쨌든.

상대를 도발한 김지환과 마운드를 향해 달려나가며 폭력적인 모습을 보인 김휘강.

두 사람에게 퇴장 조치가 내려졌다.

"우우, 한심한 놈들!"

"쳐맞을 짓 하고 맞았으면 얌전히 기어나가야지!"

"니들 본다고 대전까지 온 팬들이 불쌍하다!"

"지환아, 잘했다! 속이 뻥 뚫리네!"

팬들의 야유는 계속되었지만…….

잠시의 소요를 지나 경기가 속개되었다.

불펜에서 충분히 팔을 푼 장재승이 8회와 9회를 모두 무실점으로 막아 내며, 결과는 그대로 팔콘스의 대승.

팔콘스가 2연속 위닝시리즈에 성공했다.

구강혁은 수훈선수 인터뷰를 진행하고 루틴대로 마사지까지 받은 뒤, 다른 선수들보다 늦게 네오 팔콘스 파크를 나섰지만…….

아직 몇몇 선수들이 팬들에게 사인을 해 주고 있었다.

"우리 강혁이는 보내줍시다!"

"그래요, 선발이었잖아요."

"마음 고생도 했는데, 푹 쉬게 보내주죠!"

대부분이 구강혁은 보내주자는 분위기였다.

"안 그러셔도 되는데……."

퇴장을 당한 김지환이 그 분위기를 거들었다.

"선배님 사인 진짜 잘해 주십니다! 다음에 오셔서 받으세요! 아니면 제가 선배님 사인 따라서 해 드리겠습니다!"

구강혁이 쓴웃음을 지었다.

"그럼 이만 들어가 볼게요. 다음에는 꼭 늦게까지 해 드리겠습니다. 배려해 주셔서 감사합니다. 늘 정말 고맙습니다!"

"고생했어요!"

"구강혁 사랑해!"

"오빠, 혼인신고서만 써 주고 가!"

"다음에는 퍼펙트 드가자!"

구강혁이 쓴웃음을 지으며 자리를 떠났다.

'손님도 있는 마당이니 빠르게 가 볼까.'

* * *

"오래 기다렸지?"

"아냐. 금방 왔어."

"배고프지?"

"그건 살짝."

임대규는 이미 집에서 기다리고 있었다.

유니폼을 입고 식탁 의자에 앉아서.

"경기 끝나고 바로 시켰으니 금방 올 거야. 갈아입은 옷 안 가져왔어? 좀 줘?"

"어허, 승리투수 옷 입고 만나야지."

"푸하."

"옷은 있으니까 됐어. 앉아서 기사도 좀 봤는데, 현장에서나 온라인에서나 분위기 되게 험악하더라."

"좀 상황이 그랬지. 멋있는 모습만 보여 주려고 했는데."

"던지는 건 멋있었는데, 스포트라이트는 김지환 선수가 다 가져간 거 아냐? 화끈하기는 하더라."

"그러니까. 나야 괜찮지만 사고 친다는 이미지가 다시 박힐까 걱정이네. 아마 징계까지 받을 수도 있는데……. 출장정지는 몰라도 벌금은 내가 챙겨주려고."

"후배가 나서 줬으면 선배 노릇은 잘해야지."

"그래. 아, 촬영은 잘했어? 안 불편했고?"

임대규가 고개를 끄덕였다.

"응. 처음에 무슨 방 들어가서 인터뷰 좀 하고, 그 후로는 친절하게 안내해 주시던데. 그 젊은……. 팀장님? 홍보팀장? 보기에는 거의 내 또래 같더라."

"네가 좀 노안이기는 해."

"쉽게 넘어갈 수 없는 발언인데."

"한희주 부팀장님이셔."

"으음. 아무튼 그 분이 잘 챙겨주셨어. 촬영을 그렇게 많이 한 게 아니라 영상이 잘 나올는지 모르겠네."

구강혁이 평상복으로 갈아입으며 대답했다.

"알아서 잘 하실 거야. 팔콘스가 미튜브 채널은 가장 인기 많거든. 구독자 50만도 넘었을 거야."

"그럼 다행이고. 그런데 그 부팀장님은 나보다도 형한테 궁금한 게 더 많던데?"

"엥, 나?"

"뭘 많이 물어보더라고. 관심 있는 거 아냐?"

구강혁이 눈을 끔벅였다.

"……에이, 그거야 네가 그냥 팬도 아니고 내 지인으로 출연하는 거니까 그랬겠지."

"촬영할 때는 그 말이 맞았어. 군대에서 어떤 선임이었냐, 훈련을 했다던데 어떻게 했냐. 그런 질문은 다 인터뷰 때 했거든."

"으음."

"그리고 카메라 없을 때, 구장 구경시켜 주면서 무슨 음식 좋아하냐, 무슨 옷을 좋아하냐, 좋아하는 걸그룹은 없냐……. 그런 걸 물어보더라니까. 아, 물론 형한테는 비밀로 해달라고는 했어. 그러니까 내가 말한 건 비밀임."

"요놈 이거, 입이 은근히 싸네."

"에이. 우리끼리니까 말하는 거지."

"그래, 나는 비밀을 지켜 주마. 행동도 입도 묵직한 남자. 그게 바로 나다."

"……괜히 말했나?"

구강혁이 잠깐 생각에 잠겼다.

'그런가? 친근하게 대해 주시기는 했는데. 에이, 설마. 그냥 선수에 대한 관심 정도겠지.'

그러고는 다시 입을 열었다.

"됐고, 대학생답게 상상력이 파릇파릇하구만. 그런 거 아닐 테니까 신경쓰지 마. 너야말로 요즘 뭐 없냐?"

"나?"

"여자친구랑 같이 오랬더니 혼자 왔잖아. 소개팅, 미팅, 그 뭐냐. 자연스러운 만남을 추구······. 뭐든 안 해?"

임대규가 피식 웃었다.

"내가 보기에는 형 상상력이 더 파릇파릇해. 드레싱만 뿌리면 새싹 샐러드야, 거의."

"······임대규 상병, 말이 좀 늘었네?"

"흐흐. 시험에 레포트에 죽겠슴다. 아, 어째 3학년 되니까 군대 가기 전이랑은 차원이 달라."

이야기를 나누던 중에 음식도 왔고······.

임대규만 맥주를 한 캔 따고서.

두 사람이 이야기가 길게 이어졌다.

주로 구강혁이 묻고 임대규가 대답하는 식.

'연애사업 빼고는 다 잘 하고 있는 모양이네. 학점도 4점대면 높은 걸로 알고 있는데······.'

그러다가 다시 구강혁이 말을 꺼냈다.

"입은 가벼워도 엉덩이는 무거운 대규야. 네가 이것도 싫고, 저것도 됐대서."

"응?"

"아까 말한 김윤철 대표님. 너도 안댔지?"

"그치. 업계에서는 꽤 유명하시다니까?"

그러고는 명함을 하나 꺼내어 내밀었다.

"내가 좀 부탁드렸어."

임대규가 그 명함을 살피며 말했다.

"……형. 낙하산 타고 떨어지기에는 내가."

"……겠냐? 그런 거 아니야. 졸업도 멀었잖아? 그냥 한 번 연락이나 드려 보라는 거지. 아는 동생이 스포츠산업학과에 다닌댔더니, 진로에 대한 상담이나……. 네가 관심이 있는 분야에 대해서 더 좋은 조언을 해 줄 사람. 그런 분도 소개해 줄 수 있으시다더라."

양홍철을 만나던 날.

좋은 사람들에게 신경을 쓰라던 김윤철의 말에…….

문득 떠올라서 했던 부탁.

"미친."

"이것도 거절할 거면 명함 다시 주고."

"……이건 못 하겠다!"

그날 김윤철은 구강혁의 말에…….

"정말 고맙습니다. 제가 어떻게 보답을……."

흔쾌히 명함을 건네며 이렇게 답했다.

"비슷한 분야에서 일하려는 젊은 친구를 사실 그렇게 볼 일이 없어서요. 에너지라도 좀 뽑아먹는다고 생각하죠."

"그래도요. 말이 좋아 부탁이지, 이거 완전."

"갑질이요? 그렇게 생각하신다면 시즌 끝나고 재계약에 선처를 좀 부탁……. 후후, 농담입니다. 그럼 이렇게 할까요. 상황에 따라서는 그 친구, 제가 데려다 쓰죠."

"어, 네?"

"처음 뵈었을 때도 비슷한 말씀을 드렸죠? 이 동네가 결국 사람 보는 눈이 좋으면 이득을 보는 업계예요. 저는 제 안목에 자신이 있습니다만, 못 보고 지나치는 인재들이 너무도 많은 게 사실이죠."

"으음."

"그래서 저는 제 눈도 믿지만, 제가 믿은 사람의 눈도 믿으려는 편입니다. 당장 영준이 말 한 마디에 부리나케 서산에 내려간 덕분에 이렇게 한 다리 제대로 걸쳤잖아요?"

"하하……."

"구강혁이가 그렇게까지 좋게 말하는 친구라면 분명 장점이 있을 거다, 그렇게 생각한다는 겁니다. 후후, 물론 직접 보고 이야기를 나눠봐야겠지만. 피차 좋은 방향으로 갈 수 있다면 최고의 만남이 되지 않겠어요?"

생각에 잠겼던 구강혁이 다시 임대규를 쳐다봤다.

'어째 내 주변 덩치들은 죄다 술에 약하네.'

맥주 한 잔에 얼굴이 벌겋게 되어서는…….

'그래도 김윤철 대표님과의 만남은 결과가 어떻든 대규에게 도움이 되겠지. 어쨌든 대규한테는 시간이 있으니까.

정말로 같이 일을 한다고 해도 졸업한 다음일 테고…….'
 헤실거리며 명함을 지갑에 집어넣고 있었다.
 '무엇보다 본인이 저렇게나 좋아하잖아. 김 대표님께 부탁드리길 잘했어. 밥 한 끼 사 주는 것보다 훨씬 뿌듯하네.'

* * *

 어느새 시간이 자정을 넘겼다.
 임대규가 시원하게 하품을 했다.
 "흐아암."
 구강혁이 피식 웃었다.
 "잘 때도 됐다. 내일 오후에 강의 있댔지?"
 "엉. 시험기간에는 밤도 새우고 했는데 좀 피곤하네."
 "먼 길 왔잖냐. 몇 시 열차야?"
 "점심때쯤. 나도 난데 형도 자야지?"
 "엉. 아쉬워도 누워야지."
 "날이 오늘만 있는 건 아니니까."
 "그것도 맞다."
 두 사람이 식탁을 정리하기 시작했다.
 임대규가 다시 말했다.
 "아깝기는 해. 대기록 요정 되는 건데."
 "벤치클리어링 요정이 돼버렸네."
 "허억."

임대규가 과장스레 고개를 숙여보였다.

"푸하. 아쉽기는 해. 뭐, 그래도 퍼펙트는 워낙 까마득한 기록이지. 기습번트가 아니었어도 또 몰라. 야구에 만약은 없다잖냐? 오죽하면 리그에 단 한 번이 없었겠어."

"그런가. 완봉은 수원에서 했나?"

"어. 부모님 두 분 다 직관 오셔서 좋기는 했어."

"그럼 홈에서도 한번 해야겠네. 오늘 보니까 진짜 장난 아니더라, 팔콘스 팬들. 대전시장 선거 나가면 당선되는 거 아냐?"

"푸하, 글쎄. 그래도 한번 좋은 모습 보여드리면 두말할 나위 없이 좋지. 퍼펙트까지는 아니어도 다시 완봉······. 노히터면 더 좋고, 흐흐. 현실성은 좀 없지만."

임대규가 어깨를 으쓱였다.

"뭐 어때, 우리끼리 하는 말인데."

"그런가?"

"어. 그리고 이미 형 성적에 현실성이 없잖아? 그래도······. 으음. 감상 겸 말하자면, 노히터보다는 무사사구 완봉이 가능성은 더 높겠더라. 완봉 때도 안타 세 갠가 네 개는 맞지 않았어?"

구강혁이 눈을 끔벅이며 대답했다.

"네 개였을 거야. 볼넷은 하나."

"음, 노히터를 하기에는 너무 공격적이지 않나 싶은 거지. 오늘도 열 개 던지면 일곱 개, 여덟 개는 존 안에 넣었던 거 같은데. 솔직히 샤크스 타자들이 오늘 상태가 아주 좋지는 않았잖아."

"그랬지."

"그래서 더 기록이 깨진 게 아쉽기도 했는데……. 아, 나야 뭐 잘 모르는데. 월간 MVP 앞에서 입이 너무 가벼웠나? 쏘리."

구강혁이 고개를 저었다.

"뭐가 또 쏘리야? 틀린 말도 아닌데."

맞다기보다는 오히려 당연한 이야기였다.

'칠 수 있는' 공의 영역이 바로 스트라이크존.

물론 구강혁은 특유의 뱀직구와 부상 전과 달리 다양해진 레퍼토리의 활용으로 존에 넣는 공마저도 헛스윙율이 높지만…….

맞는 공은 맞아 나가는 것도 사실.

"공격성을 줄여라, 이거잖아?"

임대규가 멋쩍게 고개를 끄덕였다.

"간단하게 말하면 그렇게 되겠네. 어디까지나 노히터가 목표라면 그렇지 않겠냐는, 음. 조언보다는 질문."

말하자면 맹점이었다.

올 시즌 구강혁의 성적은 무시무시하다.

더 잘하는 게 어려울 정도로.

특히 부상 전부터 구강혁의 장점으로 꼽혔던 제구력과 공격성은, 뱀 문신이 생긴 뒤의 무브먼트와 구속 상승과 시너지를 이루며…….

'……9이닝당 0.7개가 안 되는 볼넷. 누군가가 조언을 하기도, 누군가에게 조언을 구하기도 이상한 성적이기는 해. 실제로 분석팀이나 김재상 코치님, 감독님도 우리 배터리의 배합에 대해서는 별 말씀이 없으시고.'

조언이 필요하지 않은 결과를 만들어 냈다.

그런데 그건 구강혁 입장에서도 마찬가지였다.

좀 더 강한 투수가 되기를 원했고…….

구속 상승이 필요하다는 결론을 내렸다.

방법은 알고 있었고, 그게 바로 노히터.

'……류영준 선배님도 아직 세우지 못하신 대기록이니까. 처음부터 생각했지만 노히터가 경기 목표라는 게 애초에 말이 안 되지.'

그런데 노히터에 대한 조언을 어디에서 구하겠는가.

커리어의 목표가 될 수는 있을지언정…….

한 경기는 물론, 한 시즌의 목표로 둔다는 것도 어불성설에 가까운 대기록인데.

"아니, 질문 아니고 조언."

생각에 잠겼던 구강혁이 조금 늦게 대답했다.

* * *

이튿날 임대규가 서울로 돌아갔다.

김윤철과는 곧 만나보겠다고 했다.

구강혁은 오후 늦게 트레이닝 파트에서 마사지를 받았고, 곧 선수단이 전부 모여 부산 원정길에 올랐다.

대전 팔콘스의 6월 일정이 그렇게 시작되고.
한편 샤크스와의 벤치 클리어링 사태.
그 이슈는 아직 잦아들지 않았다.
'샤크스에 대한 여론이 계속 안 좋네.'
한 칼럼니스트는 특별 기고문까지 올렸다.
창원 토박이에 샤크스 팬으로 유명한 이였다.
[명분, 실리, 팀워크까지 잃은 사태… 최선이었나?]
[……네오 팔콘스 파크에서 벌어진 시즌 첫 벤치 클리어링 사태에 대해 KBO는 곧 상벌위원회를 열 예정이라고 밝혔다. 하룻밤 사이 당시 현장에 있었던 팬들이 채연승과 김휘강의 언쟁을 공개하며 여론은 더욱 나쁘게 돌아가고 있다.

…….혹자는 김지환의 빈볼과 소위 '커먼요' 도발이 빌미를 제공했다지만, 결국 그것도 다시 사구를 맞은 직후 김지환의 발언이 빌미였다. 사구를 던지자마자 손가락을 까닥인 게 아니라는 이야기다.

…….기습번트가 야구의 일부였다면, 당시 중계카메라에 잡힌 김지환의 입모양대로 사구도 '야구의 일부'. 기습번트의 의도를 아무도 알 수 없듯 사구가 빈볼이었는지, 진짜 제구력 문제였는지는 알 길이 없다.

말장난을 하자는 게 아니다. 하지만 리그 최초의 퍼펙트를 향한 팬들의 열망이 만만찮은 상황에서 주지 말았어야 할 명분을 준 것이다. 작금의 여론이 팔콘스의 인기와 4위를 기록 중인 호성적에서 나왔다고 판단한다면 정말 오산이다.

……심지어 벤치 클리어링 상황에서 일부 선수들은 과도한 폭력성을 보이며 눈살을 찌푸리게 한 데 반해, 또 일부는 설렁설렁 걸어나와 강 건너 불구경만 하며 팀내 결집력이 부족한 점까지 드러냈다.

……대기록이 반드시 최고의 선수에게서 나오는 건 아니다. 노히터를 달성한 어느 외인은 얼마 지나지 않아 방출되는 수모도 겪었으니. 그럼에도 올 시즌 어느 선발투수가 기록을 달성한다면 나는 다섯 명가량이 떠오르고, 가장 먼저 떠오르는 두 투수 가운데 하나가 구강혁이다.

……물론 여론이 성적을 만들지는 않는다. 하지만 최근 흐름이 좋지 않은 샤크스가, 상벌위원회가 어떤 결론을 내리든 지금까지와는 다른 결집력을 발휘해 부디 상승세를 타기만을 바랄 뿐이다.]

→ 샤) 나는 이 사람 말 동의함
→ 샤) 그냥 올 시즌 야구 안 볼란다
→ 울) 다른 하나는 누구임?
→→ 가) ㅋㅋ그걸 몰라서 묻냐

샤크스 팬다운 결론.

그러나 오히려 이후로 응집한 건 팔콘스 선수단이었다.

스타즈에 아슬아슬하게 쫓기고 있을지언정, 선발진의 호성적에 힘입어 아직 4위 자리를 내주지 않고 버티던 흐름.

거기에 5월까지 팀 타율 0.239에 불과했으나, 그럼에도 5월 말 살아나는 기미를 보이던 타선이…….

타이탄스 원정 시리즈 내내 장단 22안타를 뽑아내며 투수진에 14점을 선사했던 것.

[원투펀치 없이 위닝 팔콘스, 울브스 잡으러 간다]

['버텨줘서 고맙다' 팔콘스 타선 부활 조짐]

그 결과, 류영준과 구강혁의 등판이 없었음에도…….

3연속 위닝시리즈에 성공.

패전의 멍에를 안은 김의준도 5이닝 2실점으로 꾸준히 고무적인 모습을 보여 주고 있었다.

[대전 팔콘스, 새 외인 브라운 영입]

[100만 불 교체외인 브라운, 상승세에 보탬 될까]

[ML 통산 29승 브라운… 팔콘스 프런트 진심 통했다]

그리고 목요일 밤.

화룡점정으로 새 외인의 영입이 발표되었다.

메이저리그 통산 29승을 기록한 좌완 브라운.

'로건에 비해 커리어 측면에서는 일단 더 나은 선수네. 시기를 감안하면 스카우트팀이 정말 열일을 했다. 공인구와 환경에만 적응한다면 최소 2선발급은 되는 선수 같은데?'

승전보를 들고 돌아온 대전.

홈에서의 상대는 대구 울브스.

경기를 앞두고…….

[KBO 5월 월간 MVP, 수원 스타즈 강대호]

다시 월간 MVP가 발표되었다.

3, 4월이 워낙 압도적이었을 뿐, 5월 성적 또한 월간 MVP를 수상하기에 부족함이 없었던 구강혁이지만.

26경기에서 무려 4할 중반대의 타율에 20득점과 20타점을 모두 넘기고, 홈런까지 12개를 쳐 내며 해당 분야의 단독 선수로 올라선 강대호가 수상의 영예를 안았다.

'역시 강대호였네. 팔콘스가 반등 기세를 탔음에도 승차를 크게 벌리지 못한 건 이 슈퍼스타의 활약 때문이었다고 봐도 과언이 아니야.'

아쉽지만 받아들일 만한 결과였다.

"인사들 하자, 브라운."

"안녕하세요우."

브라운의 합류는 구강혁의 생각보다 빨랐다.

스카우트팀이 바쁘게 움직인 결과였다.

[팔콘스 김용문 감독, 브라운 연습투구에 함박웃음]

[김용문 감독, "브라운 스플리터 GOOD, 선발진 운용에 숨통 트일 것"]

이날 경기에서는 류영준이 선발로 등판.

7이닝 1실점의 또 한 번의 호투를 선보였다.

타선이 7점을 지원하며 2:7의 승리.

구강혁이 등판이 예정된 이튿날에는 폭우가 쏟아졌다.

'아직 장마가 올 때는 아닌데.'

이 전국적인 비는 사흘이나 이어졌다.

덕분인지, 때문인지.

일요일 더블헤더는커녕 시리즈 2, 3경기가 모두 순연되며 구강혁과 도미닉이 나란히 휴식을 취했다.

다행히 월요일 오후 늦게 비가 그쳤다.

[대전 팔콘스, 드래곤즈전 선발 도미닉 예고]

김용문 감독은 도미닉을 선발로 선택하며…….

구강혁의 일주일 간격 4일 휴식 후 등판이라는 부담을 덜어 주었다.

선수단 버스에서 원민준이 물었다.

"선발 로테이션 어떻게 가? 들은 거 없어?"

"아직. 일단 내일 나가지는 확정인데."

"브라운은? 등빨은 100마일도 던지겠던데."

"이번 주 내로는 던지지 않겠어? 그래서 또 감독님께 선택의 시간이 다가온 게 아닐까 싶네. 영후랑 의준이가 워낙 4, 5선발로 잘 던지고 있었으니."

드래곤즈와의 시리즈 1경기.

도미닉이 제구 난조를 보이며 5회까지 4실점을 기록.

6회에도 확고한 등판 의사를 나타냈음에도 불구하고, 아웃카운트 하나 없이 2루타를 허용하며 강판.

타선이 3점을 따라붙었음에도 8회 박창현이 투런 홈런을 허용하며 2:6, 팔콘스의 패배.

2경기에는 구강혁이 등판했다.

임대규의 말을 계속 생각하던 참이었다.

[……구강혁은 3회까지 볼넷 하나만을 내주는 좋은 피칭. 지난 만남에서 자신에게 3개의 안타를 빼앗아 낸 드

래곤즈 타선을 깔끔하게 묶어 내고 있습니다.]

[여느 때와 다를 바 없는 공격적인 피칭이에요. 다소 논란이 됐던 지난 등판, 아. 물론 구강혁 투수가 논란이 됐다기에는 어폐가 있습니다만, 긴 휴식을 마치고 돌아온 마운드에서도 변하지 않는 굳건함을 보이고 있습니다.]

3회까지 노히터 페이스.

4회부터는 박상구의 배합에 조금씩 고개를 저었고…….

[……내야를 빠져나가는 타구! 리그를 대표하는 배드볼 히터 이충재가 구강혁의 노히터를 깹니다!]

6회 첫 피안타에는 아랫입술을 깨물었다.

결과적으로는 7이닝 1피안타 3볼넷.

실점 하나 없는 또 한 번의 완벽한 피칭.

[대전 팔콘스, 구강혁 호투로 시리즈 원점]

[구강혁, 시즌 최다 3볼넷에도 무실점 완벽투]

→ 울) 얘는 3볼넷이 시즌 최다임?

→→ 팔) ㅇㅇ

→→ 울) 우리 애들은 0이닝 3볼넷도 내주는데?

→→ 팔) 힘내 한유민은 잘 쓰고 있다

→→ 울) 야이 시발아

[대전 팔콘스, 새 외인 브라운 선발 등판 확정!]

[브라운, 팔콘스 굳건한 5선발 깰 자격 증명할까]

그리고 브라운의 등판이 정해진 이튿날.

박상구와 피드백 시간을 가졌다.

"왜 이리 말을 안 들으실까?"
"볼을 좀 빼면서 던져 보고 싶어서."
"미리 말이라도 하지, 이 자식아."
"미안, 나도 생각이 좀 많았거든."
"뭘 또 굳이 바꾸게? 공격적인 거 나는 좋은데."
"말했잖아, 슬슬 맞아 나간다고."
"그거야⋯⋯. 흐음."
"계속 빼면 어떻겠어?"

박상구가 어깨를 으쓱이며 답했다.

"어떻긴. 로케이션이 계속 지금처럼 된다고 가정하면 피안타는 확실히 줄겠지. 어제 이충재 선배 안타도 완전 빠지는 공이었잖아. 대신⋯⋯. 볼넷이 늘어날 수도."

구강혁이 고개를 끄덕였다.

박상구가 다시 말했다.

"뭐 당연한 걸 묻냐? 피안타가 줄면⋯⋯. 오호, 왜. 노히터라도 하게? 퍼펙트 깨져서 서운했냐? 흐흐."

장난기가 잔뜩 섞인 목소리였지만⋯⋯.

구강혁의 눈빛은 진지했다.

그리고 천천히 고개까지 끄덕였다.

"아니, 야. 야. 농담이지? 아니다. 서운했다는 거지? 응? 나는 이해가 가. 서운할 수 있지. 그때도 말했지만 샤크스 타선이 너무했어!"

"그거 말고."

"그거 말고 뭐!"

"눈치 빠른 파트너, 협조해 줘야겠다."
"야, 인마! 그걸 어떻게 협조해? 말이 돼?"
"3회까지 안타 없으면 매 순간이 노히터 도전이야."
"……아니."
"딱 한 번만 하자. 기왕이면 홈에서."
"야이, 지랄 마! 진짜!"

* * *

[류영준과 구강혁의 강력한 원투펀치에 도미닉이라는 든든한 이닝이터. 거기에 문영후와 김의준이라는 젊은 피가 더해지며 선발 야구를 보여 주던 팔콘스 마운드에 또 하나의 강력한 무기가 더해졌습니다. 여기는 팔콘스의 새 외인 브라운의 데뷔전이 예고된 문학입니다. 안녕하십니까.]

[안녕하십니까.]

[위원님, 오늘 역시 새로운 얼굴. 브라운 투수에게 많은 이목이 쏠리고 있습니다. 메이저리그에서 통산 29승을 기록한, 커리어를 감안하면 시즌 도중, 그것도 전반기에 데려오기 쉬운 선수가 아니었다는 평가가 많은데요.]

[물론 오늘 등판부터 시간을 두고 지켜봐야겠지만, 기대치만 따지자면 팔콘스 프런트의 활약이 놀라워요. 입단이 발표되고 고작 며칠 안 지났는데 말이에요.]

[그렇습니다. 브라운의 팔콘스 선수단 합류는 기대 이

상으로 빨랐습니다. 외국인 투수의 적응에는 개인차가 있겠지만 어쨌든 충분한 시간은 도움이 되지 않겠습니까?]

[물론입니다. 전반기가 한 달도 채 남지 않았는데, 로테이션 진입을 가정하면 최소 3번, 많으면 4번까지도 등판이 가능하니까요. 시리즈를 앞두고 김용문 감독님과 잠깐 이야기를 나눴는데, 스플리터가 아주 좋다고 하시더군요.]

[좌완투수 브라운은 커리어 최고 152킬로미터에 이르는 빠른 공과 스플리터, 또 우타자 상대로는 체인지업을 구사하는 선수로 알려졌습니다. KBO 타자들에게 좋은 모습을 보일 수 있을까요?]

[네. 작년부터 좌타자 상대로는 스위퍼도 던졌다고 하는데……. 일단은 미지수죠. 그래도 팔콘스 팬들의 기대는 굉장합니다. 올해 팔콘스는 구강혁과 한민준, 또 원민준까지 영입하며 윈 나우에 가까운 행보를 보였잖아요?]

[네.]

[외국인 투수 자리를 비워둘 필요가 전혀 없다는 거죠. 사실 류영준과 김의준을 제외하면 팔콘스에서 선발 로테이션을 돌 만한 투수는 황선민 정도인데, 이미 로테이션에 진입했다가 한 차례 릴리프로 내려간 전적이 있거든요.]

[브라운이 좋은 모습을 보여 준다면 김의준의 자리에 들어가 팔콘스의 선발진을 확실하게 강화할 카드가 될

것이다. 그런 말씀으로 들립니다.]

[네. 6선발 운용은 사실 KBO에서는 현실성이 떨어져요. 당장 류영준도 올 시즌 지금까지 굉장히 좋은 모습을 보여 주고 있습니다만 나이를 어쩔 수가 없거든요. 김의준이 선발 자리를 브라운에 내주더라도 팔콘스로서는 류영준의 부담을 줄여줄 수 있는 카드로 쓰면 된다. 저는 그렇게 봅니다.]

브라운의 데뷔전.

팔콘스의 삼자범퇴에서 이어진 드래곤즈의 1회말.

선두 타자를 외야 뜬공으로 돌려세우고도 2연속 볼넷.

슈욱!

따아악!

스플리터가 빗맞은 안타로 연결되며, 드래곤즈는 브라운을 상대로 1회부터 1점을 뽑아냈다.

1사 1, 3루 상황에 브라운은 또 한 번의 볼넷을 허용.

'스플리터가 조금씩 몰리는 느낌이네. 아직 공인구에 완벽히 적응하기에는 시간이 부족했어. 비행기 안에서도 KBO 공인구를 만지면서 왔다고는 하는데…….'

주무기인 스플리터가 잘 떨어지지 않았다.

최대훈의 선택은 스위퍼였다.

[……6구, 타격! 타구 내야로 흐릅니다! 유격수 황현민이 잡아서 2루로 글러브 토스! 다시 정윤성의 송구……. 아웃! 6, 4, 3의 병살타로 1회말 위기를 탈출하는 브라운!]

[이야, 방금은 스위퍼였죠? 타자의 생각보다 더 멀어졌어요. 처음 보는 공이거든요.]

결과는 6, 4, 3의 병살타.

구사율이 높지 않았던 스위퍼로 위기를 벗어났다.

[……4회까지 1실점을 기록한 브라운은 여기까지인 것으로 보입니다. 총 58구를 던지며 3피안타 3볼넷. 어떻게 평가할 수 있을까요, 위원님?]

[저는 합격점이라고 봅니다. 1회 허용한 만루 위기가 아쉬웠던 게 사실이지만 결국 1실점으로 막아 냈고, 이후로는 안타를 좀 허용했음에도 사사구 하나 없이 더 이상의 실점이 없는 안정적인 모습을 보여 줬거든요.]

[그렇군요. 확실히 2회부터 브라운은 완전히 달라진 모습을 보여 줬습니다. 좌타자에게는 스위퍼, 우타자에게는 서클체인지업을 활용하며 총 4개의 탈삼진.]

5회부터는 장재승이 마운드에 올랐다.

브라운은 데뷔전인 만큼 4이닝 60구 미만으로 끊어갔지만, 다음 경기가 더 기대되는 피칭이었다.

'첫인상은 괜찮네. 최대훈 선배님의 리드도 좋았고. 공인구 때문인지 제구에 어려움을 겪는 대신 체인지업과 스위퍼의 비중을 높여 드래곤즈 타선을 막아 냈어. 잇몸으로도 던질 줄 아는 투수야.'

경기는 팔콘스의 5:2 승리.

3이닝을 무실점으로 막은 장재승이 승리투수가 되었다.

원투펀치가 건재한 팔콘스.

'작년 도미닉만큼 이닝을 먹어 주면 베스트다.'

3위인 드래곤즈를 상대로 위닝시리즈.

팔콘스 선수단이 광주 원정길에 올랐다.

한편 이 시점을 기해 KBO에서 본격적인 올스타전 마케팅이 시작되었고, 팬들의 투표 행렬도 이어졌다.

팔콘스는 재규어스, 파이터스, 브레이브스 그리고 샤크스와 함께 웨스턴 팀에 편성.

리그를 대표하는 인기팀에 가디언스와 선두 경쟁을 벌이는 재규어스 팬들이 특유의 엄청난 화력을 뽐냈지만…….

전반기 4위를 유지하며 최근 타선도 상승세를 타기 시작한 팔콘스 팬들도 포지션을 통틀어 4명을 1위 경쟁권에 올리는 기염을 토했다.

복귀 후 언제나 최상위권의 득표를 자랑했던 대전의 자랑 류영준, 팀을 대표하는 슬러거 노재완.

그리고 브레이브스를 상대로 팔콘스의 시즌 첫 그랜드 슬램을 때려냈으며, 이후로도 타격과 수비 양면에서 좋은 모습을 보이는 한유민과…….

구강혁이 그 주인공이었다.

* * *

재규어스와의 원정 시리즈에 김의준, 류영준, 문영후가

차례로 등판하며 팔콘스는 짧은 6선발 체제를 가동했다.

승리를 지켜낸 투수는 류영준이 유일했고, 다시 말해 결과는 루징시리즈.

김의준은 4이닝 3실점으로 패전투수가 됐지만…….

문영후는 6이닝 1실점의 호투로 1점차 승부를 이끌고도 불펜의 아쉬운 투구에 따른 노 디시전.

'경쟁 상황이라는 걸 알아서 더 긴장한 건가, 의준이는 최근 들어 가장 아쉬운 피칭이었다. 경기를 내준 것도 너무 안타깝지만……. 어쨌든 결정은 쉬워지겠네.'

팔콘스의 선발진이 또 한 번의 개편을 맞았다.

류영준, 도미닉, 구강혁, 브라운, 문영후.

'여전히 밸런스는 좋다. 물론 브라운은 더 지켜봐야겠지. 아무리 많은 비용을 들였어도 결국 중요한 건 성적이니까. 관건은 브라운이 안정적인 궤도에 드느냐…….'

문영후는 승운이 없지만 최근 좋은 모습을 꾸준히 보여주고 있었고, 구속도 시즌 초반 이상으로 올라왔다.

'그리고 영후의 좋은 흐름이 계속되는지야. 이번 등판처럼만 던져 주면 리그 최고 5선발인데. 결국 150 후반대의 공은 그 자체만으로도 위력이 엄청나니까.'

대전으로 돌아와 휴식일을 보낸 후.

구강혁은 브레이브스와의 시리즈 2경기에 등판했다.

샤크스를 잡아내고 7위까지 순위를 끌어올린 브레이브스의 기세는 매서웠다.

앞선 경기 도미닉이 6이닝 3실점 퀄리티스타트 피칭에

도 불구하고 패전을 기록하며 균형을 맞춰야만 하는 상황.

슈욱!

퍼어어엉!

[……6구, 볼! 2사 후 볼넷 출루! 오늘 경기 브레이브스가 처음으로 1루에 주자를 내보냅니다.]

[오늘 7번 타자로 출전한 오현곤 타자, 방금 공은 정말 잘 골랐네요. 거의 손톱 하나 차이로 들어가지 않은 공이 아닌가 싶거든요? 지금은 ABS도 헷갈릴 만한 공이 아니었나, 그런 생각까지 들어요.]

구강혁은 3회 볼넷 하나를 허용한 후.

[……밀어친 타구! 우익수 앞에 떨어지는 안타! 1루 주자는 2루를 돌아……. 아, 돌아갑니다.]

[좋은 판단이에요. 팔콘스의 우익수 한유민이 발이 느린 주자의 추가 진루를 허용하지 않습니다.]

5회에도 1사 1루 상황에 안타를 내주었음에도…….

[……정윤성, 타구 건져내고 그대로 2루로! 황현민의 빠른 송구가……. 1루에서도 주자를 잡아냅니다! 4, 6, 3의 더블플레이! 1사 1, 2루의 위기를 벗어나는 구강혁!]

[구강혁의 체인지업이 다시 한번 빛을 발합니다! 이미 두 차례 높은 속구를 지켜본 타자로서는 배트가 안 나오는 게 더 힘든 공이었어요.]

무실점으로 마운드를 내려왔다.

7이닝 1피안타 6탈삼진 2볼넷의 피칭.

경기는 팔콘스의 1:5 승리.

[팔콘스 구강혁, 12승으로 100이닝 선착 자축]

[구강혁 100이닝 달성… 경기당 7이닝 넘는 페이스]

구강혁은 100이닝을 딱 맞게 채우며 12승을 기록했다.

뒤이은 브라운의 두 번째 등판이…….

[팔콘스 브라운, 7이닝 1실점 호투로 연착륙 성공!]

[브레이브스, 브라운에 속수무책… 루징시리즈]

7이닝 1실점으로 이어지며 승리를 견인.

팔콘스는 루징시리즈로 끝이 난 지난 브레이브스전의 복수에 성공했다.

특히 브라운은 데뷔전의 1회 난조가 무색하게도 데뷔 첫 선발승을 달성하며, 선발 로테이션에 진입할 자격을 완벽하게 증명해 냈다.

다시 이어진 스타즈 원정에서도 류영준이 3명의 선발 가운데 유일한 승리를 거두며 루징시리즈.

주간 전적이 3승 3패로 시즌 승률은 0.539로 근소하게 떨어졌음에도 팔콘스는 4위를 유지해 냈다.

* * *

구강혁의 다음 등판은…….

팔콘스 이적 후 울브스 타선과의 첫 대결.

5회까지 피안타 없이 노히터 페이스를 유지했지만, 6회 1사 후에 2루타 하나를 내주고 말았다.

그럼에도 또 한 번의 무실점 피칭이었다.

7이닝 무실점, 1피안타 7탈삼진.

볼넷은 지난 경기에 이어 다시 2개를 기록했다.

[아깝다, 노히터! 구강혁, 7이닝 쾌투로 시즌 13승]

[뱀직구는 처음이라… 울브스 1피안타 빈공에 1승 헌납]

볼넷 허용 비중이 늘어났으나…….

그 점을 지적하는 사람은 없었다.

여전히 삼진 대비 비율이 차원이 달랐기 때문.

흔히 삼진이 3배 높으면 탁월한 투수.

5, 6배에 이르면 리그 최고 레벨 투수로 평가된다.

샤크스전까지 구강혁의 이 비율은 17.3.

17개의 탈삼진에 채 하나의 볼넷도 내주지 않았다.

윤대준, 윌리엄스, 박해준 등, 타 팀의 에이스들과 비교해도 그 절반을 따라가는 선수가 없었다.

이미 상식적인 수준을 벗어나, 사이 영 어워드 2위를 수상했던 류영준의 메이저리그 커리어하이 시즌 초중반.

20을 넘는 볼넷 삼진 비율로 수많은 레전드의 이름을 소환했던 시절과 비교해야 할 정도.

물론 메이저리그와 KBO의 직접 비교는 어렵겠지만, 볼넷 허용이 늘어난 지금까지도…….

구강혁의 시즌 볼넷 삼진 비율은 10.3으로 리그의 수위를 굳건하게 지키고 있다.

그 반면 피안타율은 다시 눈에 띄게 줄며, 결과적으로

2개의 피홈런으로 2자책점, 비자책 2실점을 기록한 5월과 비교하면 오히려 6월 내내 무실점.

또 한 번의 월간 MVP 페이스였다.

"무작정 노히터만 노리고 던지자는 게 아니야. 핀 포인트로, 가능성이 있는 상황만 바꾸는 거야."

"……어떻게?"

"어쨌든 초반에 안타를 안 맞아야 가능성이 있는 기록이잖아. 하지만 그렇다고 무작정 빼는 건 안 돼. 성미에도 안 맞고, 그러다 읽히면 경기 운영이 어려워질 수 있으니까."

"당연히 그렇지. 그래서 지랄 말라고……."

"3회가 기준이야. 3회까지 피안타가 없으면 투구 패턴을 바꾸는 거야. 존 안에 넣는 비율을 줄이는 거지. 그러다가도 안타를 맞으면 평소대로. 물론 상대 타선에 따른 전략은 이거와는 완전히 별개."

"그렇다면야, 으음……."

박상구에게 목표를 밝힌 당시의 대화였다.

애초에 볼넷 자체가 극단적으로 늘지 않았다.

그만큼 박상구와 함께 배합에 공을 들였고, 구강혁의 제구력이 그 배합을 완벽에 가깝게 따를 정도로 탁월했기 때문.

6월 구강혁을 상대한 타자들도…….

'아이씨, 어째 더 치기 어려운데?'

'씨바, 적극성이 장점 아니었어? 넣으라고!'

'이제 볼넷도 그냥 준다는 거냐? 하…….'

특정 상황에만 미묘한 변화를 느꼈을 뿐.

구강혁의 의도를 읽어 내지는 못했다.

누가 상상하겠는가?

노히터를 목표로 두고 배합에 변화를 준다고.

어쨌든 6월이 막바지로 치닫고…….

올스타전까지 단 2번의 시리즈가 남은 시점.

상대는 드래곤즈와 샤크스.

모두 홈 경기로, 구강혁의 다음 등판은 4일 휴식 후 드래곤즈와의 3경기.

[장마전선 북상, 주말부터 많은 비 예상]

하지만 본격적인 장마철이 시작되었다.

금요일 1경기.

류영준이 흐린 하늘 아래로 마운드에 올랐다.

[……오늘 류영준의 투구 템포가 굉장히 빠르네요. 평소 이상으로 맞춰잡는 피칭을 보여 주고도 있습니다.]

팔콘스가 0:3으로 앞선 상황에서 6회말이 끝나고.

7회초가 시작되기 직전.

폭우가 쏟아지기 시작했다.

"완봉 축하드립니다, 선배님."

"그래, 구강혁이. 네가 날 놀릴 때도 됐어, 이제."

"헉. 아닙니다!"

류영준의 6이닝 완봉이었다.

'진짜 어쩔 수 없네, 이건. 딱 3선발까지가 나설 기회였

는데 말이야. 이번 시리즈 결과에 따라서는 3위로 전반기를 마칠 가능성도 있었어.'

리그의 순위는 가디언스와 재규어스가 기어코 6할 승률을 넘기며 여전히 압도적인 모습으로 1, 2위를 기록.

중위권에서는 팔콘스에 위닝을 허용하는 등 주춤했던 3위 드래곤즈를 팔콘스와 스타즈가 바짝 뒤쫓는…….

3위부터 5위까지의 승차가 2경기 반에 불과한, 치열한 중위권 싸움이 벌어지고 있었다.

월요일까지 내린 비는 늦은 밤에야 잦아들었다.

경기의 진행 여부를 판단하기 어려운 화요일.

그럼에도 잘 정리된 네오 팔콘스 파크의 마운드에, 이번에는 밀린 로테이션을 거르지 않은 도미닉이 등판.

7이닝 1실점 9탈삼진으로 2달 만에 만난 샤크스 타선을 압도해 냈다.

흐린 하늘이 이따금 잔비를 쏟아 냈을 뿐, 주말 내내 쏟아진 폭우에 비하면 경기 진행에 지장이 없었던 가운데.

타선도 도미닉의 호투에 화답하며 2:8의 승리.

팔콘스가 샤크스 상대 3연승을 이어갔다.

그리고…….

다음 등판은 구강혁의 차례였다.

그것도 7일을 쉰 구강혁의.

'……오늘은 날이 좀 갰네. 구름 한 점 없다기에는 좀 그렇지만, 어쨌든 어제까지도 흐리고 빗방울도 떨어뜨리던 하늘에 푸른빛이 확실히 도니까.'

이튿날.

장마전선의 북상과 함께 날이 개었다.

'샤크스 상대로 던지라는 하늘의 뜻, 뭐 그런 건가? 팬들은 좋아하시겠네. 어쩐지 오늘 느낌도 좋단 말이지.'

실제로도 그랬다.

5회까지 이어지던 구강혁의 퍼펙트 페이스를 김휘강이 기습번트로 깨고, 결국 언쟁에 벤치 클리어링까지 벌어졌던 5월 말 팔콘스와 샤크스의 경기.

→ 팔) 구강혁 VS 샤크스 보러 오세요

→ 팔) 진짜 쥐 패줘야 돼 이 새끼들은

→ 팔) 비 오기를 기도해라ㅋㅋ

→ 샤) 뭐래 팔꼴스 새끼들이

→ 샤) 니들이 그래봤자 팔콘스지ㅉㅉ

→ 샤) 어 또 번트 해 줄게ㅋㅋ

그로부터 한 달이 채 지나지 않아 이어진 재회.

이날 경기에는 양팀 팬들은 물론…….

타 팀 팬들의 관심까지 쏟아지기 시작했다.

→ 브) 일단 비만 안 오면 좋겠음ㅋㅋ

→→ 팔) 강수확률 40퍼센트던데

→ 팔) 님들 내가 기우제 지냈음 비 안 옴

→→ 가) 바보 기우제는 비 오라고 지내는 거야

→→ 팔) 헉 그럼 뭐 해야 됨?

→→ 가) 기청제 인마 기청제 어휴

상쾌한 기분으로 팔콘스 파크에 출근한 구강혁.

처음 만난 선수는 다름아닌 김지환이었다.
"선배님, 나오셨습니까!"
"지환이. 잘 잤나?"
"잘 못 잤습니다. 어제 나갔어야 하는데……."
"왜, 또 실수로 옆구리에 꽂으려고?"
"흐, 아닙니다. 그래도 한 번은 나가고 싶습니다."
"지난번에는 바로 퇴장이었으니까 말이지. 새삼스럽지만 고생 많았다. 이거 벌금까지 나왔으면 내가 내주려고 했는데."
"에이, 뭘 그러십니까. 다 지난 일입니다. 겨우 3경기 정지였는데요. 봉사활동도 은근 재밌습니다. 애들이 저 되게 좋아합니다."
"그렇게 말해 주니 한결 마음이 편하네. 그런데……."
"네, 선배님."
"네가 등판하는 게 오늘은 아닐 거 같다."
김지환이 눈을 끔벅였다.
"무슨 말씀이십니까?"
"있어, 그런 게. 느낌이 아주 좋단 말이지, 오늘."
"헉, 오늘도 완봉하십니까?"
"글쎄, 흐흐."

* * *

[7월의 첫 경기이자 올스타 브레이크 직전 마지막 시리

즈. 대전 팔콘스와 창원 샤크스의 시리즈 2차전을 앞둔 여기는 대전 네오 팔콘스 파크입니다. 안녕하십니까, 위원님.]

[네, 안녕하십니까. 오늘 날씨도 좀 걱정이 됐는데 일단은 어제보다도 하늘이 맑아졌어요.]

[그렇습니다. 장마전선이 리그 일정에 다양한 애로사항을 야기하는 시점입니다. 어제 1차전에도 조금씩 빗방울이 떨어졌습니다만 다행히 경기에 지장을 주지는 않았습니다.]

[이번 시리즈도 시리즈입니다만, 역시 팬들께서 손꼽아 기다리시는 행사죠. 올스타 전야제부터 메인 경기까지 부디 무사히 개최되기를 바라는 마음입니다.]

[올 시즌 올스타전의 개최지는 수원 스타즈 파크. 7월 4일에 예정된 본 경기의 진행이 어려울 경우 5일로 순연합니다만, 그럼에도 경기 진행이 불가능하면 아쉽게도 올해 올스타전은 불발에 그치게 됩니다.]

[돔구장인 브레이브스 파크에서 진행해야 하는 거 아니냐, 뭐 이런 이야기까지 나오니까요. 하지만 또 개최지 간의 형평성 문제를 비롯해 고려할 요소가 적지 않거든요. 일단 지켜봐야죠. 뭐, 하늘의 뜻 아니겠습니까?]

[하하, 그렇습니다. 오늘 경기를 펼치는 양팀, 팔콘스에서는 총 5명, 샤크스에서는 3명의 올스타전 선수가 배출됐습니다. 이 선수들은 특히 무사 개최를 기원하고 있지 않을까 싶습니다.]

[그렇죠. 특히 팔콘스 팬들께서 이번 투표에 굉장히 많은 관심을 보여 주셨잖아요? 베스트 12의 선발, 중간, 마무리 구분이 사라지면서 류영준과 구강혁이 각각 1, 2위로 웨스턴 팀의 2자리를 꿰찼어요.]

[류영준을 향한 팬들의 사랑은 대단합니다. 또 그런 류영준과 크게 차이가 나지 않는 득표수로 2위를 차지한 구강혁도 올 시즌 활약에 걸맞은 사랑을 받고 있다, 그렇게 볼 수도 있을 것 같습니다.]

[선수단 투표는 또 구강혁이 1위였다니까요. 팔콘스 팬들께서는 자랑하는 원투펀치의 선의의 경쟁 구도, 참 흐뭇하게 지켜보시지 않았을까 싶습니다. 또 올 시즌을 앞두고 트레이드로 영입한 한유민도 외야수 2위였죠?]

[맞습니다. 여기에 이제는 올스타전 단골이 된 3루수 1위 노재완에 감독 추천으로 기회를 얻은 황현민까지. 이 선수들이 보여 줄 모습에 많은 기대를 하고 계신 팔콘스 팬들이십니다.]

[구강혁과 황현민, 두 선수는 특히나 커리어 통산 첫 올스타의 영광을 안았으니까요. 역시 비가 안 와야……. 아, 구강혁 선수 올라오네요.]

[네. 말씀드리는 순간, 오늘 팔콘스의 선발인 구강혁이 마운드로 향하고 있습니다.]

구강혁이 모습을 드러내자…….

둥! 둥! 둥! 둥!

Snake From the Hell.

Unleashed on This Field……

홈 팬들이 한목소리로 네오 팔콘스 파크를 채웠다.

'늘 새롭구만.'

구강혁이 모자를 벗어 가볍게 화답했다.

"불문율도 모르는 새끼들한테 본때를 보여줘라!"

"비겁하고 괘씸한 놈들, 스윕 먹고 꺼져!"

"수원 가서도 눈도 못 마주치게 패버려!"

등장곡이 끝난 뒤로도 열성적인 응원이 이어졌다.

'역시 염두에 두고들 계셨네. 올스타전에서는 같은 팀인데……. 뭐, 그런 것까지 신경쓸 필요는 없지.'

구강혁이 슬쩍 입꼬리를 올렸다.

[……이게 참 얄궂은 일입니다만, 드래곤즈전에 등판했어야 할 로테이션 턴이 미뤄지면서 어제 경기 도미닉에 이어 오늘 샤크스전에 나오게 된 구강혁이거든요.]

[하하……. 그렇습니다. 약 한 달 전 샤크스와의 경기에서 선발로 등판했던 구강혁의 퍼펙트 페이스를, 당시 5번 타자로 출장한 김휘강이 아무도 예상하지 못한 기습 번트로 깨뜨리며 꽤 이슈가 됐습니다.]

[벤치 클리어링 사태까지 벌어졌으니까요. 진짜 퍼펙트를 깨려고 번트를 댔냐, 김지환이 보복구를 던진 게 맞냐……. 꽤 많은 논란이 있었어요.]

[KBO는 상벌위원회를 열어 벤치 클리어링 사태의 중심이었던 김지환과 김휘강, 두 선수에게 징계 처분을 내리면서 사건을 일단락한 바 있습니다.]

[그래요. 중징계, 말이 그렇지 사실 경징계였습니다만. 선수들의 의도야 뭐, 본인이 밝히지 않는 이상 알 수가 없잖아요? 밝힌다고 다 믿으리라는 보장도 없고. 어쨌든 어제 경기에는 양팀 모두 별다른 움직임이 없었어요.]

 [일단은 앙금을 남기지는 않은 듯한 양팀의 모습. 지난 경기와 마찬가지로 오늘도 구강혁은 선발, 김휘강은 5번 타순, 그리고 팔콘스 불펜에는 김지환이 대기하고 있습니다.]

 [사태 직후 지금까지 그리 분위기가 좋지는 않은 샤크스입니다만, 어쨌든 지나간 일은 잊고 오늘 다시 리그 최고의 선발 구강혁을 상대로 최대한 좋은 모습을 보여야죠. 브레이브스가 조금씩 더 승차를 벌리고 있잖아요?]

 [그렇습니다. 브레이브스의 추격에 결국 7위를 내준 샤크스는 현재 8위에 머무는 상황. 9위와의 승차는 아직 여유가 있지만 후반기 전까지 최대한 승수를 확보할 필요가 있습니다.]

 [우승을 목표로 두지 않는 팀은 없다지만, 현실적으로 생각하면 일단 가을야구부터 하고 봐야 하거든요. 후반기 부상 선수들의 복귀에 제대로 추진력을 얻으려면 더 분발할 필요가 있는 샤크스입니다. 이미 그렇게들 하고도 있구요.]

 [그렇습니다. 샤크스는 최근 10경기 4승 6패로 대단히 만족스러운 전적은 아닐 수 있겠습니다만, 패배한 경기도 내용이 아주 나쁘지는 않았습니다. 특히 하위 타선에

서 득점을 올리는 빈도가 올라가며 조금씩 힘을 내는 모습.]

[비록 어제 경기는 패배했지만 만약 오늘 구강혁을, 또 내일 아마 선발로 등판할 브라운을 상대로 연달아 일을 낸다? 그러면 후반기 또 모르는 거예요.]

실제로 샤크스의 분위기는 달라지고 있었다.

5월 말, 팔콘스와의 벤치 클리어링 사태.

열성팬인 칼럼니스트가 직접적인 아쉬움을 토로할 정도로 눈에 띄던 야수들 사이의 미묘한 갈등이 조금씩 봉합된 것.

아이러니하게도 그 중심에는 김휘강이 있었다.

누군가가 당시의 의도를 물으면?

"말씀드린 그대로예요. 번트로 나갈 수 있을 거 같아서 번트를 댄 겁니다. 실제로도 나갔잖아요?"

김휘강은 이렇게 답하고는 했다.

사태 이후 한동안은 김휘강이 괜히 불문율을 건드려서 안 들어도 될 욕을 듣는다고 생각했던…….

특히 하위타선에 속한 샤크스의 야수들.

'그날 구강혁은 진짜 신들린 것 같이 던졌어. 단순한 긁히는 날 수준이 아니었다고. 휘강이 번트 아니었으면 진짜 몰랐어. 퍼펙트 당한 것보다는 욕 좀 먹는 게 차라리 나아.'

'벤치 클리어링만 아니었어도 이 정도로 욕을 먹지는 않았을 거라고 생각했는데……. 생각해 보면 휘강이도

팀 분위기 때문에 나섰던 거 아닌가.'

'박정규, 박민수, 서영철. 이 셋은 여전히 자기들끼리만 으쌰으쌰에 제대로 된 분석은커녕 하면 된다 마인드라 마음에 안 들지만, 김휘강이는 늘 결이 좀 달랐어.'

김휘강에 대한 그들의 평가도 조금씩 달라졌다.

비록 함께 팀을 이끌어줄 베테랑이 부족한 상황에서, 주장 박정규의 리더십에는 여전히 아쉬움이 있었지만.

[……1회초, 샤크스의 공격으로 경기가 시작됩니다. 1번 서영철 타자가 타석에 들어옵니다.]

어느새 구강혁이 연습투구를 마쳤다.

타석에 들어선 서영철이 마운드를 노려봤다.

[이야, 서영철 타자. 오늘 첫 타석부터 표정이 아주 살벌하네요. 지난 경기처럼 허무하게 무너지지 않겠다는 거죠.]

초구.

슈욱!

부우웅!

퍼어어엉!

"스윙, 스트으으라이크!"

하이 패스트볼.

전광판에는 150이 찍혔다.

[초구, 헛스윙! 서영철의 배트가 허공을 가릅니다. 본인의 최고 구속에 가까운 포심 패스트볼로, 오늘도 스트라이크를 잡아내며 경기를 시작하는 구강혁!]

[바깥쪽으로 멀어지는 듯하다가 안쪽 높은 존으로 말려들어가는 포심. 구강혁의 전매특허 뱀직구죠. 오늘따라 어쩐지 궤적이 더 살벌합니다. 서영철 타자는 하나 노리고 들어간 것 같은데, 타이밍은 좋았지만 맞질 않았어요.]

[지난 만남에도 구강혁의 공략법으로 적극적인 타격을 들고 나왔던 샤크스 타선. 오늘 경기에서의 결과는 어떨지.]

그리고 2구.

슈욱!

퍼어어엉!

"스트으라이크!"

또 한 번의 하이 패스트볼.

이번에는 몸쪽을 찔렀다.

움찔한 서영철이 입맛을 다셨다.

'친다면 지금이었지. 아니, 워낙 플레이트에 붙는 스탠스니 그러기도 어려웠을 거야. 아직도 제대로 된 내 공략법을 찾아내지 못했다고 봐도 되겠군.'

구강혁이 만족스레 공을 돌려받았다.

[2구도 하이 패스트볼로 최고의 카운트를 선점하는 구강혁! 올 시즌 리그에서도 손꼽히는 제구력을 선보이고 있는 투수가 바로 구강혁이지만, 방금 두 개의 공은 정말 예술적이었습니다.]

[화면상으로도 지금 바깥쪽 가장 높은 코스와 몸쪽 가

장 높은 코스를 찔러넣었거든요. 보이시죠? 새삼스럽지만 ABS에 적응하는 첫 시즌인데도 이런 로케이션에는 정말 매번 감탄이 나옵니다.]

[몰린 카운트에서 구강혁을 상대하게 된 서영철입니다. 여기서는 어떤 식으로 대응하는 게 좋을까요?]

[할 수만 있다면 존을 넓히고 최대한 컨택율을 높여야죠. 문제는 말이 쉽다는 겁니다. 지금도 보세요. 타자 눈높이로 한두 개의 포심을 던져서 시선을 흔들고, 떨어지는 변화구와 포심의 이지선다를 건다…….]

[정석적인 피치 터널의 활용법이 아니겠습니까?]

[그렇죠. 그런데 구강혁과 박상구 배터리는 이 정석적인 배합으로도 지금까지 수많은 아웃카운트를 잡아냈으니까요. 아직 공 두 개를 던졌지만 오늘 구강혁의 컨디션이 꽤 좋은 것 같거든요?]

[그렇다면 하나를 노리는 게 낫다는 말씀이실까요?]

[네. 배터리의 성향을 감안하면 3구도 존 안으로 집어넣을 가능성이 낮지는 않아요. 최고의 투수를 상대로는 본인의 선택지를 좁혀서 대응하는 게 좋은 선택이 될 수 있습니다. 지금의 서영철 타자가 그래야 할 순간이 아닌가 싶고요.]

하이 패스트볼과 체인지업의 조합은, 포심과 투심의 조합을 통한 범타 유도와 함께…….

올 시즌 구강혁의 가장 효과적인 페어링.

이제 그 점을 모르는 타자는 없다.

문제는 팰콘스 배터리도 그 사실을 안다는 점.

3구.

슈욱!

부우웅!

퍼어어엉!

"스윙, 배터 아우우웃!"

3구, 다시 몸쪽 포심.

이번에는 몸쪽 낮은 코스.

[삼구삼진! 팰콘스 배터리의 선택은 또 한 번의 속구! 다시 150킬로미터를 기록한 포심 패스트볼에 서영철이 재차 헛스윙으로 물러납니다! 오늘 경기 첫 삼진을 추가한 구강혁의 시즌 탈삼진은 무려 125개!]

[이건…… 아쉽습니다. 아주 살짝이지만 홈플레이트에서 물러나면서 나름대로 대응을 했는데도 컨택부터가 안 됐어요. 오늘 서영철은 구강혁 상대로 다시 쉽지 않은 경기가 될 것 같습니다.]

'역시 상구가 내 의도를 잘 안단 말이야. 높은 공이냐, 높은 공인 척하는 체인지업이냐. 눈을 부릅뜨고 있는데 괜히 정답의 기회를 줄 필요가 없지.'

약점을 완벽하게 공략해 낸 삼구삼진.

서영철이 힘없이 물러났다.

[……2구, 타격! 타구 높게! 그러나 멀리 뻗어가지 못합니다! 일찌감치 발을 뗀 중견수 장수혁이……. 잡아냅니다. 투 아웃!]

[아주 여유로웠죠? 체공시간 자체가 워낙 길었습니다만 중견수의 위치도 좋았습니다.]

이어서 2번 좌타자 박민수를 중견수 플라이.

[……3구 타격, 크게 바운드되는 공! 유격수가 끊어냅니다! 1루에서……. 아웃! 황현민의 깔끔한 수비!]

마찬가지로 좌타자인 3번 박정규까지 유격수 땅볼로 잡아내며, 구강혁이 단 8구로 1회초를 막아 냈다.

* * *

샤크스 타선은 이날도 구강혁에게 별 힘을 쓰지 못했다.

2회초 1사 후 타석에 들어선 김휘강마저 구강혁이 7구 승부 끝에 삼진으로 돌려세우자…….

관중들 사이에는 환호가 터져 나왔다.

"와아아아아!"

"역시 안 되지, 안 돼!"

"번트 댈 생각 마라, 똥차!"

그렇게 2회는 물론.

3회, 타자 일순이 돌도록 출루가 없었던 샤크스.

즉 구강혁은 재차 퍼펙트 페이스였다.

"……그거 아냐, 그거?"

"그거다."

"어허, 쉿!"

물론 아직 대기록을 논할 단계는 아니었다.

그러나 3회까지 총 25개, 김휘강과의 짧지 않은 승부에도 불구하고 이닝당 8개 수준의 훌륭한 투구 수 관리를 이어 가고 있는 것도 사실.

심지어 이 페이스는 4회까지도 이어졌다.

[……스윙, 삼진! 체인지업으로 헛스윙을 이끌며 오늘 경개 5개째 탈삼진을 기록하는 구강혁!]

[이야, 오늘 정말 좋은데요? 더는 샤크스 타자들을 나무랄 수도 없겠습니다. 아무리 독특한 그립으로 던진다지만, 방금은 도저히 체인지업이라고는 생각하기 어려운 낙폭이었어요. 박정규도 지금 황당하거든요.]

[아쉬움을 감추지 않는 박정규. 그러나 결국 더그아웃으로 물러나야 합니다. 커리어 첫 올스타전을 앞둔 마지막 등판, 4회까지 그야말로 완벽한 피칭을 보이고 있는 구강혁입니다.]

[이러면……. 음. 그래도 아직 양팀 모두 득점이 없습니다. 어쨌든 4회말까지만 트레버가 잘 막아 내면 결국 경기는 원점이거든요?]

하지만 샤크스도 그리 만만치 않았다.

오늘 선발인 트레버가 최근 흐름이 좋았던 팔콘스 타선에 3개의 안타를 허용하고도…….

실점이 없는 탁월한 운영을 이어 나갔던 것.

'올해 KBO에 데뷔한 외인 중에는 손꼽힐 정도로 좋은 모습을 보여 주고 있어. 그나마 샤크스가 꼴찌 싸움까

지 떨어지지 않은 건 두 선발, 트레버와 헨더슨 덕분이겠지.'

트레버도 4회말을 막아 내며 0의 행진이 이어졌다.

그리고 5회초.

[……3구, 타격! 빠른 타구……. 황현민의 다이빙 캐치! 1루로……. 아웃! 하워드, 헛웃음을 짓습니다!]

[놀라운 수비입니다! 존 아래로 떨어지는 공을 굉장히 날카롭게 받아친 하워드인데요. 오늘 경기 첫 안타가 될 수 있었던 공을 유격수 황현민이 기가 막히게 잡아냅니다.]

[아무리 좋은 투수도 혼자서 모든 타자를 잡아낼 수는 없습니다. 그러나 오늘 구강혁의 뒤는 황현민이, 그리고 다른 여섯 명의 야수들이 지키고 있습니다. 구강혁이 황현민에게 엄지를 세워줍니다.]

황현민이 안타성 타구를 호수비로 막아 내며…….

'아주 좋은데?'

타석에는 다시 김휘강이 올라왔다.

[구장은 달라졌지만, 지난 만남과 그야말로 완벽하게 같은 상황. 5회 1사 후에 김휘강이 타석에 올라옵니다.]

[하하. 물론 여기서 기습번트를 시도할 가능성은 제로에 가깝다고 봐야겠죠? 발이 그리 빠르지 않은 김휘강이 출루에 성공했던 건 말 그대로 아무도 예상치 못한 기습이었기 때문이니까요.]

[노재완도 당시보다는 다소 베이스 쪽에 다가선 수비

위치를 취하고 있습니다. 과연 이 승부의 결과가 어떻게 될지.]

박상구의 몸쪽 낮은 투심 사인.

구강혁이 고개를 끄덕였다.

'여기서 번트를 대면 미친놈이지. 그럼 그거대로 인정하겠지만, 나도 더 생각해 봤는데……. 휘강이가 팀 상황이 좋지 않은데 장난질을 칠 선수는 아니야. 그때도 퍼펙트를 깨려는 의도가 아주 없지는 않았겠지만.'

초구.

'기록을 생각하면 초구부터 좀 빼고 싶지만, 상위타선이 지난 경기 이상의 급한 모습을 보이는 지금. 이제는 휘강이가 가장 까다로운 타자나 마찬가지. 유리한 카운트로 시작해야 해.'

슈욱!

따아악!

'……!'

김휘강이 컨택에 성공했다.

'다시 안타성 타구!'

타구가 3루 베이스를 향해 빠르게 날아갔다.

구강혁이 아랫입술을 깨밀었다.

다음 순간.

[……3루수 노재완도 다이빙 캐치! 깊숙한 타구를 아주 멋지게 잡아냅니다!]

반응이 빨랐던 노재완이 타구를 건져냈다.

'좋다, 재완아! 하지만 타구가 깊어!'
곧바로 일어나며 공을 빼고는 원 스텝 송구.
'침착하게!'
공이 채연승의 미트를 향해 날아갔다.

 노재완의 포구는 그야말로 완벽했다.
 한 달 전의 기습번트에 최선의 대응을 했듯이.
 타격이 이루어진 직후 망설임 없이 첫 발을 내딛고, 다음 순간 땅을 박차며 다이빙.
 글러브 끝자락으로 타구를 건져냈다.
 그려 낸 듯한 호수비였다.
 이어진 동작도 나무랄 데가 없었다.
 하반신을 강하게 당겨 부드럽게 일어난 뒤.
 타자 주자의 위치를 확인하면서 왼발을 딛고…….
 체중을 실어 강한 송구.
 '……아.'
 단 하나.
 이 송구가 문제였을 뿐이다.

[송구 높아요! 1루수 미트 맞고 굴절! 타자 주자 1루 밟고 지나갑니다! 채연승이 정확한 타이밍에 뛰어올랐지만 포구하기게는 역부족! 굴절된 공이 박상구 앞에 떨어집니다!]

공은 1루수 미트를 스치며 떨어졌고…….

김휘강은 무사히 1루 베이스를 밟았다.

[기어코 1루에서 살아나며 이번에도 구강혁의 퍼펙트를 허용하지 않는 김휘강! 다이빙 백핸드 캐치까지는 너무도 좋았지만 이후 송구가 아쉬웠던 노재완!]

[아……. 정말 좋은 수비였는데요. 그래도 정말 최악의 상황은 피했습니다. 첫 출루부터 득점권을 허용할 수도 있었거든요. 그나마 채연승이 공의 속도를 줄이고 그게 다행히도 백업에 들어온 박상구 앞에 떨어졌어요.]

[머리를 움켜쥐는 노재완! 팬들의 탄식이 이어집니다. 이런 경우는 어떻게 해석해야 할까요, 위원님. 늘 완벽한 수비만 할 수는 없습니다만 올 시즌 그래도 팔콘스의 핫코너를 든든하게 지켜 주던 노재완의 악송구가 나왔습니다.]

[천하의 노재완도 긴장이 됐나요. 한 달 전 경기가 괜히 떠올랐을 수도 있겠고……. 물론 상황은 천지차이였고, 일단 잡아낸 이상 충분히 잡아낼 수 있는 상황이었는데요. 아, 지금 리플레이 화면을 보시면…….]

[손끝에 제대로 걸리지 않은 모습이네요. 타이밍을 감안하면 아웃이었습니다만, 아. 지금 결국 실책으로 기록

이 됩니다. 대전 팔콘스 3루수 노재완의 실책.]

[기록원의 판단에는 문제가 없어요. 또 규정이 아이러니한 것이……. 연속 동작, 이를테면 몸을 날린 그대로 송구해서 빗나갔으면 내야안타로 기록될 가능성이 높거든요. 하지만 지금은 원 스텝을 딛으면서 제대로 던졌잖아요.]

[야구규약상 포구 직후의 연속 동작이 아닌 제대로 된 송구가 악송구가 될 경우, 송구를 행한 야수의 실책으로 기록이 됩니다. 팔콘스, 노재완 본인도 그렇겠습니다만. 구강혁 투수도 정말 아쉽겠어요.]

[그러니까 말이에요. 한 달 전은 내야안타, 지금은 실책으로 다르지만 상황만큼은 완벽하게 재현이 됐습니다.]

"아…….."

"재완아!"

"잘 잡았는데……."

"채 주장 팔이 30센티만 길었어도!"

탄식이 가득한 네오 팔콘스 파크.

마운드로 몇 걸음 다가온 노재완이…….

잔뜩 굳은 얼굴로 입을 열었다.

"……또 죄송합니다, 선배님."

구강혁이 쓴웃음을 지었다.

"심이 안 걸렸냐?"

"네."

그러고는 어깨를 으쓱였다.

"캐치 안 됐으면 2루타였어. 알지?"

포구부터 실패했다면?

좌익선상을 따라 흘렀을 타구.

오늘도 좌익수로 나선 페레즈는 낙구지점 포착과 포구에 어려움을 겪고 있을지언정, 어깨는 강한 선수지만…….

그 점까지 감안해도 장타로 이어졌을 터.

"그렇기는 한데요."

"그럼 됐어. 2루를 1루로 막았잖아."

"……."

"어쨌든 안타도 아니고. 그치?"

"네."

"진짜 괜찮아. 흔들릴 필요 없다."

"진짜 잘 막겠습니다. 이제 절대 안 내보냅니다."

"오. 내보내면 빠따?"

"어……."

* * *

한 달 전을 빼다박은 1사 1루 상황.

그 결과마저도…….

[……헛스윙, 삼진! 흔들리는 법을 모르는 구강혁! 야수진의 실책을 개의치 않는다는 것처럼 안타도, 사사구

도, 추가 진루도 허용하지 않습니다! 이번 이닝에만 2개의 탈삼진을 뽑아내며 오늘 경기 8개째!]

한 달 전과 똑같았다.

샤크스의 6, 7번.

두 타자가 연이은 삼진으로 물러났던 것.

[올 시즌 구강혁의 지표가 워낙 압도적인 탓에 상대적으로 덜 주목을 받고 있는 느낌이 있습니다만, 이 숫자로는 드러나지 않는 침착함. 정말이지 대단합니다. 사실 흔들린다면 또 얼마든지 흔들릴 만한 상황이었잖아요?]

[그렇습니다. 견제구 두 개를 던지며 자신의 템포를 되찾은 구강혁의 피칭이 말 그대로 완벽했습니다. 존 구석구석을 찌르는 투구로 두 타자 연속 삼진, 주자 김휘강은 한 달 전과 마찬가지로 또 한 번의 잔루로 남았습니다.]

가장 다른 점은 샤크스의 마운드였다.

신민재를 맹폭하며 10점을 넘어가는 다득점으로 엄청난 득점 지원을 선보였던 팔콘스 타선이…….

당시의 좋은 흐름을 꾸준히 이어왔음에도 불구.

[……1루로, 아웃! 페레즈의 2루 땅볼을 유도해 낸 트레버가 오늘 경기 첫 삼자범퇴 이닝을 기록합니다.]

[정말 수준 높은 투수전이네요. 구강혁이야 두말할 것 없지만 트레버의 경기 운영이 정말 좋습니다. 비록 4개의 안타와 2개의 볼넷을 허용했지만 4회까지 실점이 없었고, 심지어 점점 더 좋아지는 듯한 모습이에요.]

선발 트레버를 공략해 내지 못했던 것.

그 어떤 타자도 균형을 깨지 못한 가운데.

클리닝 타임이 지나가고…….

다시 구강혁이 마운드에 올랐다.

또 한 번의 등장곡이 재생되었다.

1회와는 묘하게 다른 점이 있었다.

둥! 둥! 둥! 둥!

"노! 히! 터!"

Snake From the Hell…….

"노! 히! 터!"

Unleashed on This Field…….

"노! 히! 터!"

가사 사이사이에…….

팔콘스 팬들의 열망이 끼어들었던 것.

'진풍경이네.'

구강혁이 또 한 번 쓴웃음을 지었다.

[……하하, 지금 대전 팬 여러분의 응원 열기가 정말 대단하네요. 사실 그래요. 비록 퍼펙트는 깨졌지만 달성이 가능한 기록이 남았거든요.]

[어, 네……. 사실, 참. 그렇습니다. 저도 캐스터로서 보통 중계를 하면서 특정 기록에 대해서는 언급을 피하게 됩니다만. 지금 시청자분들께도 팔콘스 팬들의 외침이 들리고 계실 테니까요.]

[한 달 전에 이어 재차, 그것도 김휘강이라는 같은 타자에 의해. 물론 규정에 따라 실책이 됐습니다만, 그래도

노재완의 포구가 장타를 막아 낸 점만큼은 분명하거든요.]

[그렇습니다.]

[이제 막 6회를 시작하는······. 경기 후반 4이닝, 총 12개의 아웃카운트를 안타 없이 막아 내는 게 결코 쉬운 일이 아니라는 걸 모르실 리는 없거든요?]

[하하, KBO 팬 여러분의 야구에 대한 지식은 날로 해박해지고 있습니다.]

[그럼에도 불구하고 팬들께서 벌써 대기록을 부르짖는다는 건, 퍼펙트에 대한 아쉬움이 진한 만큼 또 남은 기대가 커졌다. 그렇게 해석할 수 있지 않나 싶습니다.]

대기록을 언급하지 말아야 한다는 불문율.

지금의 네오 팔콘스 파크에서는 통하지 않았다.

'나부터가 노히터를 목표로 던진다는 말도 안 되는 짓을 벌이고 있는데, 징크스 따위에 신경을 쓰는 것도 우스워.'

언급하면 안 된다며 망설이던 팬조차······.

"씨바, 나도 몰라! 그냥 해 줘! 노히터 해 줘!"

"그래, 하면 좋고! 아니면 말고다!"

"아니야! 안 해도 좋다!"

"1점만 뽑아라, 타자들! 재완이! 한유민!"

"그래! 완봉이라도 보자! 공도 별로 안 던졌는데!"

결국 목이 터져라 외쳐댔을 정도니까.

실제로 구강혁의 투구 수 관리는 훌륭했다.

6회초, 3번째 타석에 들어선 서영철을 2루 땅볼로 물러세우며 또 한 번의 삼자범퇴 이닝을 기록할 때까지 고작 59개의 공을 던졌으니까.

7회초에도 박민수와 박정규를 차례로 삼진, 1루수 내야플라이로 잡아내고도 65개.

[……볼넷! 하워드가 구강혁의 슬라이더를 참아냅니다. 8구 승부 끝에 오늘 경기 첫 출루에 성공하는 샤크스의 4번 타자 하워드!]

2사 후 하워드가 풀카운트에서 잘 떨어진 슬라이더를 참아 낸 탓에 볼넷을 허용했음에도…….

[……높은 공에 스윙, 삼진! 구강혁이 이번에는 김휘강을 완벽하게 잡아냅니다!]

가장 까다로운 타자, 5번 김휘강을 삼진으로 잡아내면서, 7이닝을 던진 구강혁의 투구 수는 78개.

'충분히 완봉이 가능한 페이스야.'

트레버 또한 7회말에도 마운드에 올랐지만…….

이미 투구 수는 한계에 다다르고 있었다.

떨어진 구위와 조금씩 몰리는 공.

[……4구, 타격! 우익수 앞에 떨어지는 안타!]

이미 4회 한 차례 안타를 기록한 박상구.

그의 배트가 이 흐름을 놓치지 않았다.

[박상구의 오늘 경기 두 번째 안타! 깨끗한 우전안타로 멀티히트를 완성하는 박상구!]

여기서 김용문의 선택은 번트였다.

발이 아주 빠르다고는 볼 수 없는 박상구.

그를 대주자로 교체하지 않은 채로…….

8번 장수혁의 번트를 지시했던 것.

[……잘 떨어진 타구, 1루 방면으로 느리게 흐릅니다! 1루수 빠르게 내려와 잡아내지만 포수의 1루 송구 사인……. 아웃됩니다. 장수혁의 완벽한 번트!]

'잘 떨어뜨렸다. 이미 불펜에서 몇몇이 몸을 풀고는 있지만……. 상구를 교체하지 않았다는 건 감독님께서도 끝까지 갈 의사가 분명하다는 의미.'

결과는 성공.

박상구는 2루에 무사히 안착했다.

'노히터의 기회를 주시는 거다.'

바꿔 말하면…….

'하지만 더 길어지면 알 수 없어. 최소한 타선이 여기서 한 점은 뽑아줘야 한다!'

9번 정윤성이나 1번 황현민.

둘 가운데 누군가는 적시타를 쳐야 했다.

그리고 최근 타격감이 나쁘지 않았던 정윤성이 5구 승부 끝에 1루를 채웠고…….

'……트레버는 여기까지구만. 오히려 생각보다 길게 가져갔어. 1루를 채우는 것까지 맡겼으니까. 그래도 100구를 넘긴 시점이니 더 이상은 무리라는 판단이 섰겠지.'

트레버의 등판은 7회 1사까지.

[……마운드에 임한호 투수가 올라옵니다. 올 시즌 샤

크스의 필승조로 뛰어난 활약을 펼치고 있는 좌완 사이드암 임한호.]

[점수가 나지 않은 상황에서 승부수를 띄웠죠. 평균자책점도 2점대로 낮고 WHIP도 1로 딱 떨어지는 임한호입니다. 특히 올 시즌 좌승사자의 면모를 확실히 보여 주고 있어요.]

[좌타자 상대로는 1할 후반대의 피안타율을 기록하고 있는 임한호. 팔콘스의 1번 황현민, 2번 한유민으로 이어지는 좌타 라인업을 여기서 확실히 막고 가겠다는 샤크스 더그아웃의 의도로 읽힙니다.]

임한호는 좌타자 상대로 극강인 셋업맨.

[……헛스윙 삼진! 임한호가 황현민을 돌려세우며 한 꺼풀 위기를 벗어납니다! 이제 남은 아웃카운트는 하나!]

실제로 황현민은 삼진으로 물러났다.

그러나…….

슈욱!

따아아악!

[……6구, 타격! 파울 라인 안쪽으로 떨어집니다! 한유민의 깊숙한 타구! 일찌감치 스타트 끊은 2루 주자 이미 3루 돌아 홈으로, 1루 주자 정윤성도 빠르게 질주!]

한유민은 달랐다.

[……던지지 못합니다! 홈과 2루, 모두 세이프! 주자를 모두 불러들이는 한유민의 2타점 적시 2루타!]

"으아아악! 한유민!"

"한유민! 또 너냐!"
"내년에 잡어! 무조건 잡어!"
팔콘스가 0:2의 리드를 잡았다.
아쉽게도 후속 득점은 불발됐지만.
[……경기장의 관중 여러분, 그리고 이 경기를 각자의 쉼터에서, 혹은 일터에서, 어디에서든 지켜보실 팬 여러분. 이제 정말 코앞으로 다가왔습니다. 8회까지 삼자범퇴! 오늘 경기 구강혁에게 남은 아웃카운트는 단 세 개입니다!]
뒤이은 8회초.
샤크스 하위타선은…….
오늘 극강의 컨디션을 보이는 구강혁에게서 단 하나의 안타조차도 뽑아내지 못했다.
그리고.
[……9회초, 또다른 셋업맨 류진기의 완벽한 피칭으로 추가 실점을 허용하지 않은 샤크스. 그러나 9회초 점수를 내지 못한다면 경기는 거기에서 끝이 나게 됩니다.]
[그 끝이……. 그냥 끝이 아닐 수도 있죠. 물론 홈런으로 점수를 뽑아낼 수 있으면 가장 좋겠지만, 하필이면 9번에서 테이블세터로 이어지는 타순이에요. 샤크스 입장에서는 어쨌든 점수는 출루부터 시작입니다.]
[그리고 팔콘스, 특히 팬들께서는…….]
[이제 오히려 잠잠해지셨어요. 아, 저까지 정말 숨이 막힙니다.]

9회초.

구강혁이 또 한 번 마운드에 올랐다.

직전 이닝까지도 뜨거웠던 네오 팔콘스 파크.

그 드넓은 광경이 다시 정적에 휩싸이고…….

슈욱!

부우웅!

퍼어어엉!

[헛스윙 삼진! 오늘 경기 본인의 최다 탈삼진 기록을 이미 갱신한 구강혁이 또 한 번의 K를 새깁니다! 13개째 탈삼진! 구강혁의 어깨는 식을 줄을 모릅니다! 남은 아웃 카운트는 단 두 개!]

선두 타자를 삼진.

슈욱!

따아악!

[……2구, 타격! 빠른 타구, 그러나 3루수 노재완이 다시 한번 백핸드 캐치! 발이 빠른 서영철, 그러나……. 완벽한 송구입니다! 아웃! 경기 중반 실책이 무색한 호수비!]

'긴장됐을 텐데, 훌륭해. 빠따는 없다.'

노재완의 호수비에 힘입어 1번 서영철을 땅볼로 잡아낸 구강혁이…….

슈욱!

퍼어어엉!

"스트으으으라이크!"

샤크스의 2번 타자, 박민수.

[초구, 루킹 스트라이크! 몸쪽 빠른 공! 전광판에는 149라는 숫자가 찍힙니다! 네오 팔콘스 파크가 술렁입니다!]

[아, 오늘 구강혁, 정말 대단합니다! 너무 대단해요!]

그에게 초구 스트라이크를 꽂아넣은 후.

'……무슨 생각일까.'

타석을 노려보며 깊은 숨을 삼켰다.

'죽어도 나간다는 얼굴인데. 나였다면 저기 서서 번트를 댈 수 있었을까. 모르겠다. 아니, 아니야. 그딴 건 생각하지 말자. 그냥 지금은…….'

다시 고개를 끄덕이고, 2구.

'18미터 앞의 타자를 잡아내는 것만 생각하면 된다. 늘 그랬던 것처럼.'

키킹, 스트라이드.

그리고 릴리스.

구강혁의 오른손을 떠난 공이.

따악!

"……!"

박민수의 배트 윗부분을 맞고…….

그대로 높게 솟구쳤다.

'상구!'

구강혁이 오른손을 치켜든 것과 동시에.

[……떠올랐어요!]

박상구가 마스크를 벗어 던졌다.

* * *

네오 팔콘스 파크.
그라운드 안팎을 막론하고…….
수많은 시선이 타구를 향해 쏠렸다.
내야와 홈 더그아웃 사이로 높게 떠올랐다가, 다시 커다란 포물선을 그리며 떨어지는 공을 향해.
구강혁의 시선도 당연히 그랬다.
"어뗘, 아들. 좀 재미가 있는 겨?"
그리고 그 순간.
구강혁은 자신도 모르게 떠올렸다.
야구가 뭔지도 몰랐던 어린 시절.
아버지가 TV를 가리키며 했던 말을.
'……영화처럼 주마등까지 떠오르지는 않지만, 또 잊고 있었던 기억이네. 내가 야구를 하게 되리라고는 상상도 하지 못하던 시절의.'
그리고 다시 다음 순간.
박민수의 타구가…….
퍼억!
박상구의 미트로 빨려들었다.
[……떠오른 타구, 박상구가 따라갑니다! 홈 더그아웃 방면으로 휘어지며 떨어지는 타구, 낙구지점은 이미 포

착한 듯! 박상구, 팔콘스의 포수 박상구가!]

 [됐어요! 이건 됐습니다!]

 그 포구음이 마치 신호라도 된 것처럼.

 네오 팔콘스 파크의 정적이 산산조각났다.

 "와아아아아아!"

 "으아아아아! 으아아아아악!"

 "구강혀어어어억! 됐뜨아아아아!"

 "으아아아! 선배니이임!"

 교체 없이 내야를 지켜 준 동료들.

 멀찍이서 일찌감치 양팔을 치켜든 외야수들.

 장마철임에도 직관에 나선 팬들까지도.

 누가 먼저랄 것 없이 환호를 터뜨렸고······.

 [잡아냈습니다! 경기 끝! 대전 팔콘스의 2점차 승리! 그러나 이 승리를 어떻게 한두 마디로 설명할 수 있겠습니까! 팔콘스의, 아니. KBO의 팬 여러분! 보고 계십니까! 이 순간이 믿기십니까! 대전 팔콘스의 61번, 구강혁이 노히트노런을 달성합니다! 리그 통산 15호 대기록!]

 [대체 얼마 만의 국내 투수 노히터입니까!]

 [국내 투수의 노히트노런은 무려 2000년! 지금으로부터 26년 전, 대전 팔콘스의 영구결번 레전드, 송진수의 기록이 마지막입니다! 26년의 세월을 넘어 구강혁이, 대전의 팬들 앞에서 대기록을 작성해 냈습니다!]

 [아, 구강혁! 어떻게 이럴 수가 있습니까! 오늘 구강혁은 100개가 채 안 되는 공을 던졌어요! 심지어 팔콘스는

가장 최근에 노히터를 허용했던 팀입니다!]

[그렇습니다! 팔콘스는 19시즌 대구 울브스에 무려 16점 차 패배에 노히터 굴욕을, 네오 팔콘스 파크가 완공되기 전이었다지만, 하필이면 이 대전에서 당했던 팀! 구강혁의 대기록이 팬들의 그 아픈 기억을 완벽하게 씻어 내립니다!]

곧 내야수들이 달려왔다.

하지만.

마지막 아웃카운트를 잡아낸 박상구가······.

그 공을 미트째로 끌어안고 도착할 때까지.

그 누구도 먼저 달려들지 않았다.

"이걸 진짜 하네, 구강혁 이 미친놈아!"

"으흐, 하하하! 했다!"

그리고 배터리의 격한 포옹.

그 다음에야 다른 선수들이 달려들었다.

내야수들, 더그아웃에서 뛰쳐나온 다른 동료들.

멀리서부터 쉬지 않고 달려온 외야수들도.

"미친놈! 노히터라니!"

"내가 오늘 경기에 있었다고!"

"나는 네 개 잡았다, 네 개!"

"저는 여섯 개 잡았습니다! 2이닝은 제 겁니다!"

"씨바, 잘했어! 아무튼 됐다고!"

순식간에 마운드에 팔콘스 선수들이 얽혀들었다.

"악! 그만 미십쇼! 아픕니다! 그만 밀어!"

"모르겠다! 그냥 다 안아! 아니다! 던져!"
"던지지 마십쇼! 노 헹가래! 다친다고요!"
정돈을 모르는 격한 셀레브레이션.
"그래, 이 자식들아! 헹가래는 하지 마라!"
"으아악!"
"진정들 해, 진정!"
류영준의 말에 얽혔던 선수들이 겨우 물러났다.
어느새 모자는 어디론가 사라지고, 머리칼도 산발에, 유니폼까지 만신창이가 된 구강혁이…….
"으윽. 그래도…….."
"엉!"
KBO의 15호 노히트노런.
그 주인공으로서 말했다.
"잘 막아 주셔서."
"으음!"
"으음, 이거 참……."
"그리고 점수도 내주셔서!"
"그렇지, 그렇지!"
"강혁아. 다 내 타점이다, 알지? 응?"
"여기까지 왔습니다! 고맙습니다!"
류영준이 고개를 끄덕이며 호쾌하게 웃었다.
"으하하, 안 되겠다! 그냥 던지자!"
"선배님, 선배님. 선배님?"
"그래, 잘 받으면 되지!"

"던져, 그냥 던져!"
"드가자! 헹가래 드가자!"
결국 코치들이 말리러 올 때까지…….
"으랏차!"
"으아악!"
"웃쌰!"
"그만! 그만!"
"어잇쌰!"
"그만하라고!"
구강혁은 철렁이는 가슴을 3번이나 부여잡았다.
김재상이 다급하게 물었다.
"아, 안 다쳤지? 응?"
"예, 예. 멀쩡합니다. 좀 어지럽기는 한데."
"아이고, 이 자식들아! 간 떨어지는 줄…….'
"선배님들, 후배님들! 상구도 던져 주십쇼!"
"와아아! 맞다! 상구도 헹가래다!"
"드가자!"

* * *

구강혁의 노히터.
이 소식은 빠르게 퍼져 나갔다.
애초에 8회초를 즈음해서는…….
→ 브) 오늘 강혁이 노히터 하는 날임?

→ 팔) ㅇㅇ잘 왔네
→ 샤) 그게 되겠냐 ___
→ 가) 소식 듣고 왔습니다
→ 울) 저도 소식 듣고 왔으요
→ 탄) 너무 멀리 가지 마라 팔콘스
→ 팔) ㅋㅋ미안하네

노히터까지 아웃카운트가 몇 개 남지 않았다는 소식을 듣고, 타 팀 팬들도 잔뜩 중계에 몰려들었으니.

→ 팔) ㅅㅅㅅㅅㅅㅅㅅㅅㅅㅅ
→ 팔) 어흐흑 어흐흐흑
→ 울) 와 이걸 진짜 해 버리네
→ 탄) 우리 모른 척 하면 안 돼…….
→ 팔) 약팀 옮는다니께유 저리 가셔유
→ 탄) ___

수많은 기자도 기록 달성을 손꼽아 기다렸다.
[팔콘스 구강혁, 리그 15호 노히트노런 달성!]
[구강혁이 해 냈다! 26년 만에 국내 투수 노히터]
[팔콘스 구강혁, 창원 샤크스에 99구 노히터 달성]

→ 팔) 기자님 아웃카운트 2개 남았어요
→ 샤) 기레기 진짜 뒤질래?
→ 팔) ㅋㅋㅋㅋ어떻게 나보다 마음이 급하네
→ 팔) 어ㅋㅋ이제 1개 남았다
→ 팔) 야 됐다! 떴다!
→ 팔) 팝플라이다아아아아아아아아

→ 팔) 됐다으아아아아아아아아
심지어 경기가 끝나기도 전에 기사들이 쏟아졌다.
→ 팔) 아 직관 갔어야 하는데
→ 팔) 대전 살면서 장마라고 집에서 본 내가 레전드
→ 팔) 그러고 보니 오늘 어떻게 비도 안 왔네
→ 샤) 하늘이 원망스럽다…….
→ 팔) 힘내셔유
→ 팔) 볼넷 하나 나와서 다행인 노재완은 개추ㅋㅋ
→ 팔) ㅋㅋㅋㅋㅋㅋㅋㅋㅋ

아쉬움을 토로하는 목소리도 있었지만…….
그럼에도 수많은 팬이 기쁨을 나누었다.
그렇게 경기가 마무리된 후.
구강혁이 여느 때처럼 트레이닝 파트를 찾았고…….
'정신이 없어서 따로 확인은 못 했는데.'
샤워실에서 가볍게 몸을 씻으며 문신을 확인했다.
'아!'
팔꿈치 살짝 아래까지 내려왔던 뱀.
그 형상이 이제는 손목까지 가까워졌다.
'역시 예감대로다!'
노히터가 성장의 조건이리라는 예감과 추론.
'구속은 지금까지와 같다면 3킬로가량이 올랐을 거야. 확인은 며칠 안에, 어쩌면 올스타전에서도 가능하려나? 그런데…….'
그것이 맞아떨어졌던 것이다.

'여전히 머리가 없다.'

하지만 문신은 여전히 완성되지 않았다.

'아직도 남은 건가, 구속이 올라갈 여지가.'

첫 선발승, 첫 완봉, 첫 노히터.

'그렇다면 조건은 하나일 텐데.'

그 다음은······.

'퍼펙트.'

퍼펙트 게임.

'······이제 노력으로 가능한 영역이 아니잖아.'

구강혁이 헛웃음을 지었다.

오늘 기록한 노히터는 KBO 15호 기록.

퍼펙트는?

단 한 번도 기록된 적이 없다.

샤워를 마치고 나온 구강혁이 물었다.

"죄송해요. 오늘 좀 땀이 많이 나서. 아니, 잠깐만요. 코치님, 설마 우신 거 아니죠?"

"울기는, 인마. 누가 울어?"

"으흐음."

"얼른 오기나 해!"

대전 출신으로, 고향 팀 팔콘스에서 짧은 선수생활을 마치고 트레이너로 새로운 경력을 쌓아온 김은후 코치.

눈시울이 붉어진 그가 늘 그랬듯 섬세하게 구강혁의 몸을 마사지했다.

"후우, 다 됐다."

"코치님. 제가 늘 감사한 마음인 거 아시죠. 기록 절반은 저희가, 그리고 나머지 절반은 코치님들께서 만드신 겁니다. 진심이에요."

"하여간 말은……. 됐어, 인마. 오늘 투구 수도 이닝도 많아서 평소보다 더 걸렸어. 팬들 기다리신다."

"앗, 네."

"그래도 찜질은 빼먹지 마!"

루틴을 마친 구강혁이 구장을 빠져나왔다.

'비 내리네. 정말 운이 좋았어.'

조금씩 빗방울이 떨어지는 네오 팔콘스 파크 앞.

"아."

펼쳐진 우산만 세어도 수십 개나 되는 인파.

팬들이 구강혁을 기다리고 있었다.

평소에도 흔히 있는 일이었지만…….

오늘은 그 인원수가 유난히 많았다.

그것도 질서정연하게 줄까지 서서.

뜻밖에도 가장 앞에 선 건 운영팀장 공규석.

그가 멈춰선 구강혁에게 다가왔다.

"공 팀장님."

"그, 구강혁 선수."

"다들 저 기다리신 거죠?"

"맞습니다. 그……. 정말 힘드시겠지만 어떻게, 너무 많이들 기다리셔서요. 한 말씀 하시고, 사인은 좀 어렵더라도 몇 분만이라도 사진을 같이 좀 찍어 주시면."

구강혁이 웃으면서 고개를 저었다.

"아니에요. 요즘 선발로 던질 때 팬들께서 얼른 가라고 많이 배려해 주시는데……. 오늘은 날이 날이니까요. 차라리 구장 안쪽으로 모시죠. 사인지도 좀 부탁드릴게요."

"정말 괜찮으시겠습니까?"

"네. 100구도 안 던진 데다 내일만 지나면 올스타 브레이크잖아요?"

"알겠습니다. 직원들도 다 퇴근해서, 얼른 가서 필요한 물건들 가져오겠습니다. 아! 오늘 마지막 공은 저희가 따로 챙겼습니다. 나중에 전달하겠습니다."

"고맙습니다. 그럼 부탁드립니다."

구강혁이 팬들을 향해 소리쳤다.

"안으로 오세요, 안으로! 천천히!"

* * *

꿈만 같은 하루가 지나간 다음날.

조금씩 떨어지던 비는 자정 무렵부터 잦아들었다.

그러나 아침이 되어서도 여전히 흐린 날씨.

구강혁은 오늘도 조금 늦게 일어났다.

수많은 축하 연락에 취침부터가 늦었던 탓.

'엄청 개운하네. 그나저나 날씨가……. 경기 치를 수 있나? 그래도 전반기 마지막 경기인데.'

차라리 시원하게 비가 쏟아진다면 모를까.

경기를 치르기에는 가장 애매한 날씨였다.

구강혁은 정오쯤 출근해 다시 마사지를 받았다.

김은후가 싱글거리며 물었다.

"끝. 그런데 어째 힘든 기색이 없네?"

"그러게요. 완봉 체질이었나 봐요. 시즌 초반에 완봉할 때도 몸이 무겁거나 아프거나 하지는 않았는데. 투구 수는 이번이 더 적었고요."

"그래도 조절은 해야지. 선발 첫 시즌인데."

"맞는 말씀이십니다."

"어제는 나한테도 연락이 막 오더라니까."

"코치님께요?"

"그래. 축하한다고. 내가 한 것도 아닌데."

"흐흐, 코치님. 저 어제 진심으로 감사 말씀 드린 거예요. 다 코치님들 덕분이라니까요."

"한 스푼은 보탠 걸로 해 두자."

늦은 점심은 박상구와 마주앉아서 먹었다.

"우리 식당, 진짜 오리 맛집 아니냐?"

"한유민 선배는 안정적인 맛이래."

"딱 맞는 말이야. 절대 실패가 없어."

"으음."

"그나저나……. 뭐 없냐?"

"응? 뭐?"

박상구가 입까지 가려가면서 작게 말했다.

"왜……. 퍼펙트 하면 롤렉스 주고 그러잖아."

구강혁이 그 말에 웃었다.

'보기보다 눈치가 좋은 건가?'

어젯밤 연락해 온 사람은 한둘이 아니었지만, 그 가운데 김서준 실장도 있었다.

[한일 김서준 실장: 축하드립니다. 회장님께서 구강혁, 박상구 선수 두 분께 선물을 챙기라십니다. 조금 알아보니 야구계에서 대기록을 세우면 시계를 선물하는 듯한데 괜찮으실까요]

안 그래도 생각은 하고 있었다.

어쨌든 대기록의 파트너.

마지막 아웃까지 잡아낸 박상구가 아닌가?

[구강혁: 포수 선물은 챙겨주시면 한 걱정 덜겠는데, 저는 괜찮습니다. 혹시 선물을 주시려거든 우승까지 한 뒤에 받겠다고 말씀드려주세요]

그렇게 답장하자…….

30분가량이 지나서야 다시 메시지가 왔다.

[한일 김서준 실장: 알겠습니다. 연락드리겠습니다. 다시 한번 축하드립니다]

구강혁이 피식 웃으면서 대답했다.

"두 가지 문제가 있는데."

"뭐?"

"그건 메이저리그 전통이고."

"으음……."

"우리 기록은 퍼펙트가 아니라 노히터였지."

"에잉."

"왜, 시계 좋아하냐?"

박상구가 고개를 저었다.

"사실 잘 몰라. 시계 찰 일도 잘 없고."

"그런데 뭔 롤렉스 타령이야?"

"콩고물 좀 떨어지면 좋잖어?"

"하여간 속물이야."

"야, 속물 아닌 놈도 있냐?"

경기는 일단 정상적으로 시작되었다.

브라운이 등판해 2이닝을 무실점으로 막고, 타선도 2회 말 2점을 올렸으나…….

[……빗줄기가 굵어지네요. 사실 오늘 강수확률이 아주 낮지는 않았습니다만, 이대로라면 경기 속행이 어려울 것 같습니다.]

[그런 분위기네요. 대기록이라는 게 이렇게 참, 다시 한번 하늘의 뜻에 달렸다는 생각이 들어요. 구강혁 선수가 오늘 선발이었다면 대기록은 불가능했을 거 아닙니까?]

3회부터 다시 세차게 내리는 비에 경기가 중단.

결국 노 게임이 선언되었다.

[……노 게임이 선언되네요. 아쉽습니다. 팔콘스와 샤크스의 전반기 마지막 경기는 추후 편성됩니다.]

[팔콘스는 좀 아쉽겠어요. 아무튼 지금 비가 남부 지방을 중심으로 내리고 있다고는 하는데……. 이거 좀 걱정

이 됩니다. 내리는 비야 어쩔 수 없지만, 그래도 주말 수원 하늘이 좀 맑기를 바랍니다.]

[동감입니다. 구강혁의 노히트노런으로 한껏 달아오른 리그의 뜨거운 분위기가, 내리는 비에 식는 일 없이 계속해서 이어졌으면 좋겠습니다. 저희는 다시 찾아뵙겠습니다. 대전이었습니다.]

* * *

세찬 빗줄기는 그칠 기색이 없었다.
"아깝네."
"그러니까요."
팔콘스는 리드하던 경기가 노 게임이 된 상황.
아쉽지만 어쩔 수 없는 노릇이었다.
김용문이 선수단을 불러모았다.
"너무 아쉬워들 마라. 하늘이 그만 뛰라는데 어쩌겠냐. 전반기가 이렇게 마무리가 됐는데, 다들 고생 많았다. 오래 안 붙잡을 테니 잘들 쉬고 돌아오고, 우리 올스타들!"
선수들이 얼른 대답했다.
"네!"
"넵!"
"네."
총 다섯 명.
김용문이 하나하나 눈을 맞춰가며 말했다.

4장 〈243〉

"가서도 만나겠지만, 다쳐서 돌아올 거면……."
"안 다치겠습니다!"
"걱정 마십쇼!"
노재완과 황현민이 차례대로 대답했다.
김용문이 고개를 끄덕였다.
"그래도 기왕 나가는 거 잘들 하고 오거라."
이번에는 류영준이 대답했다.
"흐흐, 네. 가서 뵙죠, 감독님."
"오냐. 다른 인원들도 뭐, 크게 다를 거 없다. 그리 긴 휴식은 아니지만 먹고 놀기만 하면 후반기에 다 티가 나. 무슨 말인지들 알겠지?"
채연승이 대답했다.
"네, 감독님. 효율적으로 쉬고 오겠습니다."
"그래야지. 자, 그럼 다들 퇴근해라."
"곧 뵙겠습니다! 해산!"
"해사안!"
"와!"
올스타전은 참가 선수들과 팬들에게는 축제.
다른 선수들에게는 달디단 휴식기다.
이번 해의 올스타 브레이크는 총 5일.
곧바로 서울로 향하는 선수도 적잖았다.
한편 선수 몇몇은 그 길로 구강혁의 집에 모였다.
오늘 경기에는 나서지 않은 노히터 배터리.
적시타를 때려내며 힘을 실었던 한유민.

그리고 또 다른 의미로 구강혁의 파트너인 원민준.
여기까지는 종종 모이던 조합이지만…….
"와, 집이 엄청 깔끔하십니다."
"어떻게 남자 집이 이래요?"
노재완과 황현민이 더해졌다.
원민준이 아랫입술을 비죽 내밀었다.
"어째 죄다 올스타야? 이거 서러워서."
박상구가 대답했다.
"선배님, 제가 있잖습니까."
다른 넷이 멋쩍은 듯 웃음을 지었다.
팔콘스가 배출한 올스타는 5명.
류영준을 뺀 4명이 다 모인 셈이었다.
황현민이 말했다.
"저는 추천 선발인데요, 뭐. 한유민 선배님이 인기가 워낙 많으신 덕분에 한 자리 비어서 나가는 그런 느낌이죠."
한유민이 피식 웃으며 대답했다.
"뭘 또 그렇게까지 구분을 지어. 네가 올 시즌 잘했으니까 감독님께서 기회를 주신 건데."
구강혁도 고개를 끄덕였다.
"그래, 우리 테이블세터들께서 어깨가 얼마나 무거우셨는데. 현민이 네가 특히 고생 많았다. 피차 첫 올스타인데 잘해 보자고."
"네, 선배님. 으흐흐."

4장 〈245〉

구강혁이 노재완을 바라보며 물었다.

"재완이는 내일 일찍 올라가야 하는 거 아냐? 금방 가도 돼. 뭐 선수단 회식도 아니고 그냥 밥 한 끼 대접한다고 모인 거니까."

팔콘스의 홈런 더비 참가자는 노재완.

다른 인원들과 달리 내일 참가가 필수다.

"에이, 괜찮습니다. 별로 늦은 시간도 아니잖아요? 내일 일어나서 현민이 형이랑 같이 올라가기로 했어요."

황현민이 맞장구를 쳤다.

"저는 집 좀 들렀다가 오려고요."

"아하."

올스타전 일정은 이틀로 나누어 진행된다.

내일은 올스타 프라이데이로, 퓨처스 팬사인회에 이어 퓨처스 올스타전과 홈런 더비를 진행하고…….

토요일에는 팬 사인회와 미니게임 등의 이벤트 이후에 본 경기인 올스타전을 시작하는 일정.

물론.

"비가 안 와야 할 텐데."

한유민의 말처럼 날씨가 관건이었다.

메인 이벤트인 올스타전은 토요일 우천시 바로 다음날로 순연되고, 비가 어지간히 많이 내리는 게 아니라면 최소 5회까지는 진행한다지만…….

"쏟아질 거면 오늘 다 쏟아지면 좋겠어."

지금 대전에 쏟아지듯 쏟아지면 답이 없다.

구강혁이 말했다.

"뭐, 주말에는 강수확률이 아주 높지는 않더라고요. 어떻게든 되겠죠. 올스타전이 비 때문에 아예 취소된 건 한 번뿐이었다던데요?"

"그렇기는 해. 뭐, 비가 오든 안 오든 올라는 가야지. 아, 강혁이 너는 어떻게 올라가냐. 차 태워줘?"

구강혁이 천천히 고개를 저었다.

"내일 홍보팀이랑 따로 일정이 있어서요. 팔콘스티비 쪽이랑요. 그쪽이랑 같이 움직이면 된다던데요. 민준이 형도 같이 가요. 영상에 나오기로 해서."

"아, 그 부모님 식당 찍는 거?"

"네. 민준이 형 리액션이 중요하죠."

원민준이 어깨를 으쓱여보였다.

"나야 뭐 다 아는 맛이지."

"몇 번이나 가봤다고?"

"서너 번은 갔잖아?"

"그랬나."

"영상도 영상인데 다음에 같이들 갑시다. 닭칼국수가 아주 기가 막히다니까. 야, 괜히 미튜브 조회 수 터져서 어머님, 아버님 고생하시는 거 아냐?"

"에이, 설마."

박상구가 끼어들었다.

"그럼 다음에 다 같이 칼국수 한 그릇씩 하는 걸로 하고, 오늘은 여기서 먹고 마시자고요. 노히터 기념 파티 아닙니까. 아, 물론 우리끼리만 하기는 좀 그러니 회식도 거하게 한 턱 내야겠지만."

"기록은 나 혼자 세웠냐? 너도 같이 내."

"으음, 뭐 회식이 중요합니까!"

"뭐 하는 자식이야 이거?"

두 사람의 만담을 시작으로…….

이런저런 이야기가 시작되었다.

몇몇은 가볍게 술잔도 기울였고.

식사를 마칠 때쯤 원민준이 말했다.

"야구나 좀 보자. 우리 순위도 달렸잖아."

"아, 고척 경기?"

"엉."

전국적으로 비가 내리는 오늘.

돔구장인 브레이브스 파크에서만 경기가 진행되었다.

드래곤즈와 브레이브스의 전반기 마지막 경기.

다들 거실로 나가 제각기 자리를 잡았다.

한유민이 말했다.

"아까 잠깐 스코어는 봤는데 벌써 2점차까지 따라잡았네……. 이제 9회만 남은 건가? 확실히 브레이브스가 요즘 기세가 좋아."

구강혁이 대답했다.

"부단장 이슈 터진 후로는 꾸준히 괜찮았죠. 7위까지 올라왔잖아요? 어제도 이겼고. 오늘까지 이겨 주면 저희가 3위로 전반기 마감이에요."

82경기를 치러 무승부 없이 46승을 기록한 팔콘스.

0.561의 승률로 지금 순위는 4위.

그러나…….

브레이브스가 이날 경기 전까지 82경기 45승 2무를 기록한 드래곤즈를 상대로 승리를 거둔다면?

아슬아슬하게 3위로 전반기를 마치게 된다.

황현민이 말했다.

"이럴 때는 또 응원을 하게 되더라고요."

한유민이 웃으면서 대답했다.

"해야지. 아무리 승차가 없어도 3위로 마감하는 건 또 느낌이 다르니까. 솔직히 가디언스, 재규어스. 얘네들은 너무 멀리 갔지만 3위 경쟁은 얼마든지 가능성이 있잖아?"

구강혁이 말했다.

"그렇죠. 자, 응원합시다."

따아악!

"아, 이건 됐다."

"장타네."

순식간에 다들 TV 화면에 빠져들었고…….

연이은 장타로 점수차를 1점까지 좁힌 브레이브스 타선이 1사 후 다시 한번 출루에 성공.

따아아악!

"와, 갔는데?"

"갔다!"

"이야, 오현곤이! 보기보다 힘이 좋은데?"
기어코 오현곤이 끝내기 홈런을 때려냈다.
원민준이 뿌듯하다는 듯이 말했다.
"업어 키운 보람이 있구만."
"푸하. 시원하게 넘기기는 했네."
순식간에 내야를 돌고 돌아온 오현곤에게 브레이브스 선수단의 물세례가 쏟아졌다.
'3위!'
대전 팔콘스가 3위로 전반기를 마감했다.

* * *

다행히도 비가 그친 다음날.
가볍게 점심을 먹고 구장에서 러닝과 웨이트를 진행한 구강혁이 다시 구장 안에서 몸을 씻고 옷을 갈아입었다.
홍보팀과 함께 모이기로 한 시각.
"부팀장님."
"아! 오셨어요."
한희주가 혼자 기다리고 있었다.
"부팀장님만 계세요?"
"그렇게 됐네요."
"민준이 형은……. 전화해 볼게요."
"아니에요. 금방 오신다고 메시지 주셨어요."
"하여간 이 인간."

한희주가 웃으면서 말했다.
"아직 약속시간 전이잖아요."
"으음, 네."
구강혁이 멋쩍은 듯 고개를 끄덕였다.
'오늘 분위기가 평소랑 좀 다르시네.'
날이 더워진 최근에도 한희주는 팔콘스 후드티를 즐겨 입었고, 구강혁이 봐온 옷차림도 그게 대부분이었다.
'시즌 전 공항에서 입은 코트도 잘 어울렸는데, 오늘은 더 안색이 화사한 느낌이야. 원체 예쁜 얼굴이라 그런가? 이렇게 입으니까 대학생 같은 느낌은 전혀 안 들어.'
오늘은 짙은 네이비색 원피스를 입었다.
"그, 부팀장님은······. 옷을 참 잘 고르시네요. 저번에 공항에서도 생각했지만요."
"앗, 네! 헤헤. 괜찮아요?"
"오늘은 더 모델 같아요."
"에이, 그럴 리가요."
한희주가 입을 가리고 웃었다.
그때 원민준이 소리쳤다.
"저기요, 저 왔습니다!"
한희주가 깜짝 놀라며 한 걸음을 물러났다.
"앗! 죄, 죄송해요! 몰랐어요! 얼른 차 가져올게요. 두 분 여기서 기다리고 계세요!"
그러고는 종종걸음으로 달려갔다.
원민준이 말했다.

"이야, 오늘 부팀장님 완전 연예인이 따로 없네. 저건 데이트룩을 넘어섰는데? 상견례룩이야, 상견례룩."

"형, 제발 좀 닥쳐."

"엥, 왜!"

"플리즈."

"부탁이라면 어쩔 수 없지……."

"단아한 느낌이기는 한데. 실례라니까."

"음."

원민준이 뒷좌석에, 구강혁이 조수석에 올라탔다.

"부팀장님, 제가 운전을 할 줄 몰라서 죄송하네요."

"아니에요, 촬영에도 협조해 주시는데 운전까지 맡기면 너무 뻔뻔하잖아요. 두 분 다 너무 신경쓰지 마세요!"

"감사합니다. 다른 분들은요?"

"미리 출발하셨어요."

"그럼 셋이서 가는 거예요?"

"네. 원래 이런 외부 촬영에 인원을 많이 투입하지는 않는데……. 노히터 영상, 역대급으로 뽑는다고 매달린 사람이 한둘이 아니에요."

원민준이 말했다.

"기깔나게 뽑아주시겠네, 또."

한희주가 웃으면서 대답했다.

"그럼요! 출발할게요!"

차가 빠르게 대전 시내를 빠져나왔다.

'둘이서만 가는 것보다는 좀 낫네.'

구강혁이 내심 안도의 한숨을 쉬었다.

"원민준 선수, 막 너무 과하게 하실 필요는 없지만 적당한 리액션은 해 주셔야 그림이 살 거 같아요."

"에이, 그런 거 잘 하죠."

"정말요? 다행이다."

"거의 전문……. 흐아암."

"피곤하시면 좀 주무세요."

"어떻게 운전하시는 분을 두고……."

원민준은 출발하고 30분이 채 지나지 않아 잠들었다.

"푸우, 커어. 푸우우, 키."

구강혁이 슬쩍 돌아보고는 말했다.

"원체 잠이 많은 형이라서요. 고속도로까지 들어오니까 마음이 더 편한 모양이네요."

한희주가 웃으면서 대답했다.

"불편하신 것보다는 낫죠."

"하하……."

짧은 침묵이 지나가고…….

구강혁이 스마트폰을 꺼내들었다.

퓨처스 올스타전을 앞둔 홈런 더비가 진행되고 있었다.

"으음, 역시 예선은 통과했네요."

"노재완 선수요?"

"네. 이거 또 홈런 더비 한다고 밸런스 망가져서 돌아오면 안 되는데."

"가끔 그런 일이 있더라고요. 24시즌에도 살짝 그런 기미가 있었던 것 같은데……. 올해는 괜찮으실 거예요."

"그래야죠. 홍보팀에서 다 촬영하고 있는 거죠?"

"네. 홈런 더비는 내일 경기 전 이벤트랑 엮어서 따로 영상을 뽑을 거고, 퓨처스 올스타전은 또 따로 나갈 거 같아요."

"아하."

"1군 영상에 비해면 조회 수가 높지는 않지만 시청시간이 길다고 해야 하나? 코어팬들께서는 많이들 봐주시는 거 같아요."

"선수들도 좋아하겠네요. 생각보다 팔콘스티비가 많은 역할을 하고 있는 거 같아요."

"헤헤, 감사합니다."

다시 짧은 침묵이 이어졌다.

구강혁이 헛기침을 하고 입을 열었다.

"그, 으음. 부팀장님 외삼촌께서는 요즘 반응이 어떠세요? 전반기 3위면 몇 년 사이 가장 좋은 성적이잖아요."

한희주가 눈을 몇 번 끔벅였다.

"어, 좋아하시…….죠? 네, 좋아하세요. 특히 그저께는 전화까지 하셨어요. 선물을 주고 싶으실 정도라고……."

"어, 하하. 뭐, 다른 분이 주시기로 했으니 괜찮다고 말씀드려주세요. 응원해 주시는 것만 해도 감사하죠."

"……으음, 네. 아! 늦었다. 따로 말씀을 못 드렸어요. 당일에도 그랬고 어제도 정신이 없어서요. 기록 축하드려요!"
"고마워요."
"말만 말고, 영상도 엄청 잘 만들어볼게요!"
"무리하지는 마시고요."
"네에."
구강혁이 마른침을 삼켰다.
그래도 수원까지는 2시간이 채 안 걸리는 거리.
어떻게든 이야깃거리를 찾으며 시간을 보냈다.
곧 차가 톨게이트를 지나치고…….
수원으로 진입했다.
그러던 순간.
차 하나가 앞으로 무리하게 끼어들었다.
끼익!
"아, 깜짝이야!"
한희주가 그래도 능숙하게 대처했지만…….
급정거는 어쩔 수 없었다.
"괘, 괜찮으세요?"
"네. 휴, 큰일날 뻔 했네요."
"생명의 은인이시네요."
"헤헤……. 진짜 다행이에요."
원민준이 헤롱거리며 말했다.
"뭐, 뭐야. 뭐……."
"죄송해요. 차가 갑자기."
"아. 아니에요. 나도 모르게 잠들었네."

4장 〈255〉

구강혁이 뒤를 돌아보며 말했다.

"다 왔으니까 정신 차려, 이제. 형 그러고 있는 사이에 홈런 더비도 끝났어. 재완이는 하나 차이로 아깝게 2등."

"엥."

원민준이 스마트폰을 집어들었다.

"응? 뭐야, 무슨 전화를 이렇게 많이."

그러고도 10여 초.

원민준의 목소리가 다급해졌다.

"저, 저저저기요. 저기. 부팀장님."

"네?"

"그, 그그. 죄송한데. 진짜 죄송한데."

"어, 네……."

"저, 저 좀. 저 좀 내려주세요. 아무 곳에나. 급합니다, 너무 급해요! 이러다 저 죽어요!"

"어, 네? 네?"

구강혁도 놀라면서 물었다.

"뭐야, 누구 다쳤어?"

원민준이 고개를 세차게 저었다.

"아니, 아니야. 그건 전혀 아니야. 오히려 반대라고. 뭐, 아무, 아무튼! 여기. 수원인가? 수원이죠! 진짜 죄송한데 여기 내려주세요!"

"어, 어디로 가셔야 하는데요?"

"서울, 서울이요!"

한희주가 당황하면서도 침착하게 말했다.

"곧 수원역 근처예요. 앞에 내려드릴게요. 정확히 어디로 가시는지는 모르겠지만 택시도 많을 거예요."
"고, 고맙습니다! 어흑……."
구강혁이 다시 물었다.
"대체 뭔데 그래!"
"하……."
원민준은 이제 아주 울상이었다.
"됐어, 이 자식아……. 아, 여기면 될 거 같아요. 으, 그. 촬영 같이 할 놈은 제가, 제가 올라가면서 어떻게 따로 찾아볼게요."
"괘, 괜찮아요! 저도 최대한 찾아볼게요. 못 찾아도 괜찮으니 너무 신경쓰지 말고 얼른 가 보세요!"
차가 수원역 근처에 멈춰서자마자…….
"진짜 미안, 죄송합니다! 가면서 연락할게! 진짜 누구 다치고 그런 거 아니니까 걱정들 마시고!"
원민준이 순식간에 달려나갔다.
어안이 벙벙한 두 사람이 서로 마주보았다.
"대체 무슨 일이길래 저러지……. 부팀장님, 어쩌죠?"
"으음, 음! 어쩔 수 없는 일도 생기는 거죠! 큰일은 아니라고 하셨으니까요!"
"그런가? 그렇다면 다행인데……. 일단 촬영 계획부터 틀어진 거 아니에요? 일단 선수들한테 쭉 연락 돌려볼까요? 서울에 있는 애들도 몇 될 거예요."
"일단 시간이 좀 있으니까요! 천천히, 다시 계획을 세워 보는 걸로 해요! 가, 같이요!"

* * *

―죄송해요, 선배님. 예전부터 잡은 약속이라서……. 더비 끝난 직후였으면 그나마 괜찮았을 텐데요. 아, 이걸 어쩌죠? 진짜 죄송합니다.

"아냐, 아냐. 뭐가 죄송해."

―다른 애들한테도 연락 돌려볼까요?

"다 돌리는 중……. 아니, 거의 돌렸어, 이미. 혹시나 싶어서 연락해 본 거니까 너무 신경쓰지 마."

―네. 그래도 어떻게…….

"어떻게 되겠지. 아깝더라, 우승."

―아, 네. 힘 좀 빼고 치니까 잘 안 넘어가더라고요. 재작년처럼 괜히 컨디션 무너질까 싶어서…….

"그랬구만."

―흐흐, 네. 후반기에도 걱정 마세요.

"하던 대로만 해 주면 땡큐지. 아무튼 알았어. 잘 놀고 내려와, 내일 스타즈 파크에서 보자."

이미 몇 명에게 전화를 해 봤지만 마땅한 선수가 없었다.

퓨처스 올스타전이 벌어지는 올스타 프라이데이.

작년까지만 해도 1군 올스타에 선발된 선수들이 이날부터 본인의 후배들을 응원하는 모습이 흔했지만…….

'올해부터는 퓨처스 올스타전은 퓨처스의 축제, 뭐 그런 느낌으로 간다고 1군 선수들은 메인 올스타전 당일에만 출석한댔지.'

올해부터는 그런 분위기도 달라졌다.

'……취지는 좋은데 말이야.'

결과적으로는 구강혁 본인을 빼고도 4명이나 되는 팔콘스의 올스타들이 모두 촬영에 협조하기 어려워진 상황.

통화를 마친 구강혁이 말했다.

"어쩌죠, 재완이도 안 되겠는데요."

한희주가 작게 한숨을 내쉬었다.

"어쩔 수 없죠……. 올스타 브레이크, 특히 주전 선수분들께는 시즌 중에는 유일한 휴식기잖아요. 저 같아도 미리미리 약속을 잡아놨을 거예요."

구강혁도 한숨을 내쉬고 싶은 기분이었다.

한희주의 말대로다.

전후반기 사이의 올스타 브레이크는 귀한 시간이다.

그러니 선수들을 탓할 수도 없다.

'탓한다면 진작 일정을 맞춰둔 민준이 형을 탓하는 게 맞겠지만, 대체 무슨 사정인지를 모르니 그럴 수도 없고.'

헐레벌떡 택시를 향해 뛰어가던 뒷모습.

본인은 큰일은 아니라지만…….

무슨 일이 있어도 있는 건 분명했다.

'……방금도 전화를 걸어봤는데 통화중이었으니.'

구강혁이 다시 물었다.

"차라리 내일 일찍 올라올 수 있는 선수를 다시 찾아보는 건 어떨까요? 한유민 선배는 그건 괜찮을 수도 있댔는데. 아무리 경기 전 이벤트가 있어도 오전부터 모이지는 않으니까. 아니면 아예 늦은 밤에……."

한희주가 천천히 고개를 저었다.

"아니에요. 괜히 한유민 선수 컨디션에 악영향을 줄 수도 있고, 이미 강혁 선수 부모님께서도 따로 시간을 빼주셨는데. 더 폐를 끼칠 수는 없어요."

"으음."

구강혁이 뒷머리를 긁적였다.

맞는 말이었다.

한희주가 결심한 듯 다시 입을 열었다.

"어쩔 수 없어요."

"네?"

"원래 기획이랑은 좀 어긋나겠지만, 그냥 강혁 선수 중심으로 찍어야죠. 괜찮으시다면요."

"저야 괜찮은데요."

"그럼 됐어요. 어차피 주인공은 강혁 선수랑 가족분들이시니까요. 어쩌면 팬들께서는 더 좋아하실 수도!"

"으음……."

* * *

식당은 촬영을 위해 짧은 시간을 비워두었다.

두 사람의 도착을 구강혁의 어머니가 반겼다.

"어머, 한 팀장님? 부팀장이랬나? 아무튼 저번에는 완전 애기 같더니, 오늘은 너무 예쁘다! 연예인 같아요, 연예인!"

"부팀장이에요, 어머님. 헤헤, 감사해요."

"시집 가도 되겠네!"

"네, 네? 헤헤……."

구강혁이 말했다.

"엄마, 좀."

"왜, 뭐가 또?"

"일하러 오셨는데 실례예요."

"내가 뭐 없는 말 했니? 우리 한 부팀장이……. 내가 정신이 없네. 저번에 나이도 들었는데."

한희주가 쑥스러운 듯 얼굴을 붉혔다.

"스, 스물여덟이에요."

"딱 시집 갈 나이 맞네!"

구강혁이 어머니에게 다가가 팔짱을 꼈다.

"음므, 즈블."

"하여간 이 쑥맥. 알았어, 알았어. 일 해. 그런데 왜 둘만 왔어. 민준이도 온다고 하지 않았어?"

"형은 급하게 일 생겨서 갔어요."

한희주가 얼른 말했다.

"죄송해요! 미리 말씀드렸어야 하는데. 촬영 때문에 미리 음식 준비해 두신 거 아니에요? 제가 다 먹……을 수는 없어도 비용은 저희 쪽에서……."
어머니가 웃으면서 고개를 저었다.
"걱정 마요, 국수는 원래 주문 들어가야 삶잖아."
잠자코 듣던 아버지도 끼어들었다.
"그려유. 패스트푸드여유, 패스트푸드."
"아, 다행이다……."
어머니가 다시 말했다.
"그럼 둘이서만 찍어도 괜찮은가?"
구강혁이 대답했다.
"먹는 건 저만 나오고요. 이미 말씀드린 것처럼 다 먹은 다음에는 어머니, 아부지 인터뷰도 좀 하고요. 그런 식으로 하기로 했어요. 괜찮으시죠?"
"엄마아빠야 뭐."
"그려, 그렇게 혀."
"그럼 음식 준비합시다, 여보."
"그려유."
구강혁이 얼른 말했다.
"혹시 보고 오시는 팬들 계실 수도 있으니까, 평소대로 내오세요, 꼭!"
"알었어, 알었어."
한희주도 말했다.
"잘 부탁드려요!"
부모님이 가게 안쪽으로 사라진 사이…….
한희주가 내부를 촬영하기 시작했다.

"……보통 전 동료들이랑 오면 여기 앉아서 먹었어요. 경기 일찍 끝나면 딱 TV가 잘 보이는 위치라. 보통 아부지, 아니지. 아버지께서 팔콘스 경기를 틀어두셨지만요."
"아!"
"……칼국수 드시면서 반주 한 잔씩 하시는 손님들도 계시거든요, 저녁에는 특히. 테이블당 딱 한 병씩만 판매해요. 많이 취하셔서 실수하시면 서로 곤란하니까."
"으음."
과연 패스트푸드.
10분이 채 지나지 않아 칼국수가 완성되었다.
닭 반 마리를 넣은 진한 국물이 한가득.
거기에 깍두기와 배추김치.
"드, 드시면 돼요! 저도 먹을게요!"
"네……."
맞은편에는 한희주가 앉았다.
부모님은 흐뭇한 표정으로 둘을 바라보고 있었고.
두 사람이 천천히 칼국수를 먹었다.
"국물이 기, 기가 막히네……."
물론 카메라는 구강혁에게만 향했다.
"기, 김치가 맛있어……."
가끔 각도도 바뀌어가면서…….
'……먹방 미튜버라도 된 기분이네.'
촬영 자체는 이후로도 순조롭게 흘러갔다.
'진짜 이런 식으로만 찍어도 되나?'

가게 소개라기보다는 먹방에 가까운 촬영.
걱정이 되기는 했지만 어쩔 수 없는 노릇이었다.
체할 것만 같은 식사를 마치고…….
그제야 가족들이 나란히 앉아 인터뷰를 시작했다.
"……허허, 그렇지유. 처음에는 별 관심도 없었슈. 그러다 류영준이 경기 보러 한 번 딱, 가니까는."
"……그려유. 설마설마, 그런 마음이었슈. 그런데 마지막에 우리 상구 미트에, 크, 그놈이 참 나헌테는 아픈 손가락인디. 아무튼 쏘옥, 하구 들어가는디!"
"……그런데 말여유, 저번에 그 뭐시냐, 수원에서두 입고 갔지만서두. 이게 구태성 위원님께서 직접 저한테 보내주신 유니폼인디……."
이번에는 그다지 말이 없던 아버지의 독주였다.
'아부지…….'
그렇게 인터뷰까지 마친 후.
장비들을 갈무리한 한희주가 허리를 깊게 숙였다.
"정말 감사합니다!"
"우리가 고맙지, 조심해서 가요!"
"네. 가 볼게요! 또 뵈어요!"
구강혁도 가볍게 고개를 숙이고는 말했다.
"조심히 가세요, 부팀장님. 내일 뵈…….."
찰싹!
어머니가 구강혁의 등짝을 때렸다.
"내일은 무슨? 데려다드려야지!"

"어우, 엄마! 부팀장님 차 가지고 오셨는데 내가 어떻게 데려다드려? 면허도 없는데."

"가서 택시라도 타고 와! 또 봐요!"

"네, 네에!"

두 사람이 쫓겨나듯 가게 밖으로 나왔다.

구강혁이 멋쩍게 다시 조수석에 올라탔다.

"그……. 부팀장님, 죄송해요. 아직 그럴 나이가 아니라고 말씀드렸는데 최근 부쩍 결혼 타령이셔서. 부팀장님께도 그런 오지랖이 나오신 거 같아요. 그냥 어른들 주책이라고 생각해 주세요."

"헤헤, 아니에요. 결혼이 나쁜 것도 아니잖아요."

"으음……."

"젊어서 결혼하는 선수분들도 많으시구!"

"그렇기는 한데……."

당장 브레이브스 동료였던 오현곤도 그랬다.

'……민준이 형도 FA 계약 후로는 결혼한 생각이 있댔지. 뭘 본격적으로 알아보는 느낌은 아니었지만.'

구강혁이 말을 이었다.

"그래도 저한테는 까마득한 이야기죠. 당장 만나는 사람도 없는데……. 야구가 애인이에요, 지금은……. 아."

그러다가 스마트폰을 꺼내들었다.

"민준이 형, 메시지는 보냈네요."

"아, 정말요? 무슨 일이셨대요?"

구강혁이 메시지를 확인했다.

[원민준 형: 야]
[원민준 형: 나 결혼한다]
[원민준 형: 올 겨울에…….]
"헉."
"왜, 왜요? 큰일은 아니라셨는데!"
"결혼한다는데요?"
"네? 갑자기요?"
"네. 겨울에 한다는데요?"
눈을 동그랗게 떴던 한희주가…….
곧 뭔가를 깨달았다는 듯이 고개를 끄덕였다.
"아, 혹시 그럼 그래서……."
구강혁이 물었다.
"왜요, 부팀장님?"
"아, 아니에요. 그래도 진짜 별일 아니었으니……. 아니지, 별일은 맞네요……."
"그러네요……."
구강혁이 헛웃음을 지었다.
"쉬셔야 하니 일단 출발, 아니다. 어차피 돌아오셔야 하니 그냥 잠깐 근처 돌고 다시 내려드릴게요. 괜찮으시죠?"
"아니에요. 부팀장님, 그냥 어머니 말씀대로……. 좀 이상한 꼴이기는 하지만, 택시 타고 돌아오면 되니까요."
"안 돼요! 내일도 던지셔야죠! 컨디션!"
"아니, 뭐 얼마나 걸린다고……. 홍보팀 숙소가 그렇게 멀어요? 스타즈 파크 근처 아니에요?"
"맞지만! 아무튼요!"
"너무 죄송해서 그렇죠."
"으우……."
잠시 생각에 잠겼던 한희주가 말했다.
"그렇게 미안하시면 이렇게 해요!"
"네? 어떻게요?"
"대전, 언제 내려가세요?"
"아마 월요일 밤에요?"
"그, 그럼 월요일에도 같이 내려가요!"
"어, 네? 저랑요?"
"네!"
"그게 미안한 거랑 무슨 상관이?"
"아무튼요! 내려가기 전에 저녁도 먹어요!"
"어, 네……."
차가 움직이기 시작했다.
'……왜?'
구강혁의 머릿속에 의문이 감도는 사이…….
한희주도 별다른 말을 하지 않았다.
그렇게 30분가량 드라이브가 이어졌다.
"……그럼 내일 뵈어요, 부팀장님."
"네……."
한희주의 볼이 빨갛게 물들어 있었다.
다시 가게로 들어가려던 차…….

원민준에게서 메시지가 더 왔다.
[원민준 형: 이게 다]
[원민준 형: 그 꽃다발 때문]
[원민준 형: 아니 덕분임]
[원민준 형: 너는 진짜 최고의 동생이다 이새꺄]

* * *

올스타전의 아침이 밝았다.
본가에서 눈을 뜬 구강혁이 창밖을 내다보았다.
'꼭 노히터하던 날 대전 하늘 같네.'
어제보다 훨씬 맑은 날씨였다.
일찌감치 스타즈 파크로 향했고…….
노재완을 가장 먼저 만났다.
"선배님! 촬영은요?"
"그럭저럭 잘 마무리했어. 신경쓰게 해서 미안하네."
"아네요! 제가 죄송하다니까요."
"그런 걸로 하자. 현민이랑 선배님들은?"
"현민이는 잠깐 화장실요. 선배님들도 거의 도착하셨대요. 사인회 전에 일단 다 모인대요. 식사는 하셨어요?"
"아침만 간단히. 밥 준다던데?"
"네. 먹고 나서 모이면 될 거 같아요."
스타즈 파크 내부에서 도시락을 먹는 사이 팔콘스 선수들이 하나둘 모여들었다.

황현민, 한유민, 류영준 순서대로.
"영준 선배님, 오셨습니까."
"어엉. 어제 뭔 일이었냐?"
"홍보팀이랑 영상 찍다가 문제가 좀. 일단 해결은 했어요. 편집하면서 어떤 고생을 하실지는 모르겠지만……."
"원체 잘들 하잖냐."
류영준은 도시락을 두 개나 먹어치웠다.
"슬슬 가자, 우리 웨스턴 꽃민호 감독님 뵈러 가야지?"
"아, 네."
정오가 빠르게 다가왔다.
선수들이 제각기 빠져나와 복도에 모여들었다.
멀찍이서 오현곤이 소리치고는…….
"어, 강혁이!"
빠르게 팔콘스 선수들에게로 다가왔다.
"선배님! 안녕하십까!"
옆에 있던 류영준이 웃으면서 대답했다.
"오, 그래. 요즘 잘 하더라. 덕분에 우리가 3위라며."
"맞습다! 감독님께서 뽑아주셨슴다!"
오현곤은 브레이브스의 감독추천 올스타.
"더 열심히 해야겠네."
"넵!"
"그래, 이야기들 나눠."
"감삼다!"
구강혁이 말했다.

"피차 올스타 데뷔전이네."
"그러게. 크으. 우리 노히터 맨. 축하한다."
"메시지 보내놓고 뭘 또."
"에이, 얼굴 보고 하는 건 느낌이 다르잖아. 그런데…….
민준이 형은 대체 어떻게 된 거야?"
"들었어?"
"왜 그런 최악의……. 아니, 최고의 선택을?"
오현곤은 브레이브스 전 멤버 가운데 유일한 유부남.
구강혁이 어깨를 으쓱였다.
"몰라. 나중에 들어봐야지."
선수들이 원정팀 감독실로 하나둘 들어갔다.
"일단 들어가자. 이따 봐."
"엉."
구강혁과 팔콘스 선수단도 마찬가지였다.
올 시즌 올스타전, 웨스턴 팀의 감독은…….
5개 팀 가운데 작년 성적이 한국시리즈 준우승으로 가장 좋았던 광주 재규어스의 이병호 감독.
선수들이 머뭇대는 가운데 류영준이 말했다.
"자, 다들 꽃 같은 감독님께 인사!"
"어, 안녕하심까!"
"잘 부탁드립다!"
올스타들이 너나할 것 없이 허리를 숙였다.
앉아 있던 이병호가 일어나며 손사래를 쳤다.
"됐어, 됐어. 라인업 때문에 불렀어. 밥은 다 먹었지?"

"예!"

"먹었슴다!"

"그, 뭐냐. 미리 기사 나온 것들 봤겠지만, 원래 영준이가 오늘 선발로 나갈 예정이었는데……."

이병호가 류영준의 어깨에 손을 얹었다.

"본인이 컨디션이 영 안 좋다네. 그래서 불가피하게 선발을 바꾸게 됐다. 알다시피 올스타전 투수들이야 빠지는 사람 없이 돌아가면서 던지지만……."

류영준이 어째선지 구강혁을 보며 엄지를 들어보였다.

'……음?'

이병호가 이어 말했다.

"뭐냐, 선발은 그래도 나름대로 의미가 있잖냐. 저쪽은 윤대준이가 올해 워낙 잘 던지고 있고, 작년 한국시리즈에서도……. 크으윽."

작년 한국시리즈에서 2승으로 재규어스를 무너뜨린 윤대준이 올해 올스타전 이스턴 팀 선발.

"넵!"

"맞슴다!"

"상대는 괜찮답니까?"

"엉. 이미 이스턴 감독님들께 양해는 구했고. 우리 결정은, 아. 우리 결정이라는 건 다른 네 분 감독님들께도 여쭤보고 정한 거거든. 그러니까, 강혁이!"

구강혁이 얼른 대답했다.

"헉, 네?"

"득표수로 보나, 성적으로 보나. 바로 며칠 전에는 노히터까지 했잖아? 영준이에서 교체하는데 누가 또 있겠냐. 올해 웨스턴 선발은 너다."

* * *

올스타전을 불과 몇 시간 앞둔 시점.
[웨스턴 올스타 선발 류영준→구강혁으로]
[KBO 15호 노히터의 주인공 구강혁이 또 하나의 영광을 앞두고 있다. 올스타전을 앞두고 웨스턴 팀의 선발이 류영준에서 구강혁으로 변경된 것.

……이병호 감독은 "류영준의 컨디션이 살짝 나쁘다고 들었다"며 "구강혁이 특유의 뱀직구로 기선제압해 줄 것을 기대"한다고 밝혔다.

……24년 복귀 후 2년 연속 웨스턴 팀의 선발을 맡아 온 류영준의 뒤를, 트레이드로 영입된 후 엄청난 활약을 보이는 구강혁이 잇는 셈. 팔콘스 팬들은 류영준의 컨디션을 걱정하면서도 이 묘한 상징성을 반기는 기색이다.

……한편 이날 이스턴 팀의 선발로는 가디언스 윤대준이 예고되었다. 서로 무실점 행진을 이어 가던 5월의 첫 대진에 이어 성사된 청진고 동기동창의 또 한 번의 선발 매치업에 쏟아지는 관심이 적지 않다.

…….불과 사흘 전 노히터를 달성하며 9이닝 99구를 소화한 구강혁의 멀티 이닝 소화나 전력투구를 기대하기

는 어렵다. 그럼에도 우려와 달리 어제보다 갠 하늘 아래, 두 라이벌의 피칭으로 시작될 올스타전에 대한 팬들의 기대가 더욱 커지고 있다.]

웨스턴 팀의 선발 변경이 알려졌다.

구강혁이 물었다.

"선배님, 진짜 몸은 괜찮으십니까?"

"괜찮다니까. 던지기도 할 거고."

올스타전은 어쨌든 이벤트 경기.

최대한 많은 선수가 출장해야 한다.

올해도 양팀은 각 10명의 선수를 선발했다.

누구든 많아야 1이닝을 소화하고 내려간다는 의미.

이 점은 야수들도 마찬가지지만……

'타자들은 MVP 후보권에 들면 교체 없이 경기를 온전히 치르는 경우도 많지.'

경기 초반의 활약에 따라 양상이 다소 달라진다.

'첫 타석에서 홈런을 쳤다면 3, 4타석까지도 교체 없이 소화하는 식으로 말이야.'

때문에 후반기를 감안해 피칭에 소극적일 수밖에 없는 투수들과 달리……

야수들은 에너지를 아끼지 않는 경우가 많다.

이들이 대부분의 올스타전 MVP를 차지하는 이유다.

해서 투수진에서 그나마 무게감이 있는 포지션이 바로 선발로, 양팀의 투수 가운데 상징성과 전반기 활약상 양측면에서 모두 탁월한 선수가 이 영광을 안는다.

마찬가지로 1이닝을 소화해도…….

1회부터 마운드를 밟는 건 느낌부터가 다른 것.

구강혁이 다시 물었다.

"선배님. 혹시……. 그, 일부러 그러셨어요? 경기 전에 6월 MVP 시상식도 한다던데."

이미 발표된 6월 MVP는 바로 류영준.

6월 4경기 4승 1완봉에 평균자책점 1.04.

아무리 완봉이 6이닝을 던진 기록이라지만…….

충분히 MVP를 받을 만한 성적이었다.

구강혁도 자책점 없이 6월을 보냈지만, 잦은 우천과 로테이션 재편 등으로 6월 내내 겨우 3경기 등판에 그쳤다.

하필 5월 31일과 7월 1일에 등판하기도 했고.

강대호도 5월보다는 다소 주춤한 모습.

사실상 류영준의 경쟁자가 없었다.

물론 이는 구강혁에게도 기쁜 일이었다.

류영준이 어깨를 으쓱였다.

"MVP야 뭐, 주면 고맙게 받아야지. 모교에 지원금도 준다는데. 괜히 올스타전 앞두고 시상식까지 해서 좀 낯부끄럽기는 하다만."

월간 MVP는 24시즌 KBO 복귀 후 처음.

"새삼스럽지만 축하드려요."

"오냐. 아무튼 그건 그거고. 몸 뻐근한 것도 맞는데, 뭐. 내가 보기에 네가 한국에서 올스타전 나간다고 해 봤자 올해, 등록일 수 못 채워도 내년까지 두 번이 다야. 한

번쯤 선발로 나가서 나쁠 거 없잖냐?"

류영준이 웃으면서 말했다.

절반쯤은, 아니.

그 이상의 비중으로 양보했다는 이야기.

"……."

구강혁에게는 오늘이 올스타 데뷔일.

선발로 던진다는 건…….

"주신 기회, 감사히 경험하겠습니다."

만만찮은 영광이다.

* * *

"KBO 6월 MVP, 대전 팔콘스 류영준! 축하합니다!"

올스타전 행사 시작을 앞두고 열린 시상식.

류영준이 단상에 올랐다.

후덥지근한 날씨에도 일찌감치 스타즈 파크의 좌석을 채우기 시작한 관객들이 열렬한 박수를 쏟아 냈다.

"RYUUUUUUUU!"

"든든해유!"

"이제 5년 남았네!"

류영준도 웃으면서 마이크를 잡았다.

"복귀 후 월간 MVP는 첫 수상이네요. 뭐, 운이 좋았던 거 같습니다. 완봉도 하늘이 내려주신 완봉, 그런 거였잖아요. 오늘 컨디션이 아주 좋지는 않지만 열심히 던져 보겠습니다."

뒤이어 본격적인 경기 전 행사가 펼쳐졌다.

퍼펙트 피쳐에는 각 팀에서 한 명씩이 출장했는데, 컨디션이 안 좋다던 류영준이 나서서는 10개의 배트 가운데 7개나 쓰러뜨려 1위를 차지했다.

팬 참여 레이스에서는 마지막 주자로 나선 황현민이 타이탄스의 황기준을 따돌리고 골인에 성공.

연이은 쾌거에 팔콘스 팬들이 함박웃음을 지었다.

→ 팔) 캬 선발 퍼펙트피쳐 팬레이스 다 먹었따!

→→ 팔) MVP도 우리 꺼 아님?

→→ 팔) ㄹㅇㅋㅋ

→ 팔) 이렇게 되니까 어제 재완이가 더 아깝네ㅋㅋ

→→ 팔) 재작년처럼 후반기 죽 쑤는 것보다 나음

→→ 팔) 이거 진짜임;

그리고 그라운드 키핑이 진행되는 가운데…….

막간을 이용한 팬사인회도 열렸다.

장마철에 경기 개최가 불확실했음에도 매진세례를 이룬 팬들 가운데, 사인회 참여의 행운까지 잡은 이들이 잔뜩 모여들었다.

구강혁의 앞에도 줄이 늘어섰다.

"오빠! 오늘, 너무 무리하면 안 돼요!"

"네. 그런데 누님, 진짜 제가 오빠예요?"

"노히터 축하합니다! 고마워요!"

"감사합니다. 성함이……."

"실점만 하지 말어, 실점만!"
"하하, 최선을 다해 볼게요, 어르신."
각 구단의 홍보팀도 촬영에 여념이 없었다.
한희주와 팔콘스티비 팀원들도 마찬가지였고.
한숨을 돌리던 구강혁이……
문득 멀찍이 있던 한희주와 눈이 맞았다.
한희주가 얼른 고개를 돌렸다.
'……저녁을 먹기로는 했는데.'
머릿속이 좀 복잡했다.
무슨 생각인지 알 수가 없었으니까.
그러던 사이 팬사인회가 종료되고…….
유명 가수의 국가 제창을 포함한 의례를 거쳐.
"2024시즌, KBO 올스타전을 시자아악! 합니다!"
24시즌 KBO 올스타전의 개회가 선언되었다.
직전 시즌 한국시리즈 우승팀인 서울 가디언스가 포함된 이스턴 팀이 홈, 즉 말 공격.
그 선발로 예고된 윤대준이…….
[하하, 윤대준 선수, 가디언인가요?]
[그렇네요. 가디언이네요.]
창과 방패를 들고 등장했다.
올스타전의 백미.
출전 선수 개개인의 퍼포먼스였다.
"푸하!"
"귀엽네."

"원래 걔 꺼 아니야? 가디였나?"

"맞아요."

웨스턴 더그아웃에서도 호평이 쏟아졌다.

[소속감을 확실히 드러내는 퍼포먼스네요.]

[하하, 그렇습니다. 올 시즌 서울 가디언스의 에이스가 누구냐는 질문에는 이론의 여지가 없습니다.]

연습투구가 끝나고 이번에는 웨스턴 1번 타자로 선발 출장한 황현민이 등장했다.

'……둘이 짰나?'

구강혁이 헛웃음을 지었다.

팔콘스는 홍보팀에서 선수들의 의사를 반영해 컨셉을 정하고 지원했다.

[하하, 황현민 타자는 팔콘스에서 가장 인기가 좋은 마스코트죠? 아리의 샛노란 인형탈을 쓰고 타석에 나왔습니다. 1회초는 마스코트의 향연인가요?]

[둘 다 참 귀엽네요. 물론 저대로 타석을 진행하지는 않겠지만……. 어린 팬들께서 참 좋아하시겠어요. 또 KBO의 미래가 되실 분들 아니겠어요?]

진행요원이 퍼포먼스 용품을 정리하고서야…….

본격적인 1회초가 시작되었다.

구강혁과 마찬가지로 사흘 전 선발로 등판했던 윤대준은 구속을 130대 초중반까지 줄이며 변화구 위주로 승부했다.

그 결과.

슈욱!

따아악!

[……4구, 타격! 2루수 키를 넘깁니다! 웨스턴 선두 황현민의 안타!]

[하하, 떨어지는 공을 잘 받아쳤네요. 일단 오늘 첫 승부에는 아리가 가디를 상대로 안타를 만들었습니다.]

2번 브레이브스 오현곤은 7구 승부 끝에 삼진으로 물러났지만, 다시 팔콘스의 한유민이 3번으로 등장.

[……초구부터 타격! 한유민의 당겨친 타구는 파울 라인……. 안쪽에 떨어졌다는 판정! 페어 볼! 황현민은 벌써 2루를 돌았고, 3루로! 타자 주자 한유민도 1루를 돌아 2루로!]

초구를 때려 1타점 2루타를 뽑아냈다.

1:0, 웨스턴의 리드.

[……1회초부터 웨스턴 올스타의 기세가 예사롭지 않습니다! 특히 1번, 3번으로 출장한 팔콘스의 주전 테이블 세터진이 단 2개의 안타로 선제득점을 합작!]

[하하, 팔콘스 팬들 오늘 아주 기분이 좋으시겠어요. 여기서 끝이 아니죠? 더블플레이만 아니면 5번 타자로 선발 출장한 노재완에게도 1회부터 기회가 돌아가니까요.]

[그렇습니다. 야수들은 같은 팀에서 뛰어도 또 MVP를 두고 선의의 경쟁을 펼치지 않습니까?]

[4번으로 나온 재규어스 나성진 타자도 이 기회를 양보

할 수는 없죠. 스타즈 강대호, 팔콘스 한유민과 함께 올 시즌 가장 좋은 활약을 선보이는 타자입니다.]

득점권 상황을 맞이한 타자는 재규어스 4번 나성진.

그러나…….

슈욱!

틱!

[2구 타격. 그러나 내야를 벗어나지 못하는 타구. 유격수 잡아서 2루 주자 묶어두고……. 1루로. 아웃됩니다.]

나성진은 낮은 공을 건드리며 땅볼로 물러났다.

그리고.

타석에 등장하자마자 특유의 타격폼을 과장해 아예 드러누우며 팬들에게 소소한 웃음을 안겼던 노재완까지…….

슈욱!

따아악!

[……5구째를 타격! 노재완의 타구가 우측으로! 외야를, 외야를! 완전히 갈라냅니다! 우측 담장까지 굴러가는 노재완의 적시타! 또 한 번의 장타 코스! 팔콘스의 세 올스타가 윤대준을 상대로 모두 안타를 뽑아냅니다!]

우중간을 가르는 또 한 번의 적시타를 생산.

팔콘스 타자들의 연이은 활약으로…….

점수는 2:0까지 벌어졌다.

윤대준은 사실상의 난타에도 불구, 더 이상 흔들리지 않고 3번째 아웃카운트를 잡아냈다.

즉.

'너무 잘들 하는 거 아니야? 긴장되네.'

구강혁이 나설 차례였다.

"올 최고의 투수, 팔콘스의 구! 강! 혁!"

경기장 MC의 외침과 함께……

스타즈 파크 전광판에 영상이 재생되었다.

기존의 등장 영상은 아니고, 전반기의 활약상을 빠른 템포로 편집해서 담은 영상이었다.

노히터를 달성한 직후, 박상구와 끌어안는 모습을 마지막으로…….

구강혁이 민망한 듯 웃으면서 마운드로 향했다.

준비한 퍼포먼스는 단순했다.

뱀피무늬 스타디움 자켓을 입고 입장하는 것.

구강혁 본인의 아이디어는 아니었고…….

아주 화려한 퍼포먼스도 아니었지만.

'……이렇게 하랬지?'

자켓을 벗어 그대로 카메라를 향해 던지자, 여성팬들의 비명에 가까운 환호가 터져 나왔다.

"꺄아아아아!"

"얼굴이 날개다!"

구강혁이 가볍게 허리를 숙여가며 화답했다.

이어진 연습투구.

슈웅!

퍼엉!

최대한 가볍게 던졌다.

오늘은 등판으로부터 3일째가 되는 날.

루틴대로라면 롱토스와 불펜 피칭이 일정이다.

'롱토스는 경기 전에 진행했고……. 3일차 피칭이라고 생각하면 큰 무리는 안 되겠지. 샤크스전이 끝나고 몸이 아주 무겁거나 한 건 아니었으니까.'

최근에는 이 3일째에는 약 25구가량을 던졌고, 5구 정도는 9할 이상의 힘을 쏟았다.

'마음 같아서는 당장 구속부터 확인하고 싶은데.'

노히터 이후 본격적인 피칭은 오늘이 처음.

구속 상승을 아직 체크하지 못했다.

'……그래도 전력투구까지는 그렇지.'

물론 아직 시간은 있다.

올스타 브레이크도 며칠이 더 남았고.

곧 이스턴 팀의 1번 황기준이 타석에 들어섰다.

"푸하!"

배달가방을 들고.

24시즌 올스타전 최고의 이슈였던 본인의 배달 퍼포먼스를 또 한 번 오마주했던 것.

그러나…….

슈욱!

부우웅!

퍼어엉!

[……헛스윙! 4구 체인지업으로 황기준에게 삼진을 뽑

아내는 구강혁! 팔콘스의 좋은 흐름은 여전히 이어지고 있습니다!]

[역시 구강혁도 조절에 들어갔네요. 아쉽지만 팬들께서도 이제 많이들 이해해 주실 겁니다. 노히터를 달성하고 고작 사흘째예요. 구강혁은 또 올 시즌 직후의 WBC에서도 활약할 가능성이 높죠.]

구강혁은 황기준을 상대로 4구 만에 삼진.

[……빗맞은 타구, 내야로! 유격수가 잡아서 1루로! 여유 있게 잡아냅니다! 비록 아직 경기 초반이지만 공수양면에서 좋은 활약을 보이는 황현민!]

2번, 별 모양 가면을 쓰고 온 스타즈의 외인 매드슨을 상대로는 131km/h의 체인지업을 던지며…….

유격수 땅볼을 이끌어 냈다.

이스턴의 3번 타자는 강대호.

[……하하! 강대호, 오늘 작정을 하고 나왔네요. 아인슈타인인가요?]

[그런 거 같습니다, 아. 하하하! 천재타자라는 별명에 걸맞은 퍼포먼스가 아닌가 싶습니다. 지금까지는 굉장히 눈에 띄는 선택입니다.]

[퍼포먼스상, 한번 노려 보겠다는 거죠.]

아인슈타인 분장을 하고 나왔다.

"푸하!"

구강혁도 마운드에서 웃음을 터뜨렸다.

[아, 강대호 선수. 지금 퍼포먼스 분장을 제거하러 온

분에게 잠시 양해를 구하고……. 아! 혀를 내밀면서 방망이를 들고 있습니다!]

그런데 아인슈타인이 배트를 들고는…….

정확히 좌측 담장을 향해 쭉 내밀었다.

[아, 홈런 예고 퍼포먼스예요! 전반기 단 두 개의 홈런을 허용한 구강혁이지만, 그 가운데 하나는 바로 강대호가! 팔콘스 파크의 좌측 담장을 넘겨 만들었거든요!]

예상치 못한 도발.

[하하, 또 하나의 볼거리를 만드는 강대호네요.]

구강혁이 헛웃음을 짓고는…….

'하하, 이놈 봐라.'

[하하하하! 구강혁도 가만히 두고보지 않습니다!]

엄지를 들어 목을 그어보였다.

올스타전이기에 가능한 도발적인 퍼포먼스.

더욱 뜨거워진 분위기에 시작된 승부.

'……전력투구까지는 좀 그런데 말이지, 하. 이거 참.'

초구.

슈욱!

구강혁의 포심 패스트볼이…….

퍼어어어엉!

강대호의 바깥쪽 존을 날카롭게 파고들었다.

[초구, 빠른 공! 아, 그런데 지금…….]

[저, 전력투구예요!]

[그, 그냥 전력투구도 아닙니다! 전광판에…….]

[153! 153이 찍혔습니다! 구강혁이 올 시즌 최고 구속을, 그것도 올스타전에서 갱신합니다! 스타즈 파크가 크게 술렁입니다!]

후반기를 앞둔 시점.

KBO 순위표 최상단의 구도는 점점 명확해졌다.

1위 가디언스가 점점 더 치고 나갔기 때문.

현재 재규어스와의 승차는 4경기 반.

오히려 3위권의 경쟁이 치열했다.

팔콘스, 드래곤즈, 스타즈.

브레이브스가 드래곤즈를 잡아내며 팔콘스가 3위로 전반기를 마감하기는 했지만…….

5위인 스타즈와의 승차는 2경기 반에 불과.

이 상황에 강대호는 생각했다.

'흐름을 제대로 탄다면야 가디언스도 따라잡지 못하리란 법은 없지만……. 남은 경기수도 생각해야지.. 현실적으로는 3위를 목표에 두고 후반기를 치러야 한다.'

5월 월간 MVP까지 수상한 대활약을 비롯.

이미 강대호는 전반기에도 많은 홈런을 쳐냈지만…….

역시 본인에게도 네오 팔콘스 파크에서의 홈런.

구강혁을 상대로 뽑아낸 밀어친 홈런이 기억에 남았다.

'기량이 절정에 오른 만큼 쉽게 흔들리지는 않겠지만, 조금이나마 자극할 수 있다면 못 할 짓이 뭐가 있겠어? 이벤트전이라는 핑계도 있고, 때마침 우리 스타즈 파크에서 벌어지는 올스타전인데.'

이 생각이…….

구강혁을 향한 도발.

홈런 예고로까지 이어졌다.

리그 최고 레벨의 투수가 상대라면?

뭐든 시도해 볼 필요가 있다.

심리전도 그 일환이었던 것이다.

'그냥 웃어넘기지는 않는구만.'

그 도발은 일단 구강혁의 화답을 끌어냈다.

엄지를 들어 목을 긋는 시늉.

홈런 예고에 대응하는 역방향의 도발이었다.

하지만 강대호는 자신이 있었다.

심리전이 벌어져도 침착하게 승부할 자신이.

'여기서 안타를 치든, 홈런을 치든 시즌 성적에는 아무런 연관이 없다. 하지만 자극만 해둬도 충분해. 후반기에 등판 일정이 전부 비껴간다고 해도, 최소한 포스트시즌

에는 만날 테니까. 심리전은 그때 이어 가면 된다.'

게다가 애초에 유리한 싸움이 아닌가?

사흘 전 무려 99구를 던진 투수와의 승부니까.

'모처럼 대기록을 세운 점은 리스펙하지만……. 퍼포먼스만 저렇게 해놓고 앞선 두 타자를 상대할 때처럼 던지는 건 아니겠지? 말려들어 주면 고맙겠는데.'

구강혁은 실제로 초구부터 전력투구를 했다.

슈욱!

"……!"

퍼어어어엉!

어디 밀어쳐보라는 듯이…….

강대호의 바깥쪽 존을 뚫어 내는 포심.

일단 하나를 지켜봤다.

'……내 계획대로 되기는 했는데.'

도발이 제대로 효과를 봤다.

강대호의 계획대로 말이다.

단 하나.

'……이렇게까지 던진다고? 기껏해야 140 중후반이겠거니 생각했는데?'

그 구속만이 계획과 달랐다.

"스트으으라이크!"

일단 전력투구였다.

앞선 두 타석과는 차원이 달랐다.

물론 강대호는 스피드건이 아니다.

대기타석에서 지켜본 공들과 달리 제대로 힘을 실었다는 점은 알 수 있었지만, 정확한 구속은 알 수 없었다.

 '심지어 더 빨라진 거 같은데?'

 때문에 곧바로 전광판으로 시선을 던졌고…….

 153이라는 숫자를 확인할 수 있었다.

 "허……."

 허탈한 신음이 새어 나왔다.

 [……강대호 타자, 눈을 몇 번이나 끔벅입니다. 도저히 믿기 어렵다는 표정입니다. 위원님, 구강혁 투수가 지금 무리하는 건 아닐까요?]

 [그, 그런 면도 있을 수 있겠네요. 일단 방금 1회초 윤대준 선수만 해도 평소보다 한껏 힘을 뺀 피칭을 선보였거든요. 하지만 도발에 도발로 대응하고도 구강혁에게는 부족했던 모양이에요.]

 [이게, 어……. 구속부터가 그렇습니다. 지금 153이 찍혔는데, 구강혁이 올 시즌 기록한 최고 구속을 단숨에 갱신하는 수치입니다. 아, 지금. 오늘은 웨스턴 올스타의 코치로 나오셨습니다만, 김용문 감독도 황당하다는 표정이에요.]

 "준구야, 방금……."

 웨스턴 올스타의 선발 포수.

 재규어스의 한준구에게 물었다.

 "새, 생각보다 빠르다 싶기는 했습니다."

 한준구의 목소리에도 당황이 실렸다.

스타즈 파크의 관객석도 술렁였다.
"와, 저거 맞아? 제대로 찍힌 거야?"
"150 정도잖아, 원래 구강혁 구속……."
"공식 최고 구속은 151이었을 텐데."
"사흘 전에 100구 던진 놈 맞아?"
"99구이기는 한데, 에이. 오류겠지."
"153이 그렇게 빠른 거야?"
"빠르지, 빠른데……. 또 아주 빠르냐고 하면……."
"문영후는 160도 던지잖아."
KBO에서 153이 아주 놀라운 구속은 아니다.
150대 후반을 찍는 선수도 이제 적지 않다.
당장 팔콘스의 문영후도 160을 몇 번이나 찍었고.
하지만 문제는…….
그 153이라는 숫자가 구강혁에게서 나왔다는 점.
151km/h의 최고 구속으로도 전반기 내내 0.16의 평균 자책점을 기록하며 14승을 거두고, 리그 15호 노히터까지 기록한 구강혁에게서.

'……153이 맞겠지. 스타즈 파크의 측정장비에 오류가 있을 리 없어. 그래, 체감하기에도 확실히 빨랐다. 좌타자의 시선에서는 더 느리게 보이는 투구폼에서 뿌린 공인데도.'

그럼에도 강대호는 강대호.

올 시즌은 천재타자라는 별명이 전혀 아깝지 않은 대활약을 펼치는, 스타즈의 가장 빛나는 별답게.

최대한 침착하게 상황을 받아들였다.

'……151이든, 153이든. 어쨌든 칠 수 있는 범주에 드는 구속이야. 원래 계획처럼 공략하기는 힘들겠지만, 아웃을 당해도 이벤트전에서 당하는 게 낫다.'

그리고 2구.

슈욱!

퍼어엉!

이번에는 또 한 번 바깥쪽을 찌르는.

'여기서 다시 구속을 줄인다고?'

그러나 구속을 줄인 포심.

"……스트라이크!"

[……아, 이번에는 다릅니다! 앞선 두 타자, 황기준과 매드슨을 상대했을 때처럼 다시 기세를 줄인 구속! 전광판에는 138이 찍혔습니다!]

다음 순간.

공을 돌려받고 입꼬리를 올린 구강혁이…….

또 한 번 엄지를 들어서는 제 목을 그어보였다.

"와아아아아!"

"그래, 썰어 버려! 지가 천재면 다야!"

"푸하하, 밀어서 넘긴다며, 강대호!"

팬들의 환호성이 뜨거웠다.

'젠장!'

강대호가 눈썹을 한껏 찌푸렸다.

[구강혁의 또 한 번의 도발! 아무도 제지할 수 없습니다!

2스트라이크의 유리한 카운트! 스트라이크 단 하나면 삼자범퇴로 1회말을 마무리하게 되는 구강혁!]

[지, 지금 2번 연달아 바깥쪽 존을 공략했거든요? 강대호가 타석에 들어서자마자 밀어서 넘기겠다, 그런 액션을 취하지 않았습니까? 이건 마치…….]

[치, 칠 테면 쳐보라는. 그런 배합으로 보입니다. 아, 지금도 포수의 사인에 살짝 고개를 젓는 듯한 구강혁. 또 한 번 한준구가 바깥쪽으로 미트를 가져다 댑니다!]

그리고 3구.

슈욱!

이번에도 바깥쪽.

부우우웅!

그러나…….

포심이 아닌 체인지업.

타이밍과 궤적이 완전히 엇나간 풀 스윙에…….

강대호가 제풀에 못 이겨 한 바퀴 반을 돌았다.

"스윙, 스트으으으라이크! 배터 아우우웃!"

[스윙, 삼구삼진! 등판 간격을 감안하면 상식을 벗어난, 본인의 최고 구속을 갱신해 내는 피칭! 거기에 완벽한 완급조절과 변화구를 더해, 구강혁이 강대호를 무너뜨립니다!]

[이거……. 강대호도 민망하겠어요.]

[강대호, 고개를 푹 숙이며 물러납니다! 2개의 삼진을 엮은 삼자범퇴! 구강혁이 팬들에게 화답하며 마운드에서

내려갑니다! 저희는 잠시 후 돌아오겠습니다! 여기는 스타즈 파크입니다!]

* * *

26시즌 KBO 올스타전이 마무리되었다.
웨스턴 팀의 8:2 대승이었다.
[KBO 올스타전, 웨스턴 8:2 승리로 종료]
[3안타 1홈런 한유민, 미스터 올스타!]
[올스타전 우수투수상, 팔콘스 구강혁!]
팔콘스 선수들의 활약이 눈부셨다.
류영준의 퍼펙트 피쳐 1위에 이어…….
미스터 올스타 한유민.
우수투수 구강혁.
거기에…….
구강혁은 퍼포먼스상까지 거머줬었다.
[구강혁, 올스타 데뷔전서 우수투수·퍼포먼스 2관왕!]
[……구강혁은 뱀피무늬가 그려진 점퍼를 입고 마운드에 오르며 여성팬들의 많은 환호를 받았지만, 입장 퍼포먼스가 그리 화려하다고 보기는 어려웠다.

……KBO 관계자 A씨는 "메인 퍼포먼스는 수수했으나 마운드에서 보인, 특히 강대호의 도발 퍼포먼스에 대한 화답에 엄청난 환호가 쏟아졌다"며 "투표에 참여한 팬들의 심리를 모두 파악하기는 어려우나 그 점에서 40%에

달하는 높은 득표율을 받은 것으로 보인다"는 의견을 밝혔다.
 ……구강혁은 커리어 첫 올스타전에서 기록원의 판단에 따른 승리에 이어 우수투수상과 퍼포먼스상의 2관왕에 오르는 기염을 토했다. 미스터 올스타에게는 1,000만 원, 이외 수상자에게는 각 500만 원의 상금과 부상이 수여된다.]
 1,000만 원의 상금.
 거기에 리그 스폰서 기업들의 각종 부상까지.
 예상치 못한 부수입이 쏠쏠했다.
 경기를 마치고 이어진 어수선한 회식 자리.
 팔콘스 선수들이 한 테이블에 모였고…….
 류영준이 먼저 말했다.
 "어째 올해 올스타전은 수확이 많네. 유민이!"
 "네, 선배님."
 "미스터 올스타, 축하한다."
 "흐흐, 고맙습니다. 한 턱 쏘겠습니다."
 "그래야지. 상금은……. 강혁이도 천만 원 아냐?"
 구강혁이 웃으면서 고개를 숙였다.
 "저도 쏴야죠. 다 선배님 덕분인데요."
 "뭐가 또."
 "선발, 양보해 주셨잖아요. 그거 말고도……."
 "너는 뭐가 다 내 덕분이야?"
 "하나하나 따지고 들면 진짜 선배님 지분이 커요."

"얼씨구."
"다 미니캠프부터 데려가주신 덕분에……."
"딴 건 몰라도 퍼포먼스상은 대호 덕분 아냐?"
한유민이 낄낄거리며 끼어들었다.
"그건 그렇죠. 참교육이 또 제맛이니까."
노재완도 맞장구를 쳤다.
"심보가 좀 고약하기는 했어요."
구강혁이 손사래를 쳤다.
"에이, 왜들 그러실까. 대호도 다 팬들 보기 즐거우시라고 보여 준 퍼포먼스였는데. 그냥 저한테 결과가 좋았던 거죠."
황현민이 물었다.
"그런데 선배님, 아까 진짜 뭡니까? 다들 오류 같다고는 하는데……. 제가 알기로는 스타즈 파크 트래킹 시스템이 리그에서 둘째가라면 서러울 정도거든요."
구강혁이 어깨를 으쓱였다.
"글쎄, 뭐. 흐흐."
회식은 늦은 시각에야 끝이 났다.
집에 돌아온 구강혁을 어머니가 반겨주었다.
"아직 안 주무셨어요?"
"네 아빠는 자. 아주 좋아하시더라."
"와서 보셨으면 더 좋았을 텐데."
"어제도 한참 문 닫아놓고 오늘도 그러면 쓰니?"
"으음, 프로페셔널. 그런데 어차피 TV만 계속 보셨을 거 같은데? 특히 아부지는 더요. 아무튼 언제 대전도 한 번 내려오세요. 아들 집에서 하룻밤 주무시고 올라오시면 되잖아."

"그래, 보고 그러자."

"아, 오늘 부수입은 전부 계좌로 넣어놨어요."

"정말? 아직 안 받은 거 아냐?"

"그냥 있던 돈 보냈죠, 뭐."

"맨날 용돈도 보내면서 뭘 또!"

"저야 야구하는 거 아니면 돈 쓸 데도 별로 없잖아요. 아부지랑 잘 나눠서 쓰세요. 맛있는 거 좀 드시고, 가끔 가게도 닫고……. 대전도 좋지만, 여행도 좀 다시니고요."

"고마워, 아들. 효자야, 효자. 이제 연애만 하면 엄마아빠가 걱정할 일이 없겠는데."

"으음……."

"으음? 반응이 어째 평소와 다른데? 혹시."

한희주와 저녁 약속이 잡히기는 했다.

"혹시는 무슨 혹시! 됐어요."

"엄멈머?"

* * *

올스타전의 열기가 채 가시지 않은 다음날.
야구팬들을 설레게 할 소식이 또 하나 전해졌다.

[2026 WBC 김우범호, 예비 명단 발표]

[……김우범 감독과 WBC 준비위원회는 올해 말 예정된 2026 WBC의 공식 예비 명단을 밝혔다. 총 50명으로 구성된 이번 명단에는 해외파 선수들은 물론 2명의 한국계 메이저리거까지 포함되었다.

……KBO 선수 중에는 국내 복귀 당시 WBC 출전 의지를 피력했던 류영준의 이름이 눈에 띈다. 팔콘스에서 첫 시즌을 치르는 올해, 현재까지 14승과 노히터 달성 등 엄청난 활약을 보이는 구강혁도 당당하게 명단에 자신의 이름을 올렸다.

……물론 국가대표 선발 자체가 선수로서는 이루 말할 수 없는 명예다. 그러나 실리도 무시할 수는 없다. 비록 병역혜택은 사라졌으나 국가대표 선발 보상일 수나 보상금 규정 등 여전히 선수들에게 힘을 싣는 다양한 혜택이 존재한다.

……특히 17시즌 브레이브스에서 데뷔한 구강혁은 본인이 최종 라인업에 오르고, WBC에서 대한민국 대표팀이 우승할 경우 불과 며칠 차이로 포스팅 요건에 해당하는 7시즌의 등록일 수를 채우게 된다.]

* * *

스마트폰 너머로 김윤철의 들뜬 목소리가 들렸다.
WBC 예비 명단 발표에 대한 전화였다.

―예비 명단 발표가 일종의 기폭제가 된 셈입니다. 물론 규약상 피차 적극적인 컨택이 오갈 수 있는 단계는 아니지만……. 저희가 알아본 선에서는 현재 구강혁 선수에게 관심을 가진 빅리그 구단이 한둘이 아닙니다.

"어, 좀 의외네요."

―저는 의외라는 말씀이 의외예요. 이미 구강혁 선수가 등판할 때마다 스카우트들이 한 자리씩 차지하고 앉는 것도 흔한 일이잖습니까.

"물론 관심은 고맙고, 바라던 바이기도 합니다. 그래도 저는 이제 선발 1년차잖아요?"

―구단 입장에서는 리스크가 될 수 있겠죠. 다만 전반기에만 2차례나 완봉, 특히 한 번은 노히터까지 달성했잖습니까? 스태미너는 어느 정도 입증한 겁니다. 물론 올 시즌……. 포스트시즌까지 완주할 필요는 있겠지만요.

"으음."

―계속 말씀드리죠. 비슷한 구도를 꼽자면 다저스의 야마카와 요시노부, 컵스의 이마사키 쇼타가 있습니다. 둘의 계약 규모에 다소 차이는 있었지만 모두 비용 이상의 활약을 펼치고 있어요.

"24시즌에 계약했죠."

―네. 아시다시피 둘 모두 NPB에서는 나름 상징성이 있던 선수들, 특히 노히터 달성자들이 아닙니까.

"네, 알고는 있습니다."

―NPB나 KBO에서의 기록을 빅리그에서의 기록과 같은 선상에 두고 비교할 수는 없겠지만, 리그를 평정한 수준의 선수라면 이야기가 달라집니다. 영준이 이후로는 탑 레벨의 선발을 배출하지 못한 KBO지만……. 두 일본인 투수의 활약에 반사이익을 누릴 수 있을 거예요.

구강혁은 영상으로만 보던 두 투수.

그들의 활약에 뜻하지 않은 득을 본다는 이야기.

'……비현실적이네.'

구강혁이 혀를 내둘렀다.

김윤철의 말이 이어졌다.

―구강혁 선수는 앞서 말씀드린 둘에 비해 리그 내에서의 활약은 압도적 우위를 보이고 있죠. 반면 리그 수준은 여전히 NPB가 우위입니다.

"현실이 그러니까요."

―진출 시점은 이마사키 쇼타보다는 훨씬 빠르고, 야마카와보다는 다소 늦는데……. 12월생이시니 아직 만 27세 아니십니까, 후후. 능력껏 잘 포장해야죠.

"하하……."

―여기서부터가 본론인데, 그런 것치고는 아직 구체적인 결과라고 보기는 어렵지만……. 아무튼. 저희 예상에 따르면, 올해를 마치고 포스팅 신청이 가능하다는 전제 하에. 구단에 지불하는 비용을 포함해 총액 1억 달러 규모…….

구강혁이 놀라서 되물었다.

"1억 달러요?"

또 한 번 비현실적인 이야기였다.

당장 올해 구강혁의 연봉은 1억 1천만 원.

옵션을 모두 달성해도 1억 5천만 원 규모.

'……솔직히 연봉도 아직까지 실감이 잘 안 나는데, 아예 화폐 단위가 달라진다고?'

잠깐 침묵하던 김윤철이 다시 말했다.

―……를 최소치로 잡고 있습니다.

"헉."

―극단적인 최소 금액입니다. 연간 2,500만 달러, 계약기간은 4년을 최소치로 잡았으니까요. 아, 물론 이건 재차 계산이 필요한 부분입니다.

"어떤……."

―올스타전에서 또 한 번 최고 구속을 갱신하셨으니까요. 스타즈 파크의 트래킹 시스템은 KBO 최고 레벨이고, 빅리그 스카우트 담당자들도 그 사실을 알고 있습니다.

"아."

―후후. 구속은 일정 수준만 넘어간다면 투수를 평가하는 여러 요소 가운데 하나가 될 뿐이라지만, 당연히 빠를수록 좋은 것도 사실입니다.

구강혁이 한숨을 내쉬었다.

"후우, 너무 막연한 이야기네요."

―그래도 이제 후반기잖습니까? 다소 진지하게 생각해 두실 필요가 있어요. 물론 이번 계약이 종료된 후로도

저희와 함께하셔야 제가 빅리그 진출을 담당하게 되겠지만……. 당연히 그전까지도 드릴 수 있는 정보는 최대한 제공할 생각입니다.

"네, 고맙습니다. 아, 대표님."

─말씀하시죠.

"대규는 잘 지내나요?"

방학을 맞이한 대학생 임대규는…….

YC코퍼레이션에서 단기 아르바이트를 시작했다.

어쨌든 김윤철의 눈에 들었던 셈.

"요즘 통 연락이 없더라고요. 올스타전에서 선임이 상까지 받았는데 말이에요."

─하하. 죄송하게 됐습니다. 이래저래 맡겨둔 일이 있습니다. 대강 쳐 낸다면 그럴 수도 있겠지만, 본인이 성장하고 싶다면 그래서는 안 되는 류의 일입니다. 당분간은 출근하지 않는 날에도 바쁠 테죠.

"그렇군요……."

─무리하게 두지는 않을 테니 안심하세요. 다른 점도 크게 모난 데가 없지만, 참 성실한 친구라 마음에 듭니다.

"좋게 봐주셔서 감사해요."

─별 말씀을요.

"아무튼 다행이네요. 아, 그런데……. 대표님."

─네.

구강혁이 한희주와의 약속을 떠올리며 물었다.

"혹시 뭐 하나만 더 부탁을, 아니지. 조언을 좀 구해도 될까요? 좀 사적인 일이기는 한데요."

―물론입니다. 아, 혹시 올스타 브레이크 내의 훈련 문제라면 본가에서 가까운 아카데미를 예약해 뒀습니다. 필요하시면 가시고, 아니면 캔슬하겠습니다.

"아! 고맙습니다. 따로 찾아볼까 싶었는데. 말씀대로 진행하면 편할 거 같아요."

―네. 하지만 그게 말씀하신 부탁은 아니었군요?

"네. 월요일 밤에 식사를 대접할 일이 생겨서요."

―인원수가 어떻게 되죠?

"저까지 둘이에요."

―프라이빗한 공간이 필요하시고요?

"네. 대전에서야 이제 익숙하지만 요 며칠은 수원을 좀 다녀도 알아보시는 분들이 꽤 많더라고요."

―그렇겠죠. 알겠습니다. 위치는 수원에서?

"식사를 마치고 바로 내려갈 예정이라 서울이어도 괜찮을 것 같아요. 이래저래 고마운 일이 많은 분이라서요. 나이는 제 또래이고……."

―혹시, 으흐음.

"……예, 여성이시기는 합니다. 그런데 뭐, 그런, 음. 그런 건 아니고요. 그냥 좀, 네. 뭐. 예."

―후후, 알겠습니다. 꺼리는……. 아니지, 좀 알아보고 오늘 내로 다시 연락드리죠.

* * *

올스타 브레이크가 쏜살같이 지나갔다.
물론 김용문이 일찌감치 신신당부를 했듯…….
선수들에게 마냥 쉬는 기간은 아니었다.
구강혁에게도 마찬가지였다.
매일 아침 러닝을 했고 웨이트에도 나섰다.
두 번은 야구 아카데미에도 방문했고.
그렇게 다가온 월요일 오후.
'……택시 안 잡아도 돼서 좋기는 한데.'
김윤철이 차량에 기사까지 수배해서 보냈다.
"자, 잘 부탁드립니다……."
"네. 안전히 모시겠습니다."
과한 감이 있지만 이미 어쩔 수가 없었다.
한희주에게는 미리 연락을 해 두었다.
월요일 언제까지 어디로 오면 된다고.
어쨌든 이동에 신경쓸 필요가 없었기에…….
구강혁도 편하게 생각에 잠길 수 있었다.
'한희주 부팀장, 혹시 나한테 호감이 있으신 건가.'
혹자는 말한다.
호감이 없는데 이성과 약속을 잡는 이는 없다고.
그러나…….
'……그럴 이유가 있나?'
구강혁에게는 다시 그 이유가 문제였다.

'내 외모가 아주 못난 편은 아니지만……. 덮어놓고 누군가의 호감을 살 만하냐고 묻는다면 그 정도는 아닌 것 같은데.'

왜?

그걸 알 수가 없었다.

'오히려 부팀장님의 외모가 그런 쪽이지. 솔직히 말해 연예인처럼 예쁜 얼굴에, 자기 일에 열정적인 면……. 호감을 안 갖는 남자가 더 드물 거 같다.'

한희주를 향한 구강혁의 평가는…….

객관적으로는 본인에게도 적용할 만한 이야기.

'……그런 사람이 날 좋아할 이유가 없어.'

그러나 연애경험이 없는 사람이 으레 그렇듯.

정작 구강혁은 그런 점을 제대로 생각하지 못했다.

예약해 둔 식당에는 해가 질 즈음에 도착했다.

굉장히 고급스러운 인상의 한식당이었다.

'직원 분들도 다 옷차림이 정갈하시네…….'

누군가가 구강혁에게 뭘 묻는 일도 없었다.

바로 프라이빗 룸으로 안내를 받았다.

메뉴를 어쩌겠냐는 질문도 없이…….

막연히 10여 분을 기다렸을까.

한희주가 문을 열고 들어섰다.

"구, 구강혁 선수."

"오셨어요."

"늦었네요……."

"아니에요."
옷차림은 며칠 전보다 다소 가벼웠다.
원피스에 얇은 겉옷이라는 구성은 비슷했지만······.
'화사하시네.'
연분홍색 원피스가 훨씬 어린 인상을 줬다.
한희주가 맞은편에 앉았다.
종업원들이 음식을 나르기 시작했다.
구강혁이 멋쩍은 듯 물었다.
"잘 쉬셨어요?"
그리 잘 쉰 인상은 아니었다.
옅은 화장기 아래로 눈가가 살짝 퀭했다.
잠을 제대로 못 잔 듯한 느낌이었다.
"으으음, 네. 일은 조금씩 하면서요."
"서울에 계셨던 거죠?"
"엄마, 앗. 부모님 댁에 있었어요."
"살짝 피곤하신 것 같은데······."
"조금요. 그래도, 노히터 영상 편집까지 마쳤어요. 내일 정오쯤에는 공개될 거예요."
팔콘스티비는 올스타전 영상을 이미 공개했다.
심지어 경기가 있었던 당일에.
구강혁이 다시 말했다.
"오늘 바로 내려가세요?"
한희주가 고개를 저었다.
"좀 쉬고 내일 가려고요."

올스타 브레이크는 프런트 직원들에게도 휴식기.
몇몇 인원을 제외하고는 나름의 휴가를 보낸다.
'휴일이 휴일 같지도 않았겠네…….'
구강혁이 살짝 눈썹을 찌푸렸다.
"약속을 차라리 미룰 걸 그랬어요."
한희주가 손사래를 쳤다.
"아, 아녜요! 진짜 괜찮아요!"
곧 음식이 차려졌다.
두 사람이 마주보고 식사를 시작했다.
'괜히 민망하네. 맛은 있는데.'
구강혁이 물었다.
"어떠세요?"
"마, 맛있어요!"
"딱히 안 가리신다고는 하셨는데, 그래도 좀 괜찮은 식당이라고 해서요. 제가 잘 몰라서 아는 분께 부탁을 드렸어요."
"세, 센스가 좋은 분이시네요!"
"어……. 네."
"어, 어렸을 때부터 다 잘 드셨어요?"
구강혁이 나름대로 최선을 다했다.
한희주가 눈을 끔벅이고는 배시시 웃었다.
"헤헤, 버섯은 잘 못 먹었어요."
"아, 저도요."
"정말요?"

"네. 식감이 영 별로였거든요."
"저도 비슷해요!"
"지금은 없어서 못 먹고요."
"헤헤, 저도······."
일단 말꼬가 트이기 시작하자······.
대화에는 큰 어려움이 없었다.
그렇게 아무래도 좋은 이야기들이 지나갔다.
제각기 식사를 마칠 때쯤······.
이번에는 한희주가 물었다.
"강혁 선수는 어렸을 때 어땠나요?"
"어, 저요?"
"네!"
"저야 뭐, 인터뷰 때 말씀드렸다시피. 영준 선배님 경기 보고는 야구에 푹 빠져서요. 글러브 끼고 난 뒤로는 그냥 야구소년이었죠."
"으음."
구강혁이 어깨를 으쓱이며 되물었다.
"부팀장님은요? 어렸을 때 어땠나요?"
외삼촌에 대한 이야기를 들은 적은 있지만······.
사적인 일을 직접 묻는 건 처음이었다.
한희주가 잠깐 멈칫하고는······.
씁쓸한 미소를 지으며 수저를 내려놓았다.
"저는······. 그렇게 잘하는 게 없는 애였어요."
"잘하는 거요?"

"네. 부모님께서 이것저것 많이 시켜주셨는데 뭐 하나 잘 하는 게 없었거든요. 아주 어렸을 때는 발레, 조금 더 커서는 피아노, 다시 한국무용……. 다 잘 하는 애들보다는 한참 모자랐어요."

"아, 으음."

"무용을 그나마 오래 했어요. 고등학교 2학년 때 관뒀으니까요. 우울해하던 와중에 오랜만에 외삼촌을 뵈러 갔는데, 그날 저를 데리고 야구장에 가셨어요."

"대전에를요?"

한희주가 웃으면서 고개를 저었다.

"아뇨. 서울에서요. 저번에도 말씀드린 것 같지만……. 자주 못 뵈어도 엄청 예뻐해 주셨거든요. 제가 우울해하니까 어쩔 줄 모르시다가, 음."

"정말 야구를 좋아하는 분이시네요……."

"그러니까요. 저도 왜 이러시나 싶었어요. 제가 야구를 좋아하는 것도 아니었거든요. 엄청 유명한……. 강팀이랑 약팀이 경기하는 날이었어요. 약팀에는 투수도 별로 없었고요. 그런데……."

구강혁이 눈을 동그랗게 떴다.

"어, 네."

"……약팀에서 투수가 하나 나와서 엄청 오래 던졌어요. 그때는 몰랐지만 거의 제한 투구 수를 꽉 채워서요. 잘 모르는 제가 보기에도, 으음. 그리 대단한 투수는 아니었어요. 공도 다른 선수들보다 느리고, 자꾸 안타도 맞고."

"……."

"그래도 혼자서 끝까지 막았어요. 그러니까 약팀 타자들이 더 열심히 하더라고요. 엄청 뛰고, 막 슬라이딩도 하고. 깜짝깜짝 놀랐어요. 그러다가……."

"끝내기로 이겼나요?"

"네, 헤헤. 어디서 들어본 거 같으시죠?"

구강혁이 당황하면서도 고개를 끄덕였다.

두 가지 의미에서 그랬다.

하나는 구강혁 본인의 고교 시절 이야기.

다른 하나는 4월 말, 타이탄스와의 홈 경기에서 이어졌던…….

구장을 찾은 구단주 김우현과의 식사.

그 자리에서 들었던 이야기와 비슷했으니까.

* * *

"막 신이 나더라구요. 언젠가부터는 다른 학생들 따라서 응원까지 했다니까요? 저랑은 전혀, 아무런 상관도 없는 팀인데. 그리고요, 음."

"네."

"나름대로 충격적이었어요. 그렇게 잘하는 선수가 아닌데도 저렇게나 열심히 할 수 있구나. 그런 생각이 들었거든요. 사실 당연한 거고, 많은 사람이 그렇게 살고 있는데."

한희주의 볼이 발갛게 물들었다.
"저는 몰랐거든요, 그때는."
비슷한 이야기?
아니었다.
"그······."
"계속 말씀드리자면요."
"아, 네."
"사실은 진작 말해 주고 싶었어요. 그날 정말 멋있었다고요. 그런데······. 얼마 전에 외삼촌이 그러시더라고요. 그 선수가 저한테 전해달라고 했다고요, 응원해 줘서 고마웠다고."
정확히 그 이야기였다.
시즌 초반, 타이탄스전 후의 식사 자리.
구강혁의 말에······.
"······조카 분께도 그날 응원해 주셔서 정말 감사했다는 말씀을 전하고 싶습니다."
김우현은 답했다.
"그래, 꼭 전해 주겠네."
지나가는 인사치레가 아니었던 것이다.
'지금 생각해 보면 말한 건 다 지키실 분 같았지······.'
한희주가 다시 말했다.
"덕분에 좀 늦었지만 지금 말씀드릴게요."
"······."
"정말 멋있었어요, 그날."

잠시 멈칫하던 구강혁이 답했다.

"고맙습니다. 정말로요."

팔콘스의 승리요정이라던 한희주의 외삼촌.

그가 바로 구단주 김우현이다.

당연히 한희주는 김우현의 조카딸이고.

한희주가 조심스럽게 물었다.

"아, 안 놀라세요?"

"놀라고 있어요."

"아하……."

어떻게 안 놀랄 수가 있겠는가?

'처음 외삼촌이 승리요정이시다, 그런 이야기를 듣고 구단주님을 떠올렸는데. 단순히 비슷한 캐릭터가 아니었던 거다. 그냥 그 당사자였어.'

물론 단서라면 없지는 않았다.

'직관을 오시기 직전에도 어떤 분이시냐, 하고 부팀장님께 물었지. 그때도 묘하게 당황하는 기색이셨어……. 아, 한가족 아니냐는 말 때문에 그러셨던 거네.'

현실감이 부족해 연결짓지 못했을 뿐.

'그럼 스프링캠프 때도?'

시즌 전에도 그랬다.

멜버른에서 오키나와로 캠프지를 옮길 때.

항공편을 따라 선수단도 한국에 들렀으나…….

한희준은 며칠 더 이르게 귀국했다가 합류했다.

'가족 행사랬는데.'

딱 그 시기에 한일그룹 막내의 결혼 소식이 있었고.
구강혁이 떠오른 의문을 솔직히 물었다.
"호주에서 미리 들어가셨던 것도……."
"앗, 네. 맞아요. 사촌오빠 결혼식이었어요."
"아……. 실례했습니다. 저도 모르게."
한희주가 살짝 웃으면서 말했다.
"아니에요. 그래도, 으음. 헤헤……. 외삼촌 일은 비밀이에요. 저도 아무렇지 않게 말하고는 싶은데, 으음. 좀 그렇거든요. 다들 부담스러울 테고, 저도 괜히 말 나오는 것도 싫고."
"네. 아무한테도 말 안 할게요."
"고마워요. 아! 아무도 모르는 그런 비밀은 아니에요. 구단에서도 단장님, 운영팀장님. 두 분은 알고 계시거든요."
"홍보팀장님은……."
"모르세요."
"직속 상사도 모르는 특급 비밀이네요."
"죄송하게도요. 음, 가끔씩은 이렇게까지 해야 하나 싶기도 한데……. 어쨌든 지금은 잘 지내고 있으니까요."
"가족 분들도 한일에서 일하시는 건가요?"
"아뇨. 부모님은 두 분 다 학생들 가르치세요. 물론 저희가 이래저래 외삼촌 도움을 받은 점은 부정할 수 없고, 그럴 생각도 없지만……. 팔콘스에는 그래도 제 힘으로 들어왔어요! 공채였으니까……. 아마도……."

한희주가 말을 흐렸다.

구강혁이 웃으면서 말했다.

"저야 한일 사정은 잘 모르지만, 그렇게 외삼촌의 사랑을 듬뿍 받으시는데요. 작정하고 꽂으신다면 팔콘스가 아닌 다른 곳에 꽂으셨겠죠."

"그, 그렇죠?"

"네. 그리고 들으셨는지 모르겠는데……. 일전에 회장님께 도움을 좀 받았어요. 무서울 정도로 빠르게 문제를 해결해 주시던데요. 뭘 한다면 아예 확실하게 하시는, 그런 분이신 것 같아요."

"브레이브스 부단장 문제 말씀이시죠? 응, 네. 직접 알려 주시지는 않았어요. 그러셨나, 싶기는 했지만요."

"아주 제대로 그러셨죠. 아무튼, 뭐라고 말씀드려야 하나. 알려 주셔서 감사합니다?"

"네. 헤헤, 많이 안 놀라셔서 좋아요."

"티가 안 나서 그렇지 놀라고 있다니까요. 그래도, 음. 말씀을 듣고 나니 좀 개운해진 느낌이네요."

한희주가 고개를 갸웃거리며 물었다.

"네? 개운해요?"

"여기 오던 길에도, 아니지. 사실 방금까지도 좀 의문이었거든요. 부팀장님은 왜 이렇게 늘 친절하실까, 그거야 제가 팔콘스 선수니까 그렇다고 치고……."

"에."

"저녁까지 먹자고 하실 줄은 몰랐거든요. 촬영이 있는

것도 아닌데. 물론 제가 죄송해서라도 뭐 하나 보답하고 싶기는 했지만, 역시 사석에서 따로 뵙는 건, 음."

"……."

"그래서 착각할 뻔했어요."

"착각이요?"

구강혁이 멋쩍은 듯 말했다.

"네. 말씀드리기 부끄럽지만, 음. 혹시나 부팀장님께서 저한테 호감이 있으신 건가……. 그런 착각이요. 그런 게 아니라 예전 일을 알려 주시고 싶었던 거잖아요? 그러다가 회장님 이야기도 어쩔 수 없이 하신 거고."

한희주가 몇 번이나 눈을 깜박였다.

"……강혁 선수, 아니. 구강혁 씨."

"어, 네……."

"지금 연애 안 하시는 줄은 알았는데요."

"네, 네?"

"아예 해 본 적 없죠?"

"그렇기는 한데요……."

"나 참, 저도 마찬가지기는 한데……."

어쩐지 화를 내던 한희주가…….

다시 기어들어가는 목소리로 말했다.

"……아니에요."

첫 마디를 제대로 듣지 못한 구강혁이 물었다.

"네? 아까 아니라고요?"

"착각 아니라고요! 대, 대전에서 뵈어요!"

한희주가 소리치고는 자리를 박차고 일어났다.
"네, 네? 갑자기요?"
구강혁이 당황하는 사이.
잰걸음으로 방을 빠져나가서는…….
반쯤 닫힌 문으로 빼꼼 얼굴을 내밀었다.
볼을 더 빨갛게 물들인 채로.
"바, 밥은! 맛있었어요!"
그러고는 그대로 시야에서 사라졌다.
멍하니 그 모습을 지켜보던 구강혁의 얼굴에도…….
'착각이 아니라고?'
금세 열이 올랐다.

* * *

그날 아주 늦은 밤.
비닐봉지 하나를 가득 채워 든 원민준이…….
구강혁의 집을 찾았다.
"뭐야, 연락도 없이?"
"됐어, 인마. 들어간다……."
"으음."
구강혁도 막 대전에 도착한 참이었다.
어깨를 축 늘어뜨린 원민준이 식탁에 봉지를 올려두었다.
그러고는 소파에 쓰러지듯 걸터앉았다.

그 꼴을 지켜보던 구강혁이 말했다.

"……왜 이래?"

당장 따져묻고 싶은 게 있기는 했다.

한희주와 함께 수원에 가다가…….

도중에 어느 전화를 받고 혼자 사라져서는, 결혼한다는 메시지를 끝으로 그간 아무런 연락도 없었으니까.

일단 구강혁이 식탁께를 턱짓했다.

"뭔데, 저건?"

"일용할 양식."

"아이씨, 술이잖아."

"알면서 왜 묻는데……."

"물어봐주는 게 나을 거 같아서?"

구강혁이 냉장고에 봉지를 집어넣었다.

"저녁은?"

"아직……."

"나는 괜찮은데, 알아서 뭐 시킨다?"

"부탁합니다……."

그러고는 고개를 절레절레 젓고…….

결국 원민준의 맞은편에 앉았다.

"뭐가 어떻게 된 건데, 그래서?"

"으……."

"좀 말이라도 해 봐. 그러려고 온 거 아냐?"

"그래, 맞지. 그날은 진짜 미안했다……. 아, 식당 촬영은 어떻게 했어. 어머니, 아버지는 잘 계시지? 연락이라도 드렸어야 하는데."

"왜 또 철든 척이야. 다 잘 계셔. 건강하시고, 용돈도 잘 챙겨드렸고. 촬영도 어떻게 하기는 했어. 팔콘스티비 직원들이 고생은 좀 할 거 같지만."

"내가 참 명목이 없다."

"면목이 없는 거겠지."

구강혁이 한숨을 내쉬었다.

"후우. 그래서, 결혼은? 진짜 하는 거야?"

"그렇게 됐다······."

"이번 겨울에?"

"그렇지."

긴 시즌을 보내는 야구선수들에게······.

비시즌은 대소사를 치를 수 있는 기간.

시즌을 마치면 여기저기서 결혼 소식이 들린다.

당장 오현곤도 겨울에 결혼을 했고.

"그날 연락도 형수님이 하신 거였겠네?"

"응."

"대체 무슨 연락이었길래?"

"임신한 거 같다더라."

"헉."

구강혁이 입을 떡 벌렸다.

"그, 그랬구만. 조카 볼 준비는 안 됐는데······."

"뭐래. 영준 선배, 대한 선배 애들도 다 봤잖아?"

물론 선배들의 아이를 본 적은 얼마든지 있다.

하지만 원민준은 고작 한 살 차이가 나는 형.

일찌감치 결혼을 한 오현곤도 아직 아이는 없다.

"걔들은 귀엽지, 예쁘고. 선배들 닮아도 웃기고, 안 닮아도 웃기고. 그런데 봐봐. 좀 느낌이 다르다니까? 형이랑 내가 얼마나 오래 알고 지냈는데. 그런 인간이 아빠가 되는 건 아예 다른 차원의 이야기야."

"야, 나는 오죽했겠냐."

"으음."

절로 고개가 끄덕여졌다.

"아무튼 바로 같이 병원도 가 보고 했어. 다행이라고 해야 할지는 모르겠는데, 진짜 임신은 아니더라."

"아?"

"요즘 스트레스 받을 일이 좀 많았나 봐. 휴가 내고 좀 쉬기로 했어."

"어, 그건 다행인데."

당장 아빠가 되지는 않는다는 이야기.

구강혁이 머쓱하게 뒷머리를 긁었다.

"그렇기는 한데, 후우. 읏쌰."

원민준이 맥주를 꺼내어 들이켰다.

"크으……. 병원 가서 그 소리 듣기 전까지 애가 바들바들 떠는 거 보니까. 이게 다 뭐 하는 짓인가 싶더라고."

"무슨 소리야?"

"그냥, 그렇잖아. 나도 나대로 계획은 있었지. 너희는 알잖아? FA 되고 나면 결혼할 생각이었던 거. 올해 마치고 계약하고, 어디를 가서든 첫 시즌 잘 보내고 결혼."

"듣기야 했지. 그림도 좋은 거 같고."

"그 좋은 그림대로 가려고 했는데 정작 애랑은 제대로 이야기한 적이 없었던 거야. 딴에는 불안했을 거고……. 뭐, 자기가 그렇게 말은 안 해도 그냥 알겠더라고."

두 사람이 식탁을 사이에 두고 마주앉았다.

"그래서 다짜고짜 프러포즈를 했다?"

"엉. 아, 프러포즈는 분위기 보니까 또 각 제대로 잡고 따로 하기는 해야겠더만……."

"으음. 그건 또 그거대로 일이네. 그래도 진짜 철든 건가, 우리 민준이 형."

"모르겠다, 나도. 그냥 그때는 그게 맞는 거 같더라."

구강혁이 피식 웃으며 말했다.

"뭐, 잘 됐어. 일찍 해서 나쁠 건 또 뭐야? 젊어서 결혼하는 선수들도 많은……."

그러다가 깨달았다.

바로 얼마 전 한희주가 했던 말이라는 것을.

"많은, 뭐?"

구강혁이 얼른 말을 얼버무렸다.

"아니, 그냥 많다고. 아무튼 축하해. 축하할 일 맞잖아. 가족계획은 이번 기회에 더 체계적으로 잡아보고……."

"으음, 고맙다."

"현곤이한테도 말한 거 같던데?"

"대충 메시지만. 환영한다더라……."

"푸하, 혼자 유부남이었으니까. 아, 그런데 형. 메시지로 꽃다발 얘기는 왜 한 거야? 이번 일이랑은 상관 없잖아?"

원민준이 눈을 가늘게 떴다.

"원인제공."

"엥?"

"원인제공!"

* * *

금요일부터 시작된 올스타 브레이크.
5일의 휴식기는 화요일로 끝이 났다.
각 팀이 상대들과 총 16경기씩을 치르는 정규시즌.
일반적인 시리즈는 3경기로 구성된다.
5번을 만나고도 1경기가 남는다는 의미.
KBO는 이에 마지막 시리즈를 4경기로 편성했다.
그리고 다시 4경기를 둘로 나누었다.
홈 경기의 이점을 분배하기 위함이었다.
이 4경기는 시즌 막판에 편성한다.
순연된 경기와의 연계편성을 통해 각 팀의 이동거리를 최대한 줄이려는 방편이다.
다만 각각 한 팀과의 4경기 시리즈, 모든 팀을 통틀어 총 20경기는 이미 편성됐다.
바로 개막전 상대와의 시리즈다.

전반기 개막 2연전과 후반기 개막 2연전.

이를 각각 홈, 원정으로 치르는 것이다.

그리고 팔콘스의 개막전 상대는…….

재규어스를 따돌리기 시작한 리그 최강팀.

가장 유력한 우승후보인 가디언스였다.

[팔콘스, 가디언스와 2연전에 외국인 원투펀치 투입!]

[시즌 전적 2승 5패, 3위 팔콘스는 다를까]

[꾸준한 상승세 브라운… 가디언스가 상대라면?]

이 2연전에 팔콘스는 도미닉과 브라운을 차례로 투입.

평소보다 긴 휴식에 둘 모두 호투를 펼쳤으나, 그 점은 상대에게도 마찬가지.

두 경기가 모두 치열한 투수전으로 흘렀고…….

[팔콘스 도미닉, 7이닝 2실점 호투에도 패전]

[팔콘스, 브라운 무실점 호투로 가디언스전 연패 탈출!]

양팀이 1승씩을 나누어 가졌다.

후반기 시작이 나쁘지는 않았다.

'아무리 1위팀이라지만 3승 6패라는 성적은 눈물이 나네. 그래도 둘 다 잘 던졌어. 특히 브라운이 계속해서 잘 던져 주는 점이 굉장히 고무적이야.'

그러나 이어지는 일정도 만만찮았다.

1위 가디언스에 이어…….

'드래곤즈도, 스타즈도 2연전을 1승 1패로 마감한 덕분에 순위에는 변동이 없다. 그래도 이대로는 좀 마음이 불안 하지. 나도, 영준 선배도 충분한 휴식을 취한 만큼 아무리 강팀이 상대라도 최소한 위닝을 가져와야 해.'

2위 재규어스를 상대해야 했기 때문.

팔콘스의 시리즈 첫 경기 선발은······.

[대전 팔콘스, 내일 경기 선발 구강혁 예고]

[노히터·올스타전 이후 첫 등판, 구강혁 컨디션에 관심]

[전광판에 153 찍힌 강속구··· 다시 볼 수 있나]

'스타트는 내 손으로 끊는다.'

구강혁이었다.

* * *

서울 가디언스는 왜 1위인가?

전문가들은 답한다.

[가디언스, 작년 한국시리즈를 우승하던 기세가 그대로예요. 설명할 필요도 없는 에이스죠? 윤대준이 이끄는 선발진. 그리고 여전히 1점대 평균자책점을 유지하고 있는 이석현이 이끄는 불펜진. 양 측면이 너무도 강하거든요.]

팔콘스의 전반기 호성적에도 마찬가지.

[기존의 에이스인 류영준이 부상 없이 여전한 활약을 보이고 있고, 여기에 구강혁이 가세하면서 선발진의 무게감이 엄청나게 상승했죠. 다소 흔들리는 듯하던 면도

외인 교체, 브라운 합류 이후 안정성을 찾았고요.]

팔콘스, 드래곤즈, 샤크스.

세 팀이 후반기 첫 2경기에서 나란히 1승씩을 거두며, 3위 경쟁은 그야말로 점입가경으로 흘렀다.

기존에 중위권으로 분류되던 파이터스와 샤크스, 특히 샤크스는 브레이브스에 이미 7위 자리를 내줬다.

[샤크스는 솔직히 쉽지 않아요. 파이터스도……. 팬들께는 참 죄송스럽습니다만, 오히려 기세를 놓고 보면 브레이브스가 더 가능성이 높지 않나 싶습니다. 요즘 타선의 침체가 심상치 않거든요.]

[동의합니다. 그래도 기세가 살벌하긴 합니다만……. 현 시점에는 상위권 5팀, 가을야구 참가팀은 사실상 정해진 게 아닌가. 저는 그런 생각이 드는데요.]

[아무래도 그렇죠. 5팀의 순위 변동은 있을지언정 다른 팀이 치고 올라오기는 쉽지 않을 거 같습니다. 이런 구도에서는 역시 포스트시즌에 대한 이야기를 꺼내게 되죠.]

[하하, 네. 역시 가디언스, 재규어스가 순서대로 가장 확률이 높다, 한국시리즈도 두 팀의 대결이 될 가능성이 높다. 그런 시선이 가장 많은 상황입니다.]

그러나 그 세 팀마저도…….

2위권을 넘보기는 쉽지 않은 상황.

[그래도 다른 세 팀 역시 포스트시즌 스타트 지점에 따라서는 충분히 대권을 노릴 여지가 있어요. 저는 아무래도 류영준과 구강혁, 이 압도적인 두 선발을 보유한 팔콘

스에 자꾸만 시선이 가더군요.]

[그렇죠. 가디언스에 비견될 만한 선발진을 갖춘 건, 물론 현재 5선발인 문영후의 활약상은 커리어 하이 시즌에 비하면 다소 아쉽습니다만……. 어쨌든 단기결전은 4선발까지로 운용하는 경우가 많잖습니까?]

[그러니까요. 앞서 말씀드린 두 선수가 각각 4월, 6월 월간 MVP로 선정될 정도로 너무 뛰어난 활약을 펼치고 있어서 그렇지, 이미 검증이 끝난 도미닉은 물론이고 뒤늦게 합류한 브라운의 피칭도 지금까지는 매우 좋습니다.]

[당연히 다른 두 팀도 그렇겠습니다만, 특히 올 시즌을 앞두고 확실한 윈 나우 행보를 걸었던 팔콘스로서는 3위 경쟁이 대단히 중요한 상황입니다. 트레이드로 영입한 한유민, 원민준 두 선수는 올 시즌을 마치면 FA니까요.]

[한편으로는 가디언스도 이 3위 경쟁을 유심하게 지켜보지 않을까 싶어요. 드래곤즈와 스타즈도 올 시즌 좋은 모습을 보이며 상위권을 지키고 있습니다만, 팔콘스는 재규어스를 상대로 선발진의 확실한 비교우위를 가지고 있거든요.]

[하하. 전반기 상대전적은 재규어스가 압도하고 있습니다만, 그건 구강혁과 브라운, 두 선발을 만나지 않았던 결과임도 감안해야 하니까요. 말씀대로 포스트시즌 단기결전에서 재규어스를 상대로 가장 치열한 싸움을 꼽을 만한 팀을 꼽자면…….]

[역시 팔콘스죠.]

[네. 아직 후반기도 남았고, 가을야구의 향방은 지금으로서는 알 길이 없습니다만, 만약 한국시리즈의 주인공이 저희가 예상한 두 팀, 가디언스와 재규어스가 된다면. 가디언스는 기왕이면 팔콘스가 재규어스의 힘을 쭉 빼주기를 기대하고 있지 않을까, 그런 말씀이 아닌가 싶습니다.]

[뜨하, 제 의견인 척하면서 본인 의견을 너무 시원하게 말씀하시는 거 아닙니까?]

[으흐, 전 모르는 일입니다.]

[이 자식이……. 아무튼 제 의견을 잘 정리해 주신 건 맞습니다. 가디언스의 한국시리즈 2연패, 어쩌면 통합우승 2연패가 포스트시즌 흐름에 따라서는 생각보다 싱겁게 이루어질 수도 있다고 봅니다.]

대전, 재규어스의 원정 숙소.

함께 태블릿 PC를 보던 세 선수의 얼굴이 진지했다.

나성진이 말했다.

"영 틀린 말은 아니네."

한준구가 쓴웃음을 지었다.

"그러게요."

야수진에서는 유이하게 올스타에 선발됐던 이들.

나이가 무색한 3할 중반대의 타율로 타선을 이끄는 베테랑 좌타자 나성진, 올 시즌 타격에 눈을 뜨며 전반기 리그 최고의 7번 타자라고 불렸던 좌타 포수 한준구.

거기에 소위 우산 효과로 나성진의 활약을 충실하게 뒷받침하는 젊은 3번.

24시즌 기록한 히트 포 더 사이클을 비롯한 활약으로, 이제는 리그 최고의 우타자 중 한 명으로 꼽히는 김도현까지가 함께였다.

"이럴 때면 희정 선배님이 그립네요."

류영준, 김광열과 함께……

KBO 좌완 트로이카로 꼽히던 양희정.

그의 은퇴 이후 재규어스에는 빈자리가 생겼다.

에이스가 남긴 커다란 빈자리였다.

그래서 재규어스의 선발진이 허약한가?

그럴 리는 없었다.

2위라는 호성적이 닮이라면, 수준급의 선발진은 달걀이나 마찬가지.

외인 로이스와 알버트.

류영준, 구강혁, 윤대준과 같은 리그 최고 클래스의 에이스라 불리기에 한끗이 모자랐을 뿐.

이 둘이 이끄는 선발진은 충분히 준수했다.

나성진이 다시 말했다.

"박수칠 때 떠난 양반을 어쩌겠냐. 우리는 지금도 충분히 경쟁력 있는 팀이야."

그 한끗이 모자란 빈자리를…….

타선의 힘으로 채워온 올 시즌의 재규어스.

비록 전반기 막판 3할은 깨졌지만, 재규어스의 주전 타자들은 여전히 리그 1위에 해당하는 0.298의 팀 타율로 수많은 승리를 이끌어 냈다.

나성진이 말을 이어갔다.

"준구, 구강혁 구속은 어떻게 생각하나?"

올스타전에서 구강혁의 공을 받았던 한준구.

그가 천천히 고개를 끄덕였다.

"그 1구는 150대 중반처럼 힘이 실렸죠."

"흐음."

"다만……. 어쨌든 1구였으니, 기본적으로는 지금까지처럼 150 전후를 생각하고 들어가면 되지 않을까 싶습니다. 저희 기석이, 임기석이만 해도 공식 최고 구속이 146이잖아요?"

"그렇지."

"불펜에서는 가끔 148도 찍혀요. 날 따뜻하고, 뭐 그런 날에는요. 그날 강대호 선배 도발이 또 기깔났잖습니까?"

"본인이 빡세게 던졌다?"

"네."

가만히 듣던 김도현이 말했다.

"그냥 치면 되죠. 151이든, 153이든. 노히터 같은 기록에도 연연할 필요 없이……. 굳이 연연한다면 오히려 그날 무리한 영향이 있을 수도 있고요."

나성진이 고개를 끄덕였다.

"그래, 기록 같은 거 신경쓰면 우리가 말릴 뿐이야. 다만……. 방금 본 영상, 선배님들 말씀도 맞아. 팔콘스와는 남은 정규시즌이 전부가 아닐 거라는 예감이 들어. 가디언스 놈들한테 2연패를 안겨주지 않으려면 팔콘스를 짓밟고 넘어가는 게 우선이다."

두 후배가 대답했다.

"네."

"맞습니다."

"알려 주자고. 구강혁이 전반기 최고의 투수였던 건 우리를 한 번도 안 만났기 때문이라고."

* * *

"……라던데? 재규어스 간 후배 놈이."

박상구의 말에 구강혁이 웃었다.

"푸하, 거기는 보안이 영 안 좋네?"

"에이, 무슨 전략 노출도 아니잖아? 피차 도발하는 느낌으로다가 메시지 좀 나눴지. 자기도 한 방 치겠다던데?"

"그 후배가 누군데?"

"우성이. 지금 6번 들어가. 원래 팔콘스였어."

"알지. 뭐, 그렇게들 생각할 수는 있겠네."

경기를 앞둔 네오 팔콘스 파크.

배터리의 대화가 이어지는 중이었다.

'실제로 내가 올 시즌 유일하게 상대한 적이 없는 팀이

재규어스니까. 그게 원인이라고까지 말하는 건 좀 그렇지만, 상대전적이 박살난 것도 사실이고.'

가디언스와 마찬가지로…….

재규어스는 팔콘스를 압도하고 있다.

2연전을 나누며 3승 6패가 된 가디언스와의 전적.

'뭐, 자기들끼리 그렇게 이야기했다는데 뭐 어쩌겠어. 자신감이 있는 것도 이해가 되고……. 잠깐만, 어쩌면 변우성이 일부러 상구한테 말을 전했을 수도 있겠는데?'

재규어스와의 전적은 그보다도 처참했다.

'시즌 첫 스윕패도 재규어스가 상대였지?'

첫 시리즈를 몽땅 내준 이후로…….

현재까지 2승 7패.

'37패 가운데 2강에 13패를 내준 건가. 안타깝지만 상위권에 머물면서도 강팀에게는 약한, 포스트시즌에 진출하고도 조기에 고배를 마시는. 그런 팀의 성적이다.'

좋은 구도는 아니었다.

'당장 작년 스타즈도 그랬지. 탁월한 약자멸시로 정규시즌은 2위로 마쳐놓고도 플레이오프에서 재규어스에 패배하며 최종 3위라는 성적을 받아들였으니까.'

구강혁이 물었다.

"야수진 분위기는 어때?"

"기대 반, 걱정 반. 그런 느낌?"

"왜 또 걱정인데."

"워낙 빡세잖냐, 재규어스가. 팀 타율이 거의 3할이라니까? 올 시즌 상대전적이 안 좋은 것도 사실이고…….."
"그럼 기대는?"
박상구가 구강혁을 향해 턱짓했다.
"로테이션이 좋잖아."
"으흐음."
구강혁, 류영준, 문영후 순서의 선발.
류영준은 구강혁과 달리 전반기 내내 2차례 재규어스를 상대로 등판했고, 2경기 모두 승리를 이끌었다.
총 14이닝 1자책의 천적에 가까운 피칭이었다.
"강팀을 극복해야 우승을 하는데. 기왕이면 기대 쪽으로 흐르는 게 좋겠네. 솔직히 영후만 잘 던져 주면 스윕도 가능하잖아?"
박상구가 고개를 절레절레 저었다.
"그렇게 치면 안 그런 시리즈가 있냐."
"이 자식아, 너부터 그 패배의식을 고쳐야 해."
"재규어스 상대로는 이상하게 잘 안 된다고……."
"쯧."
혀를 차던 구강혁이 김서준 실장의 메시지를 떠올렸다.
"오늘 한 방 쳐 주면 좋은 소식을 들려주마."
"응? 좋은 소식? 뭔데?"
"그런 게 있어."
"아니, 뭔데! 들어야 친다니까!"
"하여간 속물 같은 놈."

양팀 선수들이 곧 웜업에 나섰다.

[대전 팔콘스가 홈에서 광주 재규어스를 맞이합니다. 여기는 네오 팔콘스 파크입니다. 안녕하십니까.]

[안녕하십니까.]

[오늘도 대전에 많은 관심이 쏟아지고 있습니다. 특히 오늘 팔콘스 선발 구강혁은 노히터 이후 첫 등판, 물론 올스타전에서 1이닝을 소화하기는 했습니다만. 그것도 재규어스를 상대로는 시즌 첫 선발입니다.]

[그렇습니다. 구강혁과 류영준이 올스타 브레이크 이후로도 충분한 휴식을 취한 후 연이어 등판하는 이번 시리즈, 재규어스 또한 현재 1, 2선발인 로이스와 알버트가 차례로 출사표를 던졌어요.]

[투수의 무게감만 놓고 보면 팔콘스가 우세합니다만, 그간의 전적도 고려할 수밖에 없습니다. 올 시즌 팔콘스는 재규어스를 상대로 총 9경기에서 2승을 거뒀을 뿐입니다.]

[3위라는 성적을 감안하면 아쉽다, 그런 표현도 부족할 정도예요. 현재까지 순연경기를 제외하고 총 84경기를 치른 팔콘스, 오늘 경기를 포함해 남은 60경기에서 2강 팀을 상대로 어떤 성적을 기록하느냐도 중요하겠죠.]

[네. 웨스턴 올스타 감독으로 승리를 거둔 재규어스 이병호 감독, 당시 선발이라는 중요한 역할을 맡겼던 구강혁을 상대하는 오늘. 타순에는 큰 변화를 주지 않았습니다.]

[이미 좌타자가 적지 않은 라인업이고, 구강혁이 올 시즌 좌우타자를 가리는 투수도 아니니까요. 본인들의 스탠스를 유지하면서 처음 만나는 구강혁을 공략해 보겠다, 그런 심산으로 읽힙니다.]

[상대전적은 크게 앞서지만, 그 반면 팔콘스의 에이스. 류영준에게는 2경기에서 2패를 허용한 재규어스인데요.]

[그래서 오늘 구강혁을 상대로 타선이 어떤 모습을 보이느냐가 중요하죠. 구강혁에게도 압도당한다면 아무리 올 시즌 흐름이 좋은 재규어스라도 단기결전, 즉 포스트시즌에서 팔콘스에게 큰 약점을 드러내는 셈이 되니까요.]

[한편 올스타전에서 본인의 최고 구속을 153으로 갱신했던 구강혁의 오늘 경기 피칭에 대해서도 관심이 쏟아지고 있습니다. 심지어 노히터 이후 휴식일이 짧았음에도 그런 구속을 보여 줬잖습니까?]

[그렇죠. 저도 사실 기대가 좀 됩니다. 그래도, 으음. 아무리 휴식일이 길었다지만 무리한 피칭까지는 하지 않을 거다, 그런 생각도 들어요. 김용문 감독도 올스타전 마치고 한 소리 하지 않았습니까?]

[하하, 그렇습니다. 아무리 신신당부를 해도 저 승부욕 때문에 소용이 없다며 쓴웃음 가득한 인터뷰를 했던 김용문 감독입니다.]

구강혁이 마운드로 향했다.

둥! 둥! 둥! 둥!

Snake From the Hell.
Unleashed on This Field…….
이제는 익숙한 홈 팬들의 등장곡 합창과 함께.
"이제 쫌 이기자!"
"그래, 맨날 쥐터지지 말자고!"
"류, 쿠! 둘은 이겨줘야지!"
"무조건 위닝이야, 이번에는!"
승리를 갈망하는 외침도 섞여들었다.
'이겨야죠.'
구강혁이 속으로 답하며 웃었다.
곧 재규어스의 1번 타자.
외인 좌타자 빈센트가 타석에 들어섰다.
'재규어스 타선이 전반적으로 그런 느낌이 있지만, 특히 1번치고는 기다리기보다 적극적인 타격으로 1루를 노리는 타자다. 도루 시도가 아주 많지는 않지만 성공률이 높아. 일단 내보내면 2루까지도 위험하지.'
당연할 수 없는 수치인데도…….
당연한 듯 3할을 때려내는 톱타자.
피치컴 사인에 구강혁이 고개를 끄덕였다.
초구.
슈욱!
바깥쪽 포심 패스트볼.
따아악!
빈센트의 배트가 시원하게 돌았다.

'일단 하나.'

[……초구부터 타격! 외야로 뻗어가는 타구! 그러나……. 더 멀리 뻗지는 못합니다. 체공시간이 굉장히 깁니다. 좌익수 페레즈가 여유롭게 잡아냅니다. 뜬공으로 빈센트를 돌려세우며 경기를 시작하는 구강혁.]

[페레즈도 싱글거리면서 잡아냈네요. 지금은 초구를 잘 받아치기는 했는데, 타이밍이 좀 이상하게 밀렸어요. 구속은 평소보다 살짝 떨어지는 느낌인데요. 혹시 투심…….도 아니었는데 말이죠.]

전광판에는 146이 찍혔다.

빈센트가 고개를 갸우뚱하며 물러섰다.

[이창완이 타석에 들어옵니다. 올 시즌 재규어스 상위 타선에는 약점이 없습니다. 이창완 또한 시즌 3할대의 타율을 유지하며 본인의 커리어 하이를 갱신하려는 모습.]

[사이드암 상대 타율이 3할 중반대로 굉장히 좋죠.]

슈욱!

퍼어엉!

슈욱!

퍼어엉!

[……2구를 모두 몸쪽에 꽂아넣으며 카운트 싸움을 압도하는 구강혁. 이창완은 계속해서 스윙 없이 지켜보는 모습.]

[음, 지켜본다기보다 살짝 당황한 게 아닌가 싶습니다.

경기 시작 전에도 말씀드렸습니다만 구강혁도 재규어스 타선도 올 시즌 첫만남인 건 매한가지잖아요?]

[겪어보지 않으면 알 수 없는 공, 바로 구강혁의 뱀직구입니다. 컨택에는 자신이 있는 이창환과의 승부, 3구!]

슈웅!

부우웅!

퍼어엉!

'……둘.'

[헛스윙! 또 한 번의 포심, 그러나 컨택에 실패하며 삼구삼진으로 물러나는 이창완! 구강혁의 오늘 경기 첫 탈삼진, 동시에 단 4구로 재규어스 테이블세터진을 잡아냅니다!]

[허어, 이거……. 이번에는 또 145예요. 딱히 컨디션이 안 좋은 거 같지는 않은데요. 아무리 재규어스 타선에게 본인의 포심 궤적이 생소하다지만 지금까지 던진 4구가 모두 포심 패스트볼이었습니다.]

[자신감일까요?]

[글쎄요. 그래도 김도현부터는 다를 수 있습니다.]

[전반기 막판 5경기에서 4홈런, 직전 스타즈와의 경기에서도 결승 홈런을 때려낸 김도현. 절정에 이른 타격감으로 구강혁과의 첫 승부에 나섭니다.]

3번은 김도현.

스타즈의 강대호를 추격하는 타자들 가운데 하나.

'슬슬 올려야겠군.'

이번에도 사인에 고개를 끄덕이고서.

슈욱!

퍼어어엉!

구강혁이 또 한 번의 포심 패스트볼을 던졌다.

'3번 김도현, 4번 나성진 선배. 둘은 올 시즌 재규어스 타선의 기둥이나 다름없다. 그런 둘에게는 특히 제대로 알려줘야지. 하필 이 시점에 나를 처음 만난 게 얼마나 불행한 일인지를, 그리고……'

[……가, 강속구입니다! 루킹 스트라이크! 선 채로 지켜보는 김도현! 저, 전광판에는 154! 154가 찍혔습니다!]

하지만 구속이 앞선 공들과 달랐다.

노히터 이후, 뱀 문신의 또 한 번의 성장.

그 상승한 최고 구속을 그대로 때려박은…….

154km/h의 강속구였다.

'내가 재규어스를 안 만난 덕을 본 게 아니라, 재규어스가 나를 안 만난 덕을 봤다는 사실을.'

* * *

대한민국의 야구 저변은 좁다.

미국은 물론 일본에 비교해도 턱없이.

그러나 때때로 황금세대라 불리는 이들이…….

다방면에서 한국야구의 명성을 드높여 왔다.

마치 기적처럼.

예를 들면 에드먼턴 키즈가 그랬다.

청소년야구선수권 우승 후 KBO에서도 대활약.

지금은 팔콘스의 감독이 된 김용문의 지도 하에, 베이징 올림픽에도 많은 선수가 차출되어 금메달을 획득했다.

이들의 활약은 또다른 황금세대를 낳았다.

바로 베이징 키즈였다.

'바람의 손자' 이정우, '천재타자' 강대호.

팔콘스에서는 정윤성과 노재완, 박상구.

구태여 계기를 따지자면 올림픽보다는 류영준의 등판 경기를 직관한 게 결정적이기는 했지만…….

구강혁 또한 여기에 포함되는 선수다.

어쨌든 다시 시간은 흘러, 지금은 26시즌.

00년생 이후 세대.

즉 21세기에 태어난 선수들의 활약에도 불이 붙었다.

팬들은 그들을 지켜보며 기다렸다.

또다른 황금세대의 탄생을.

개중에도 특히 주목을 받았던 선수가 동갑내기로 22년 드래프트에 지명된 문영후와 김도현.

아마추어 시절부터 남다른 재능을 선보인 둘이었다.

당시 최우선 지명권을 가진 팀이 바로 재규어스.

이들은 아주 긴 고민 끝에 김도현을 지명했다.

다음 순서였던 팔콘스는 문영후를 선택했고.

적잖은 재규어스 팬들이 우려의 목소리를 냈다.

→ 재) 아니 그래도 투수가 맞지 않냐

→ 재) 아오 류거O 꼴 나는 거 아녀

→ 재) 에이 얘도 잘해 5툴임

→ 팔) 고맙읍니다 영후 잘 먹고 갑니다

⟶ 재) 아 ㅅㅂ

전문가들도 이 선택을 크게 주목했다.

이미 150대 중반의 강속구를 던지던 문영후.

성장한다면 160까지도 던질 수 있다는 어깨.

재규어스는 그 눈부신 재능을 거른 셈이었으니까.

둘은 데뷔 시즌부터 나란히 1군 무대를 경험하며 프로 선수로서의 커리어를 시작했고…….

문영후는 기어코 본인의 구속을 160까지 끌어올리며 23시즌에는 신인상까지 수상했다.

김도현의 활약이 그에 크게 뒤쳐지지는 않았다.

데뷔 시즌의 아쉬움이 무색하게 23시즌부터는 착실한 활약을 펼치며 WAR 면에서는 늘 문영후를 압도해 왔으며.

특히 24시즌부터는 발사각을 높이는 변화를 통해 장타 툴을 완벽하게 증명, 5툴 플레이어의 재능을 개화.

재규어스 강타선에서도 그 존재감을 뚜렷이 드러냈다.

[김도현, KBO 최초 월간 10-10 완성]

[재규어스 김도현, 30-30 달성!]

[김도현, 내추럴 사이클링 히트 기록]

월간 10홈런 10도루.

시즌 30홈런 30도루.

내추럴 사이클이라는 대기록까지.

모든 면에서 호타준족임을 입증했다.

올 시즌에 팔콘스의 5선발 자리를 지켜낸 문영후도 아직 젊은 나이를 감안하면 꽤 훌륭한 활약을 펼치고 있지만, 24, 25시즌에는 부침이 심했던 점까지 감안하면…….

이제 재규어스 팬들은 아쉬워하지 않는다.

문영후를 놓친 22년 드래프트의 선택을.

→ 이제 문김대전은 끝났다

⟶ 재) 도현이가 더 잘하는데 반대로 써라

⟶ 이제 전대김문은 끝났다

⟶ 재) 아니 빡대가리냐

⟶ 다났끝 은전대김문 제이

⟶ 재) 옳지옳지

왜?

아직 문영후가 4, 5선발 수준에 머무는 점.

즉, 여전히 그 재능이 만개하지 못한 데 반해…….

김도현은 이미 리그 최고의 타자로 성장했으니까.

구강혁도 이 점은 충분히 알고 있었다.

김도현의 장점에 대해서도 분석을 마쳤고.

'둘 모두 그렇지만 김도현은 특히 재능이 엄청난 타자야. 리그 최고 레벨 투수들, 이를테면 가디언스의 대준이, 타이탄스의 윌리엄스, 스타즈의 박해준 선배 같은 투

수를 상대로도 얼마든지 한 방을 쳐 낼 수 있는.'

김도현은 에이스에게도 강한 타자다.

재규어스를 14이닝 1실점으로 압도했던 류영준.

'영준 선배한테도 홈런을 쳐 냈을 정도지.'

그 1실점을 바로 김도현이 빼앗았다.

'그렇기에 더 확실하게 무너뜨려야 한다. KBO 최고의 타선을 갖춘 재규어스지만, 어쨌든 그 구심점은 분명해. 나성진 선배와 김도현, 이 둘을 제대로 공략해야 해.'

그렇기에 오히려 구강혁은 마음을 먹었다.

'이미 올스타전에서 최고 구속을 갱신했지만, 재규어스 타자들도 내가 그런 공을 계속 던질 수 있다고 예상하기는 쉽지 않겠지. 오늘 경기를 무실점으로 막아 낸다. 내일도, 모레도 좀 더 편한 경기를 치를 수 있게.'

김도현을 더 철저히 무너뜨리기로.

그렇다면 김도현은?

의도 측면에서는 사실 맥이 맞아떨어졌다.

올 시즌 처음으로 상대하는 구강혁.

'구강혁 선배는 좋은 투수다. 하지만 세상에 못 칠 공은 없어. 아무리 처음 상대하는 타석이라도 충분히 좋은 승부를 펼칠 수 있을 거다.'

그를 상대로······.

'내일 선발인 류영준 선배도 까다롭지만······. 첫 경기만 가져온다면 스윕 가능성은 크게 올라가. 벌어지기 시작한 승차를 어떻게든 좁혀서 1위로 시즌을 마치는 게 한

국시리즈 우승을 위한 가장 빠른 길이다.'

 자신감을 가졌음은 물론.

 그 다음 경기까지 생각하고 있다는 점에서도.

 '153? 얼마든지 오라고. 내가 리그의 에이스들에게도 수많은 배럴 타구를 양산해 온 건 강속구를 두려워하지 않아서다. 영후가 던지는 160도 때릴 수 있는데, 153 정도야······.'

 그러나 김도현의 의도는······.

 슈욱!

 퍼어어엉!

 "스트으으으라이크!"

 초구를 맞이한 순간 완전히 망가졌다.

 "······!"

 [올스타전에서 구강혁은 강대호를 상대로 이미 153의 강속구를, 당시 정확하게는 153.1이 찍혔다고 합니다! 그 구속이 지금은 더 빨라졌습니다! 트래킹 데이터에 따르면 154.2까지 기록한 강속구!]

 [워, 원래도 특유의 무브먼트 탓에 임범준이 연상되는 뱀직구다, 그런 평가가 있었습니다. 제가 보기에도 그랬고요. 하지만 지금 공은 정말 대단합니다. 우타자인 김도현 타자 몸쪽으로 말려들어가는 움직임이 너무 살벌해요!]

 [다른 타자도 아닙니다. 올 시즌 강대호, 한유민 등과 함께 리그 최고 타자로 손꼽히며 홈런왕 경쟁에서도 1위

강대호를 바짝 쫓고 있는 바로 그 선수. 김도현이 꼼짝 못 하고 지켜볼 수밖에 없는 공!]

　해설의 말 그대로였다.

　김도현은 당황했다.

　'……뭐지? 이 공이 포심이라고?'

　처음 보는 궤적.

　물론 알고는 있었다.

　생소하리라는 예상까지도 했다.

　때문에 수도 없이 구강혁의 피칭 영상을 돌려보며 이미지 트레이닝을 해 왔다.

　'……다르다.'

　팔 각도가 낮은 우투수의 포심.

　거기에 약했던 것도 아니다.

　당장 리그 최고 사이드암으로 꼽히는 스타즈의 박해준이나 가디언스의 이석현.

　그들의 공도 김도현은 충분히 때려왔으니까.

　'그 공들과는 달라!'

　하지만 구강혁의 공은 달랐다.

　김도현이 어금니를 세게 물었다.

　팔콘스 배터리의 빠른 피칭 템포는 더 이상 김도현에게 깊게 생각할 여지를 주지 않았다.

　2구.

　슈욱!

　퍼어어엉!

"스트으으으으라이크!"

또 한 번의 포심 패스트볼.

초구가 몸쪽 존을 찌르는 공이었다면…….

이번에는 아예 바깥쪽으로 보이다가, 존 중심부로 흘러들어오는 궤적을 그렸기 때문이다.

완벽한 한복판 스트라이크.

[또, 또 한 번의 154! 전광판에 연이어 154가 찍힙니다! 화면으로 보이는 탄착점은 존의 거의 한복판! 구강혁이 또 한 번 불을 뿜습니다!]

[실투, 일단 결과만 놓고 보면 실투라고 볼 수도 있겠습니다만……. 무브먼트가 너무 강력해요. 공격적인 면과 그 공격적인 배팅의 성공률, 양 측면에서 리그에서 둘째가라면 서로운 김도현도 저런 공을 또 한 번 지켜봅니다.]

'……실투다, 실투인데.'

정말 실투였나?

그 생각이 김도현의 머릿속을 맴돌았다.

실투가 아니라면.

'그게 아니면……. 어디 쳐보라는 건가?'

팔콘스 배터리의 초구.

그 공이 김도현을 당황시켰다면…….

2구는 김도현의 눈앞에 커다란 벽을 세웠다.

오직 김도현 본인에게만 보이는 벽을.

그렇다면 3구째는?

[상대가 누구든 적극적인 존 공략, 김도현에게도 유리한 카운트에서 3구를 던질 준비를 마친 구강혁입니다! 1회, 아직까지 구강혁에게는 변화구를 던질 필요가 없었습니다! 6구 모두 속구를 선택한 팔콘스 배터리!]

[김도현 타자, 표정에 크게 드러나지는 않지만 지금 머릿속이 굉장히 복잡할 겁니다. 어쨌든 본인의 존을 넓혀서 대응해야 하는 상황, 이미 코너로 몰렸거든요?]

슈욱!

처음에는 2구와 비슷한 궤적으로 흐르다…….

존을 앞에 두고 뚝 떨어지는 공.

부웅!

퍼어엉!

"스윙, 스트으라이크! 배터 아우우웃!"

[스, 스윙! 헛스윙으로 물러나는 김도현! 구강혁의 3구는 체인지업입니다! 바깥쪽으로 떨어지는 공에 배트를 내고 말았습니다! 삼자범퇴!]

[아, 김도현 타자. 지금 아쉬운 거예요. 데뷔 초반 약점으로 꼽히던 바깥쪽 공을 이제는 극복했다, 그런 평가가 굉장히 많았는데……. 꼼짝없이 무너졌습니다.]

* * *

팔콘스 팬들은 이번 시리즈를 기대했다.

아무리 올 시즌 재규어스에 약했다지만…….

구강혁과 류영준, 원투펀치의 등판.

그 결과는 최소한 위닝시리즈가 되리라고.

그러나 지금.

구강혁의 등장곡을 따라부르며…….

비명처럼 응원을 내지르던 팬들조차.

"야, 이거……."

"어우, 좀 그렇다."

당황할 정도의 결과가 벌어지고 있었다.

"저런 게 완급조절이야?"

"그렇기는 한데, 너무 대놓고……."

"그러게. 재규어스 타자들 얼굴 구겨진다."

3회말까지 0의 균형이 이어진 지금.

재규어스 타자들이 퍼펙트로 묶였는가?

그렇지는 않았다.

2회, 베테랑 5번 타자 일단 우전안타를 뽑아냈다.

비록 6번 변유성의 병살타로 이어지기는 했지만, 3회에도 7번 한준구가 유격수 키를 아슬아슬하게 넘어가는 행운의 안타로 출루에 성공했고.

그 구강혁을 상대로 3회까지 2개의 안타.

과연 KBO 최고 타선다운 결과였다.

그러나…….

그 결과의 바탕에는 구강혁의 피칭.

무척이나 노골적인 구속 조절이 있었다.

타선의 중심인 3번 김도현과 4번 나성진.

둘에게만 153, 4에 이르는 강속구를 던지고…….

1회에 빈센트와 이창완을 잡아냈듯.

5번 타자부터는 다시 구속을 떨어뜨렸다.

그것도 포심에 체인지업만 섞는 투 피치 피칭.

심지어 우타자를 상대로도 그랬다.

[3회말까지 양팀이 득점에 성공하지 못한 가운데, 4회 초 다시 팔콘스 선발 구강혁이 마운드에 올라옵니다.]

[지금 완급조절이 너무 노골적이에요. 이게 참, 이런 식으로 말씀드리기도 그렇지만……. 재규어스 타선이 힘을 넣었다 뺐다, 그러면서 상대할 타선이 아니잖습니까?]

[그렇습니다. 현재까지 구강혁을 상대로 2개의 안타를 뽑아낸 재규어스. 그런데 구강혁은 주자가 나간 상황에도 구속을 끌어올리지 않는 모습. 3회 마지막 타자로 나섰던 빈센트는 굉장히 불쾌한 표정이었습니다.]

[열받죠. 그런데 또 뭐라고 할 수도 없고요. 어쩔 수가 없습니다. 결국 타석에서 보여 주면 되니까요. 이미 2차례나 아웃카운트를 내줬지만 이제 4회잖아요.]

[하하. 타석에는 재규어스 2번, 앞선 타석에는 삼진으로 물러났던 이창완이 들어옵니다.]

타자 일순을 돌고도 크게 다르지 않았다.

슈욱!

따악!

[……2구, 타격! 그러나 내야를 벗어나지 못하는 타구.

2루수 정윤성이 잡아 1루로. 원 아웃!]

체인지업을 건드린 이창완이 다시 아웃되고.

두 번째 타석에 들어서며 김도현은 생각했다.

'……교활해.'

더그아웃에서는 누구도 이야기하지 않았으나…….

누구나 알고 있었다.

구강혁의 노골적인 구속 조절.

최고 구속의 포심은, 김도현과 나성진.

이 둘에게만 던지고 있었음을.

'마치 말하는 것 같잖아. 너희가 잘 치는 거, 알겠는데. 결국 김도현, 나성진. 이 둘만 빼면 그렇게까지 대단한 타선도 아니지 않냐고.'

그건 둘에게 전력을 다한다는 의미였으나…….

'정말 교활한 선배야. 이렇게 되면 오히려 다른 타자들은 급해질 수밖에 없다. 상대가 누구든 침착하게 대응하는 게 올 시즌 우리 타선의 강점인데.'

다른 한편으로는 나머지 7명을 얕잡아보는 배합.

'……이대로 헛방망이만 돌릴 수는 없다. 오늘 배터리는 2순째부터는 다소 공격성이 줄어드는 면이 있어. 방금도 2구 다 빠졌잖아?'

그 생각이…….

김도현에게는 또 한 번의 실책이었다.

전반기 막판 구강혁이 일부 경기.

아니, 꽤 많은 경기에서 2순째부터는 존을 벗어나는 공의 비중을 늘렸던 것은 틀림없는 사실.

그러나 그것은 노히터를 목표로 했을 때의 이야기.

이미 노히터를 달성한 지금…….

구강혁에게 그런 배합은 의미가 없다.

'김도현쯤 되면 그런 배합도 파악했으려나. 이미 안타를 맞았으니 그럴 리 없다고 생각할 수도……. 아니지, 그 웃기는 배합을 그렇게까지 정확히 눈치챘을 리는 없는데.'

박상구의 피치컴 사인.

바깥쪽 포심으로 흔들고 가자는 의도.

구강혁이 살짝 고개를 저었고…….

박상구도 몰래 입꼬리를 올렸다.

재차 사인 교환을 거쳐 결정된 공.

슈욱!

퍼어어엉!

"으갹!"

몸쪽을 강하게 찌르는 또 한 번의 강속구.

박상구가 과장스레 팔을 뻗어 잡아냈다.

김도현의 미간이 그제야 펴졌다.

'그래, 역시 2순째부터는…….'

그러나 바로 다음 순간.

"스트라이크!"

주심이 외쳤다.

스트라이크라고.

김도현이 황당한 듯 눈을 크게 떴다.
"예? 뭐라고요?"
"스트라이크라고. 노 볼 원 스트라이크다."
"아니, 저기, 네?"
박상구가 능청스레 끼어들었다.
"어우, 사인이 좀 엇나가서 겨우 잡았네. 근데 지금 볼 판정 가지고? 엉? 막 그러는 거야? 항의하는 거?"
김도현의 속눈썹이 파르르 떨렸다.

                (역대급 뱀직구로 슈퍼에이스! 4권에서 계속)